T0243742

La extraña vida
de los objetos perdidos

UN CASO SECRETO DE
R.E.S.
SECRETARÍA DEL ESTADO

LA T RAMA

La extraña vida
de los objetos perdidos

Flanagan McPhee

Penguin
Random House
Grupo Editorial

Primera edición: abril de 2024

© 2024, Flanagan McPhee
© 2024, Penguin Random House Grupo Editorial, S. A. U.
Travessera de Gràcia, 47-49. 08021 Barcelona

Printed in Spain – Impreso en España

ISBN: 978-84-666-7842-1
Depósito legal: B-1.885 -2024

Compuesto en Llibresimes, S. L.

Impreso en Rotativas de Estella, S. L.
Villatuerta (Navarra)

BS 7 8 4 2 1

A papá, mamá y el tete

Esta es una obra de ficción que contiene nombres de personajes reales. A algunos se les ha cambiado el nombre por el bien de la historia y porque no quería líos. A otros, no: por favor, no me denunciéis, que lo he hecho desde el cariño. Pero vamos, os garantizo que cualquier parecido con la realidad es pura coincidencia. Bueno, a excepción de los Elementos, que no puedo confirmar ni desmentir que sean realidad o pura coincidencia. Eso está por ver. Ah, y espero que os guste.

PRIMERA PARTE

1

Arancha y Belén
Exterior. Noche. Gúdar (Teruel)

La falta absoluta de luz en aquel instante solo era comparable con la de la noche más larga del año, pero en pleno Teruel. O sea, que ganaba de calle. Vamos, oscuro que te cagas. En realidad, aquello no era Teruel, sino Gúdar, para ser precisos. Y tampoco Gúdar, técnicamente: nuestra atención recae en el prado con una mayor población de ovejas de todo el municipio. En el pueblo de Gúdar, que no se nos olvide. Provincia, eso sí, de Teruel.

Lo habitual es que un GPS no te deje en el sitio exacto, sino más o menos por los alrededores. Aunque no este. Este había precisado al milímetro el lugar al que tenían que llegar. Fuera donde fuese, justo ahí se hallaban dos mujeres, en medio de aquel prado lleno de ovejas, buscando quién sabe qué. Bueno, ellas lo tenían claro. Al menos, una de ellas lo tenía clarísimo. La otra, por cómo daba vueltas sin sentido, no tanto.

—Belén, por el amor de Dios, ¿qué narices estás haciendo?

—¿Cómo que qué estoy haciendo? Lo mismo que tú, Arancha. Buscar el teclado.

Arancha se masajeó las sienes con ambas manos. La exasperación había tomado posesión de su cuerpo y la incredulidad no le permitía pensar con claridad. Y es que ni después de quince años trabajando con Belén había conseguido que aprendiera a distinguir entre los dos tipos de ovejas que pacían en el prado.

—Pero vamos a ver, tía, que es que pareces nueva. Que hay cien churras y solo tienes que buscar la merina.

—Mira, Arancha, ni que fuera tan fácil.

—Es que lo es, Belén, es que lo es. ¿Tú ves todo ese mogollón de ovejas? Pues la que nooo —decía remarcando la palabra— tiene el morro blanco. Esa es la merina. Y, además, es la que tienes a la derecha.

—Déjame un ratito que me centre, Arancha, por favor te lo pido.

—Belén, de verdad, no me toques las tetas. A tu derecha. La que no se mueve porque es falsa. Esa es.

Arancha acababa de cumplir veinticinco años de servicio en septiembre. Dos décadas y media en RES. Y ya estaba muy harta. «Hasta las tetas», habría dicho si le hubieran preguntado. Que era «estar hasta el coño, pero más arriba», como siempre repetía. Hartísima. «Hartisimísima», vaya.

Encima no iba a poder retirarse en breve, porque estaba convencida de que lo que llevaban en el asiento trasero del coche le supondría un tiempo más de servicio. Aunque deseaba equivocarse con todas sus fuerzas, sabía que no llovería a su gusto. «Me cago en mi vida y en mi sexto sentido», pensó mientras se acercaba a Belén y a la oveja merina falsa, que ocultaba el panel de acceso a las instalaciones a las que intentaban entrar desde hacía más de quince minutos.

Por supuesto, el protocolo prohibía decirle a nadie la clave personal de acceso a las instalaciones de RES, pero Belén era tan guapa como inútil con la tecnología. Y, sobre todo, tenía la manía de olvidarse de su contraseña única e intransferible que, vamos a ver, era 1238, el año en que Jaime I reconquistó Valencia. «Belén, que naciste en Alicante, joder», se quejaba Arancha. Lo único que quería era entrar en el ascensor y terminar con la misión. Un código y doce pisos y aquel ya no sería problema suyo. A cuatro dígitos y doce plantas de su retiro dorado. Bueno, más o menos.

—Belén, de verdad, la de la derecha, la que tiene el morro negro. Solo hay una entre cien. No es tan complicado. En serio, tía, que solo necesito que distingas entre las churras y la merina para dejarte entrar sola.

—¡Arancha, no me pongas más nerviosa! —gritó Belén.

—Pero si la tienes a tu lado...

—Ya he intentado deslizarle la cabeza y no me deja. Me muerde. La de mi derecha no es.

—Trae, anda. Mira. Es que es esta otra —dijo señalando

con la mano—. La de tu otra derecha, vaya. La derecha de toda la vida. La que no es la izquierda, si lo quieres ver de otro modo.

Arancha presionó un botón disimulado entre la lana de la oreja de la oveja merina y el morro se le abrió con un breve zumbido. Ante ellas apareció un teclado numérico y pulsó 1238, el código de Belén, porque lo que en realidad quería era que esta se hiciera cargo de aquella operación.

Al principio no ocurrió gran cosa más allá de que la oveja, además de ser falsa y merina, soltó un balido de aprobación. Tres segundos después, un breve temblor anunció la apertura de las oficinas de RES. O, más bien, del ascensor de entrada, que emergía con un sonido hidráulico de debajo del pasto de las ovejas.

—Mira, Belén, de verdad, yo no puedo más, es que no me voy a poder morir nunca.

—Tú lo ves muy fácil, Arancha, pero yo no distingo churras de merinas. Llámame urbanita.

—Pues ya podrías, Belén, que llevas quince años trabajando aquí. Anda, ayúdame con lo del asiento trasero, yo no puedo sola y Lola nos está esperando. Y ya sabes que no le gusta que lleguemos tarde.

Arancha y Belén caminaron hacia el coche, cogieron un bulto grande y alargado que no se distinguía bien en la noche y se dirigieron hacia el ascensor con evidente dificultad. Justo cuando se cerraba la puerta, el bulto gimió, incómodo.

2

Arancha
Unas horas antes

Una inoportuna llamada despertó a Arancha de una de sus po-
quísimas oportunidades de dormir una siesta decente. A rega-
ñadientes, se estiró en la cama y alcanzó su terminal de trabajo.
Miró la pantalla: NÚMERO OCULTO. Entendía que eran las seis
de la tarde, pero a Arancha no le gustaba que la despertaran
justo cuando había cogido el sueño. Y menos para trabajar, así
que su humor era aún más cáustico de lo habitual.

—Arancha al habla. ¿Quién coño eres?

—¿De verdad crees, Arancha, que esas son formas de
contestar a tu jefa? —respondió una voz dulce pero firme—.
Bueno, quien te quiera que te compre. Te necesito espabilada
y vestida. Y, por Dios, duchada esta vez. En media hora, en la
Puerta del Sol.

—Lo siento, Lola —se disculpó Arancha—, ya sabes que tengo un despertar... curioso.

—No, curioso no, tienes un despertar de mierda, querida mía.

—¿Has dicho en la Puerta del Sol? ¿Cómo quieres que llegue en media hora desde Teruel?

—En AVE, si te parece. Anda, sal a la calle. Te está esperando el Dodge.

—No, por favor, el Dodge no. Cualquier cosa menos el Dodge. Voy remando en la Pinta, si hace falta. Pero el Dodge no, por favor.

—Te espero allí. Según mis cuentas, te quedan veintisiete minutos.

—¿No puedes venir a recogerme con lo que sea que vas...? —Notó que la señal se cortaba y miró la pantalla—. Nada, ha colgado. No hay manera de despedirse de esta buena mujer.

Arancha echó un vistazo rápido al apartamento. La luz de la tarde se filtraba por los vinilos que la anterior inquilina había colocado «para mantener la intimidad» y que, con aquel arcoíris que se desperdigaba por todas partes a partir de las diez de la mañana, lo único que conseguían era que el salón pareciera un bar de ambiente. Lo cual, dicho sea de paso, era el pasatiempo preferido de Macario y Facundo, sus dos gatos, que se dedicaban a arañar, morder, lamer y bufar cada uno de los colores que se dibujaban sobre el sofá.

—Mac, Fac, dejad de arañar el sofá, en serio. Que tiene

seis meses, aún lo estoy pagando y no me da para comprar otro —dijo entre amenaza y bostezo, lo que consiguió un efecto cero en el comportamiento de ambos felinos.

Se levantó, buscó en el suelo del dormitorio unas bragas y las olió. «Están bastante limpias», se convenció a sí misma. Se las puso y anduvo como una zombi hasta la cafetera. «Benditas máquinas modernas que le das a un botón y te preparan un café medio decente», pensó en voz alta.

La ducha, concluyó mientras miraba su reloj, no iba a ocurrir. ¿Cuándo fue la última vez que se dio una? El martes. Habían pasado dos días. Pero tras lo del Manzanares del miércoles podía darse por remojada, así que eligió a ciegas varias prendas de ropa del montón de la plancha que tanto ella como los gatos sabían que nunca llegaría a disminuir. Pantalón negro, blusa blanca y americana gris marengo. Efectivo y efectista.

Salió del dormitorio y en el salón apartó a Mac, que dormitaba encima de los únicos zapatos que no estaban completamente destrozados de correr. Caminó hacia el baño para intentar adecentarse las ojeras. Desde luego, iba a necesitar del corrector para disimular que había dormido solo siete horas en las últimas cinco noches. Maldito trabajo.

Menos mal que estaba decidida a dimitir aquel mismo día. Tenía la carta escrita desde hacía semanas, solo tenía que firmarla y dársela a Lola. Se la metió en el bolsillo interior de la americana. Sabía que en cuanto la entregara habría bronca, pero ¿qué narices? Cada día le gustaba menos jugarse la vida por la mierda de sueldo que RES le pagaba el veintiocho de cada mes.

Resignada, cogió el bolso y se echó una última mirada en el espejo de la entrada. «Necesito un repaso de pintalabios. Me lo daré en el Dodge, no hay problema», se dijo y salió a la calle. Hacía demasiado frío para ser mayo, pero era lo que tenía Teruel: once meses de invierno y uno de infierno.

Afuera la estaba esperando Antonio, el chófer. Bajito, calvo, fondón y con humor de cuñado, pero el mejor conductor que RES tenía a su disposición. Y el único que aguantaba a Arancha, que acumulaba el mayor número de quejas en Recursos Humanos de toda la Secretaría, con bastante diferencia respecto al segundo puesto. Aquello era algo de lo que Arancha se sentía secretamente orgullosa.

—Llegas tarde. Y pareces mi abuela —apuntó Antonio.

—Oye, pues muchas gracias. Aunque, en primer lugar, dudo mucho que tu abuela conociera el corte británico de las americanas. Y dicho esto, ¿a ti nadie te ha enseñado lo de la regla de los diez segundos? Porque mira que es sencillita: si algo no se puede arreglar en diez segundos, ¡te callas la puta boca y no se lo dices a nadie! Anda, métete en el coche, que tenemos que llegar a Madrid en menos de treinta minutos.

—Llegaremos en quince. En cuanto salgamos de este lugar en el que te empeñas en vivir, damos el salto y ya nos plantamos allí.

—No te haces una idea de lo poquito que me gusta el salto. Y de lo barato que me sale vivir en «este lugar», como lo llamas.

—Arancha, que llevas un cuarto de siglo en RES… Un poquito de acostumbrarte a estas cosas no te vendría mal.

—Avísame antes, que tengo que repasarme los morros.

—Como si fueras a arreglar algo con ello.

—El coño me vas a arreglar tú un día, Antonio.

Arancha le lanzó una mirada que podía matarlo al instante, pero, como era Antonio, la rebajó en el último momento para solo odiarlo de la manera más profunda que sabía. En cualquier caso, el chófer ni se inmutó. «Así es el muy cabrón», pensó Arancha. Estaba segura de que disfrutaba con su reacción cuando daban un salto.

Una vez dentro del Dodge, se dirigieron a su destino en silencio. Mientras Antonio veía desaparecer en el retrovisor la callejuela donde Arancha se había emperrado en vivir, ella se arreglaba los labios con una barra desgastada, de un color entre burdeos y púrpura, que Antonio tuvo que reconocer mentalmente que le sentaba bastante bien. Pese a que poco se podía mejorar aquella cara de señora mustia que Arancha arrastraba desde hacía días.

Tras unos pocos kilómetros respetando escrupulosamente el límite de velocidad, Antonio miró a Arancha, y esta asintió y se agarró a la manilla superior de la puerta. El chófer introdujo unos datos en la pantalla táctil: las coordenadas a veinte metros de la Puerta del Sol de Madrid.

—¿Preparada?

—Pues lo mismo de siempre, Antonio. No, en absoluto. Para nada. Cero. *Niet*. *Rien de rien*. Vamos, que prefiero una visita al ginecólogo.

—Agárrate fuerte y calla, pues —dijo, y pulsó un botón verde a la derecha del aire acondicionado.

Dos segundos después, el vehículo volaba por los aires con un estruendo sordo y, gracias a las coordenadas de Antonio, realizaba una parábola perfecta para depositarse como si tal cosa en una perpendicular de la calle Carretas, a menos de veinte metros de la Puerta del Sol de Madrid.

Arancha se soltó de la manilla, abrió la puerta con urgencia y vomitó el mediocre café que se había tomado hacía tan solo veinte minutos. «Me cago en el Dodge, me cago en el café de cápsulas y me cago en RES, ¡joder! Menos mal que ha sido mi último viaje», se recordó mientras cogía el pañuelo de tela que Antonio le ofrecía.

Una vez recompuesta, salió del coche y se despidió con un gruñido.

—Yo también te quiero —le respondió Antonio. Ella le dedicó una peineta de espaldas mientras se dirigía hacia el centro de la plaza madrileña, donde Pikachu y Hello Kitty estaban empezando a discutir. «Debe de ser jueves», se dijo sonriendo por su ocurrencia.

Aunque Arancha no se estaba fijando mucho en lo que pasaba a su alrededor, sí que se dio cuenta de que la Puerta del Sol no estaba precisamente como debería ser. Empezó a darle vueltas a la cabeza, pero vamos, sabía que las farolas no alumbraban normalmente hacia arriba y que, desde luego, antes no se doblaban en un ángulo de noventa grados.

Caminó unos metros y enseguida localizó a Lola. Siempre elegante, la jodida. Con el pelo gris, brillante, y uno de esos cortes atemporales que nunca pasaban de moda, podría tener entre los cuarenta y cinco y los ochenta y dos años. Vestía una túnica silueteada por un cinturón ancho y se apoyaba en su siempre fiel bastón paraguas con el que Arancha habría jurado que discutía de vez en cuando, aunque no podía asegurarlo tampoco.

—Gracias por venir a trabajar, agente. —Miró su reloj—. Y gracias por aparecer casi puntual. Creo que esta es la quinta vez en todos sus años de servicio. Es muy de agradecer.

—No me jodas, Lola. Que me has mandado el Dodge. Si llego tarde así, apaga y vámonos.

—Cualquiera que haya sido el motivo de tu puntualidad, me alegro. Pero vamos a lo que importa: tenemos una Incidencia Elemental.

—¿No me digas? —dijo irónica, observando ya con detalle la plaza más famosa de Madrid—. ¿De qué información disponemos?

—La verdad, Arancha, poca. Sabemos que se trata de un Elemento y que, como puedes ver, produce algún tipo de onda expansiva de tal magnitud que dobla los metales, expele a las personas y, a juzgar por el estado de la parada de metro, destroza los cristales con una facilidad impresionante. Doce heridos en poco más de cinco segundos, según los testigos. Y, en el epicentro, una mujer joven, morena, con ropa de fiesta y el maquillaje corrido. Sospechamos que venía de casa de alguien, tras una noche de sexo casual.

La descripción de Lola era una versión Disney de lo que Arancha observaba en la plaza: taxis volteados, farolas dobladas en ángulo recto, parte de la fuente izquierda destrozada, la famosa estación de metro con forma de pez convertida en una raspa y los comercios de los alrededores con los cristales rotos. Incluso aparecía tumbado uno de los estancos cercanos, así como el ascensor de acceso al metro. Todo parecía converger en un mismo punto, justo donde Pikachu y Hello Kitty discutían, supuso que por las propinas que, como era lógico, también habían volado.

Arancha solo deseaba encontrar a Belén entre los agentes de RES que ya estaban en la zona. Era mucho mejor que ella en todo lo relacionado con el trato con las personas. Maldijo en voz alta que no hubiera llegado.

—¿Todo bien, agente Blasco? —preguntó Lola—. Si estás esperando a Belén, te adelanto que no va a venir. —Parecía que le leía el pensamiento—. Está en una misión en Sevilla, buscando a un Curro activado en el cementerio.

—¿Otra vez? De verdad, ¿cuándo vais a quemar ese sitio? Espero que esta vez no traumatice a ningún niño.

—Llevamos años hablando con la Junta de Andalucía, pero, ya sabes, ha habido cambio de Gobierno y, como cada cuatro años, hemos tenido que iniciar otra vez los trámites. Así son los políticos.

—Imbéciles —aseveró—. Son imbéciles y no tienen ni puta idea.

—No has escuchado esas palabras de mi boca. Pero en este caso concreto, he de admitir que no te alejas de la realidad.

Arancha comenzó a estudiar la escena meticulosamente. Era evidente que el destrozo era obra de un Elemento. Y debía de haber ocurrido hacía muy poco, a juzgar por la temperatura de las dobleces en las farolas. Preguntó por Leonor, pero estaba ocupada. «Pues nada, me toca lidiar con los moñecos. Empezamos bien. Estupendamente», se dijo entre dientes.

Como sospechaba, ni Pikachu ni Hello Kitty sabían nada de lo ocurrido. Acercarse a ellos solo le sirvió a Arancha para perder diez euros y que la gata muda le plantara un bofetón porque se pensó que le tiraba los trastos a Pikachu. Se conoce que eran novios. Desde luego, cada día entendía menos a las personas.

Una inspección más detallada desde el epicentro de la incidencia permitió a Arancha hacerse una idea más precisa de lo ocurrido: alguien, con un Elemento en su poder, había ejercido toda la fuerza posible, aunque todo indicaba que aquella persona no sabía cómo ni por qué. Un uso accidental, vaya. Aun así, ¿cómo había podido provocar semejantes destrozos y seguir con vida?

—Lola, diles a todos los agentes que busquen en los baños de los bares cercanos. Algo me dice que quien ha usado el

Elemento está cerca y, sobre todo, asustada. Que se aproximen con cautela y tengan mucho cuidado. Sea quien sea, aún tiene el Elemento en su poder.

—¿Estás segura?

—Tan segura como de que los paraguas no hablan.

—Pero ¿qué estás diciendo, Arancha? —preguntó, tapando la empuñadura de su paraguas con ambas manos.

—No me hagas caso, Lola. Cosas mías. Diles que registren cada uno de los baños. De mujeres, por lo que me has contado. Sobre todo, los que están en el sótano o escondidos en el fondo.

—Ya habéis oído a Arancha —dijo Lola hablando a la bellota dorada que colgaba de la solapa de su abrigo, como un broche decorativo—. Agentes, quiero todos los servicios y baños de esta plaza y las calles colindantes peinados como si buscarais oro en el lejano Oeste. Arancha, tú conmigo. Algo me dice que tienes alguna idea de con qué estamos lidiando.

—Y tú también, pero aún no has llegado a la conclusión a la que he llegado yo hace exactamente treinta segundos —dijo con un leve deje de sorna. Le gustaba adelantarse a Lola, aunque sabía perfectamente que su jefa daría con el Elemento desconocido antes o después, con o sin ella.

Se acercó a Lola con una sonrisa que confirmaba que, efectivamente, algo sabía. La jefa iba a tener que aguantar su altanería hasta sonsacárselo. Lo único que la salvaba era ser la mejor agente de RES; si no lo fuera, Lola le habría hecho tragarse el paraguas hacía años. Quizá el paraguas no, porque le tenía cariño, pero algo, seguro.

Ambas se sentaron en lo que quedaba de la fuente izquierda de la plaza de la Puerta del Sol. Arancha encendió un cigarrillo, pese a las quejas de Lola, quien le advirtió, inútilmente, de que un día de esos se moriría por viciarse con aquellas cosas. Arancha la ignoró, como siempre.

Dio una larga calada y, mirando al reloj cuyas campanadas anuncian cada cambio de año, comenzó a explicar a su jefa la teoría que tenía en la cabeza desde que había visto que las farolas se habían doblado como si fueran de plastilina.

—Estamos hablando del Elemento de una grande —dijo tras exhalar el humo—. Me inclino por cualquiera de las dos Rocíos.

—Pero, Arancha, hace décadas que no sabemos de ningún Elemento suelto de ninguna de las dos. Me resulta imposible creerlo. Y, sin embargo...

—Lo que está claro es que tratamos con un Elemento proyector. Que no sabemos muy bien cómo, pero crea ondas expansivas que destruyen principalmente el cristal. Suma Elemento y proyector y te dará algo de la voz. Así que sabes que tiene que ser algo de la Dúrcal o de la Jurado. No puede ser de otra. Y, visto lo visto, me decantaría por La Más Grande.

—Pero si un Elemento de cualquiera de las dos estuviera suelto... Estaríamos hablando de un potencial destructivo de nivel 5, Arancha. Y esto, como mucho, llega a nivel 3.

—Eso es porque no te has fijado en las grietas de nuestra famosa tienda de la manzana mordida, querida jefa. Sea quien sea quien disponga del Elemento tuvo que ser atacada por sorpresa y, por tanto, su reacción fue instintiva. Imagina lo que podrá hacer en cuanto conozca todo el potencial del Elemento.

—Pero ¿por qué buscas en los baños de mujeres? Ya sabes que encontramos un Elemento de la Jurado en aquel concurso de talentos de la tele pública. Y lo llevaba puesto un hombre.

—Por la fuerza del ataque. Un nivel 3 como dices, que yo diría que es un 4 como mínimo, solo puede haber sido obra de una mujer. Sabes que los Elementos de las Rocíos siempre se potencian con una voz femenina. Y si no, que se lo pregunten a Mónica Naranjo.

—No seas mala, Arancha. Lo de la Naranjo es solo talento suyo.

—Lo que tú digas, Lola. Yo sigo sin creerme lo del disco *Tarántula*. Pero, es cierto, nunca encontramos pruebas. Así que, en el caso de Mónica, lo dejaremos en «presunto Elemento».

Lola suspiró y bajó la mirada. Sabía que Arancha tenía razón, pero le daba mucha rabia que hubiera llegado tan rápido a aquella conclusión. La sacaba de quicio que fuera, sin lugar a duda, la mejor.

Instantes después, cuatro agentes de RES se acercaron a la fuente con una mujer inconsciente. Joven, morena, con el maquillaje estropeado y la ropa, claramente de fiesta, hecha jirones. Evidentemente era la persona que estaban buscando. Y, sin embargo, por lo que afirmó el joven agente que en aquellos instantes registraba el bolso de la chica, no habían localizado ningún Elemento en su ropa, que había sido examinada a conciencia, ni entre sus pertenencias. Arancha cada vez tenía más claro que aquel asunto se iba a complicar más de lo que le convenía para su último caso.

—Arancha: Belén y tú debéis dirigiros cuanto antes a las oficinas con la chica. Afortunadamente, el agua de Revilla ha hecho efecto y podréis transportarla sin que se dé cuenta. Tenéis el FA a vuestra disposición.

—¿No estaba Belén en Sevilla? —preguntó Arancha un poco confusa.

—Me acaba de avisar. Se encuentra a cinco minutos de aquí.

—Además, jefa, en el FA no cabemos tres personas ni de coña. Es un coche de carreras.

—Ah, no te lo he dicho, el doctor Alban ha conseguido trasladar el Elemento fuente del FA a un transporte, digamos, mucho más cómodo. Lo hemos pintado de burdeos por ti. Espero que, de una santa vez, te guste un vehículo de la Secretaría.

En aquel instante, un Seat León completamente nuevo apareció ante ellos. De la puerta del conductor bajó Belén con un traje de chaqueta blanco —qué bien le quedaba todo a la muy cabrona— y la sonrisa de superioridad de siempre.

«Qué guapa es, la jodía», pensó Arancha. Aunque, tras examinar sus zapatos —como siempre de tacón de aguja y por lo menos de diecisiete centímetros— se compadeció de su compañera. «Ya veríamos si conseguía llegar a RES con los *stilettos* puestos», pensó entre la lástima y la risa.

La relación de Arancha y Belén siempre había sido un tanto «ni contigo ni sin ti». Hace quince años, cuando Lola la introdujo en RES, Arancha sintió la necesidad de acogerla bajo su ala, en plan mamá gallina.

La verdad era que Belén, nada más llegar, llamaba la atención por dos cosas: su belleza innata, aprovechada con elegancia, y su nula capacidad para trabajar con cualquier instrumento tecnológico. En el momento en que le dieron su primer terminal telefónico, Arancha tuvo que sentarse con ella en la cafetería de RES durante horas para explicarle su funcionamiento. Habían pasado por más de diez terminales y aquella sesión se había repetido otras tantas veces.

Pero Arancha, no sabía por qué, le tenía un cariño especial. El día que la vio llegar, se acercó con un «Rubia, ¿qué te trae por aquí?» y se hicieron compañeras inseparables desde entonces. Aquello fue justo cuando la predecesora de Lola acababa de ascender a la dirección de RES. A Lola le gustaba más trabajar sola y, aunque algunas veces se juntaban las tres para una misión, fueron Arancha y Belén, desde que esta entró en la Secretaría, las que se convirtieron en amigas.

Era también cierto que a veces no la soportaba. Entre que siempre iba impecable, mientras que Arancha más que vestirse se tapaba, y que era una loca al volante, Arancha no paraba de criticarla. Pero, tras década y media de compañerismo, era de las pocas personas que se tomaba su humor cáustico y socarrón como debía tomarse, esto es, a coña.

Eso sí, si algo le molestaba de Belén era aquella manía de llevar taconazo en cualquier ocasión, y que además consiguiera caminar, correr, andar… Todo con una elegancia de la que Arancha carecía por completo. Era como si hubieran puesto a una Barbie al lado de una G.I. Joe. No pegaban para nada.

Y, sin embargo, tenían en su haber el mayor número de éxitos de la Secretaría, de calle. Y Arancha estaba segura de que Belén sentía un poco lo mismo por ella. Un «ni contigo ni sin ti» que ya duraba quince años, diez menos de los que Arancha llevaba en RES. Un trabajo que, con suerte, terminaría aquel mismo día. Aunque, cada vez que pensaba en que se tenían que llevar a la sospechosa a la sede central, daba gracias por no haberle puesto fecha a su carta de dimisión. Porque casi seguro que tendría que tacharla.

Se saludaron como siempre, con un movimiento de cabeza y una sonrisa, y entre ambas transportaron a la sospechosa al asiento trasero del FA. Justo cuando iban a cerrar la puerta, Arancha se fijó en algo en lo que no había reparado mientras revisaba su ropa: el tatuaje de un clavel rojo en su antebrazo izquierdo. Aún estaba inflamado, así que las punciones debían de ser recientes. En aquel instante, algunas de las farolas de la plaza se encendieron, anunciando la puesta de sol. El efecto que se produjo era un poco fantasmagórico, porque más de la mitad alumbraban de lado. Aquello permitió a Arancha fijarse mejor en el tatuaje de la sospechosa. Se trataba de un clavel hiperrealista que, si la memoria no le fallaba, era el que Rocío Jurado lució en el escote durante el especial de televisión que le dedicaron años atrás y al que RES nunca pudo acceder.

«No puede ser», pensó, y se sentó en el asiento del copiloto mientras Belén hacía lo propio para conducir.

—Contigo al volante, Belén, no sé si prefiero el Dodge —dijo Arancha con malicia.

—¿Ah, sí? Pues agárrate, que vienen curvas, chata —dijo Belén y pisó el acelerador, con lo que la Puerta del Sol se convirtió en un recuerdo en menos de quince segundos.

—¿Qué ha pasado al final con el Curro? —dijo Arancha mientras Belén se desabrochaba la impoluta chaqueta blanca de su traje hecho casi a medida.

—No te preocupes, ha sido neutralizado —contestó con una sonrisa inocente. Qué rabia le daba a Arancha que fuera tan guapa y pija sin resultar desagradable.

—¿Te ha dado muchos problemas?

—No más de los habituales. Pero hay que quemar ese cementerio. Me tiene hasta… Bueno, hasta donde tú sabes.

—Hasta las tetas, Belén. Hasta las tetas. Tienes que dejar de ser tan fina.

3

Belén
El cementerio de los Curros

Belén no ocultaba su hastío cuando la jefa la mandaba a Sevilla. Sabía que, si tenía que ir sola era porque había problemas con un Curro. Y Arancha odiaba a los Curros. Cuando se trataba de ellos, era un trabajo que precisaba discreción, elegancia y, sobre todo, mano izquierda; y Belén tenía bien claro que Arancha no era un ejemplo en ninguna de las tres categorías.

Al menos, Lola le permitió usar el FA. Bueno, el nuevo FA. El anterior lo dejó casi irreconocible en Zaragoza. Así que prefería no recordar aquella historia. Era mucho más agradable centrarse en el nuevo FA, un Seat León color berenjena —burdeos, para contentar a Arancha, la niña mimada de RES— con todos los extras que un vehículo podía tener: pantalla táctil, climatizador, asientos calefactables, modo piloto automático… Por tener, tenía hasta conexión directa con Civi, con la que podías charlar mientras viajabas. Pero aquella función prefería no probarla, por el momento.

Además de todas las mejoras que David, el director del departamento de Aplicación de Elementos, había podido introducir en el FA —como los cristales antibalas, las ruedas resistentes a cualquier pinchazo y el arsenal de armas disimuladas en todos y cada uno de los rincones posibles—; además de todo esto, pues, habían colocado el Elemento principal: la cruz de la bandera de Asturias que ella misma distrajo de cierto coche en una visita a la Fórmula 1 años atrás y que hacía que el FA pudiera alcanzar velocidades inimaginables con un limitadísimo riesgo de accidente. Unas tijeras, mucha maña y un buen juego de melena para distraer a cierto piloto español, y RES disponía de un auténtico coche bala que, además, era una gozada conducir. Mejor dicho, lo era que te condujera.

En resumen, pensó que la misión tenía sus alicientes. Solo debía llegar al cementerio de los Curros y descubrir cuál de ellos había vuelto a la vida en aquella ocasión. Y neutralizarlo, claro. Cada vez que pensaba en aquel lugar… se la llevaban los demonios.

Entendía que RES tenía que permanecer en secreto para toda España, políticos y civiles incluidos, pero ¿de verdad nadie había podido evitar que se juntara a todos los Curros de la Expo 92 en un mismo lugar?

No hacía falta ser un genio —y en RES contaban con más de dos docenas de los seres más inteligentes a nivel nacional— para saber que el cementerio de los Curros se iba a convertir en un quebradero de cabeza para la Secretaría, un punto negro de Elementos sin control. Y tras dieciocho activaciones en los últimos veinte años…, alguien debería haber hablado ya con la Junta de Andalucía o con el Ayuntamiento de Sevilla para hacer algo al respecto. «Políticos —pensó Belén—, los únicos ciegos que conozco con la vista a pleno rendimiento».

Mientras se perdía entre aquellas tribulaciones, el FA llegó a su destino. No estaba mal: Elche-Sevilla en menos de una hora. Y sin levantar las sospechas de ningún radar. Bueno, Sevilla exactamente, no: Alcalá de Guadaíra, que era donde se encontraban las más de cien mascotas de la Expo que tuvo lugar en Sevilla en 1992, obviamente. Curro, una especie de pájaro con patas de elefante y cresta arcoíris, fue, junto a Cobi, una de las dos mascotas que España tuvo aquel año.

A Cobi, el de los Juegos Olímpicos de Barcelona, creado por el famoso diseñador Mariscal, lo despidieron en la ceremonia de clausura y de él nunca más se supo. Sin embargo, Curro, ideado por Heinz Edelmann, se quedó en las instalaciones de la Expo 92 en Isla Mágica cuando esta cerró, pero con el tiempo se los llevaron todos a un desguace de Alcalá de Guadaíra que después tomó el nombre popular de «cementerio de los Curros» por la acumulación de mascotas en un espacio tan reducido.

Belén le dio una vez más las gracias a Fernando por su credulidad, cogió su arma reglamentaria y salió del vehículo para buscar al Curro activado. Afortunadamente, según sus informadores, todavía estaba en el cementerio, así que esta vez sería fácil neutralizarlo. Cruzó por su mente un instante la neutralización del anterior, en medio de la plaza de las Setas y con más de cuatrocientos testigos. Demasiados malabares.

Traspasó las verjas desprotegidas y enseguida vio al Curro que buscaba. Tampoco fue muy difícil, la verdad: era el que se movía y zarandeaba al resto de las más de cien mascotas con pico y pelo arcoíris, el que intentaba que sus compañeros despertaran y se unieran a su Revolución de las sonrisas. Belén se acercó, negando con la cabeza. Pensaba en un plan para desactivarlo con el menor esfuerzo posible.

—Hola, Curro —dijo con la voz más dulce que pudo, una vez que se aproximó lo suficiente para no tener que gritar—. ¿Puedo ayudarte en algo?

—¡Necesito despertar a mis camaradas! ¡Tenemos que llenar Sevilla de luz y color para celebrar la Exposición Universal! ¡El quingentésimo aniversario del descubrimiento de América!

—Madre mía, qué pájaro más tonto —dijo Belén entre dientes. Y acto seguido, de nuevo con su voz más encantadora, añadió—: Pero Curro, ¿no ves que están durmiendo la siesta? Tienes que dejarlos descansar.

—Pero sin ellos no podré alegrar a los ciudadanos de todo

el mundo que están a punto de entrar en la Exposición Universal. ¡Es nuestro orgullo y nuestro deber! ¡Camaradas! ¿Me escucháis? ¡Tenemos una obligación que cumplir!

—Curro, corazón, ven conmigo, anda. —El pájaro se acercó a trompicones; el diseño de patas de elefante y alas rígidas no era el más cómodo para moverse, había que reconocerlo. En cualquier caso, iba a ser coser y cantar—. Verás, bonito. Tenemos un problema. Resulta que la Expo del 92, como bien dices, tuvo lugar hace algunas décadas. Vosotros, los Curros, ya cumplisteis con vuestro cometido. Fuisteis, sin lugar a duda, la mascota más apreciada por los niños de ese año y los siguientes. Se hicieron todo tipo de souvenirs con vuestra imagen. Y, durante esa década, te garantizo que vuestra única competencia fue Cobi, la mascota de los Juegos Olímpicos de Barcelona, también en 1992.

—Entonces, ¿quieres decir que ya hemos acabado nuestro trabajo? —preguntó Curro, entre decepcionado y triste. La cosa iba bien, solo tenía que mantener aquel sentimiento un poco más y se desactivaría—. Y, en ese caso, ¿qué hacemos aquí?

—Pues eso mismo me pregunto yo, Curro. Pero la Junta de Andalucía decidió que, cuando terminara vuestro trabajo, se os guardara aquí porque les daba pena romperos.

—¿Rompernos? ¿Cómo que rompernos? ¡Querrás decir matarnos! —«Oh, oh», sonó en la cabeza de Belén. La rabia no era buena para un Curro. «Allá vamos», se dijo—. ¡Nos querían matar y nos dejaron aquí para que muriéramos! ¡Hay que acabar con esta injusticia! ¡Hermanos, levantémonos y luchemos contra la Junta de Andalucía para reclamar nuestra libertad! —espetó mientras se alejaba de Belén y volvía a zarandear a los Curros desactivados.

«Bueno, pues no me queda otra», suspiró Belén al sacar la pistola. Y mientras lamentaba que sus palabras no hubieran tenido el efecto deseado, levantó el arma y disparó al pelo arcoíris del Curro rebelde. Un tiro certero que le destrozó la cresta y que, instantáneamente, hizo que la mascota cayese de lado para no levantarse nunca más. «Uno menos, solo quedan… Malditos políticos», pensó mientras echaba una última mirada al cementerio y regresaba al FA.

Cuando llegó al vehículo, tenía una llamada perdida. Número oculto. Lola. Marcó la extensión de la jefa y enseguida le respondió su intrigante voz:

—Belén, te necesito en la Puerta del Sol cuanto antes. Tienes que llevar a Arancha y a una sospechosa a las instalaciones. ¿Cuánto tardas?

—Voy con el FA, jefa. Dame cuarenta minutos y me tienes allí.

—Sé que puedes, y quieres, llegar antes. Intenta que sean veinte.

—De acuerdo, jefa. Conducción manual, entonces —respondió Belén, notablemente emocionada.

Iba a estrenar la conducción manual del FA. Y sin Arancha al lado gritando como una loca. Y pudiendo cantar a todo volumen, uno de sus placeres ocultos, sin que le echara la bronca por no afinar. Al final, venir al cementerio de los Curros había valido la pena.

4

Arancha
La churra entre las merinas

Arancha tenía que admitir que prefería mil veces el FA al Dodge, pero también reconocía la velocidad del segundo y, sobre todo, que Antonio no tuviera conectada siempre la radio a todo volumen. Belén era una gramola hecha mujer. No había canción que no se supiera y que no cantara a grito pelado. «Belén, querida, que no te van a coger en *Operación Triunfo*, que cantas como un gato al que le han pisado la cola», pensaba mientras observaba en el GPS cómo los minutos restantes hasta la Secretaría disminuían a una velocidad considerable.

Tras salir del vehículo y tener la misma discusión de siempre —«Arancha, que no la encuentro», «Belén, por el amor de Dios, que solo hay una merina», «Ten cuidado, que no es esa y te va a dar un mordisco» y demás—, por fin el suelo comenzó a temblar levemente mientras la puerta de RES aparecía lenta y mecánicamente ante ambas. Bueno, ante las tres, pero dudaba de que la persona que tenían que llevar a rastras entre Belén y ella se estuviera enterando de nada de lo que ocurría.

Una vez que hubo tomado la altura correspondiente, la puerta se abrió con un leve zumbido y las luces del interior del amplio y reluciente ascensor cegaron momentáneamente a las dos agentes. Pasar de la más absoluta oscuridad a la luz brillante de los leds reflejados en los múltiples espejos del habitáculo era algo a lo que no se acostumbra nunca nadie. La sospechosa pareció molestarse por el brillo, pero enseguida dejó de gemir y volvió a dormir plácidamente.

—Llevémosla a la sala cinco. Es la más protegida y, si conozco bien a Lola, es donde habrá dejado la rebequita verde manzana.

—Como quieras, Arancha, pero rápido, que pesa. Escucha, ¿te puedes encargar tú de hablar con ella? Me he recorrido media España a mucha más velocidad que un tren bala japonés y no tengo la cabeza para sonsacar información. Además, he tenido que acabar con un Curro y ya sabes que me afecta —dijo mientras pulsaba el botón del piso 12, que conducía a las salas de interrogatorios y a las denominadas «suites forzosas».

—No entiendo el cariño que le tienes a esos engendros. Si por mí fuera, habría hecho una hoguera con ellos en cuanto se despertó el primero. Incluso antes, por si acaso.

—Siempre tan compasiva, Arancha.

—Bueno, no me toques las tetas, Belén, que le acabas de separar la cresta del cuerpo a uno.

—Sí, porque no me ha quedado otra. ¿Cuánto vamos? Me ganas trece a cinco, ¿no?

—Y dudo mucho que llegues a ganarme —respondió, orgullosa.

Belén puso los ojos en blanco. Arancha sonrió al haber conseguido molestar un poco a su compañera atacando su buenismo en favor de los Elementos más tontos a los que se habían tenido que enfrentar.

La conversación duró lo que el ascensor tardó en bajar los doce pisos. La puerta se abrió para descubrir un pasillo cálido y acogedor, con maderas de tonos suaves e iluminación de imitación natural. «Nada que ver con el fogonazo del ascensor», pensó Arancha. Es lo que más le gustaba de su trabajo: las instalaciones.

Belén le ayudó a trasladar a la sospechosa a la sala 5 y sentarla en uno de los sofás de diseño. Una vez liberadas del peso extra, se despidió para dirigirse al departamento de Elementos Neutralizados, situado en la planta 18. No le iba a costar mucho, pero tenía que explicar oficialmente lo que había ocurrido con el Curro. Papeleo y las demás formalidades propias de un organismo oficial español.

Por su parte, Arancha se sentó a esperar a que la sospechosa se despertara. El agua de Revilla tenía un efecto de unas tres horas, así que estaba a punto. Pero, por si acaso, Arancha se colocó la rebeca de cuello redondo que colgaba de una percha junto a la puerta.

La prenda era tan horrenda como efectiva. Había pertenecido a cierta expresidenta de la Comunidad de Madrid y tenía la propiedad de inmunizar, de modo que ningún otro Elemento la afectaba. Como a la que fue su dueña, a la que jamás afectó un escándalo en lo que duró su larga carrera como presidenta. Así, Arancha podría enfrentarse al Elemento que la sospechosa poseyera, aunque ya hubieran revisado a conciencia tanto su ropa como sus pertenencias. Porque, si no estaba equivocada, el Elemento estaba tatuado en su antebrazo.

De hecho, lo que a Arancha más le intrigaba y le preocupaba era aquello, el tatuaje del clavel rojo que había visto antes en su antebrazo izquierdo. No sabía cómo había llegado hasta allí y, pese a que empezaba a formársele una idea en la cabeza, era tan rebuscada y descabellada que a ver cómo se lo explicaba a Lola sin que le diera un ataque de risa.

La detenida, que se encontraba en buen estado, aunque despeinada y con la ropa hecha jirones, comenzó a mostrar signos de recuperar la consciencia. Era menuda, con el pelo rizado moreno y una de esas caras que cae simpática desde el primer momento. Delgada, pero no demasiado, y con buen gusto para vestir, al menos en opinión de Arancha. Se abrochó la rebeca —por si así reforzaba el efecto— y esperó. Tras unos instantes de confusión, la sospechosa empezó a hablar.

—¿Dónde estoy? ¿Qué está pasando? —Miró a Arancha—. ¿Quién es usted?

—Soy Arancha —dijo con voz tranquila intentando no poner nerviosa a una persona en posesión de un Elemento tan potente—. Estás en una sala de interrogatorios hermética de la Secretaría RES, y lo que está pasando es que has organizado un bonito pitote en la Puerta del Sol y necesito saber qué es lo que recuerdas.

—No... No me acuerdo. Solo recuerdo que estaba caminando por la plaza y un hombre intentó robarme el bolso. Forcejeamos y grité. Y... salió volando. No podía parar de gritar mientras veía cómo se iba rompiendo todo a mi alrededor. ¿Qué me ocurre? ¿Qué me han hecho?

Arancha suspiró, un poco frustrada. Pensaba que sería más fácil. Intentó acercarse a ella, pero la chica, de no más de treinta años, retrocedió en la silla, asustada. Y Arancha sabía que el miedo era lo peor que podía provocar en aquellos momentos con el Elemento en su poder.

—Tranquila. Empecemos por lo básico: ¿cómo te llamas?

—Elena, creo. Elena Fernández Flores —dijo, todavía visiblemente confusa.

—De acuerdo, Elena. Y... ¿qué puedes decirme del tatuaje de tu antebrazo? —La retenida se miró y comenzó a negar con la cabeza—. ¿Qué te pasa?

—Yo no me he hecho este tatuaje. Yo ayer no tenía este tatuaje. —Las sospechas de Arancha se confirmaban poco a poco. Y no tenían buena pinta.

—No te preocupes, será uno de esos que regalan con las patatas de bolsa —mintió mientras miraba con preocupación al espejo que cubría la pared izquierda de la habitación—. Vamos a hacer una cosa: ¿por qué no me cuentas lo que recuerdas desde ayer?

—Yo... salí por el centro con unas amigas a celebrar un cumpleaños. Comimos juntas en un bareto de la calle Montera y acabamos en un mexicano que tenía un dos por uno en margaritas. Nos entró hambre y una de nosotras dijo de tomar unas tapas y continuar la fiesta. Nos sentamos en una terraza y...

En aquel instante, la puerta de la sala 5 se abrió y por ella entró Lola. «Bien —pensó Arancha—. Estaba empezando a perder la paciencia». Era mejor que se encargara la jefa.

—¿Quién es usted? —preguntó Elena, confusa.

—Mi nombre es Lola. Soy la directora general de esta organización. La Secretaría RES, como supongo que ya te ha informado Arancha. Secretaría de Recuperación de Elementos Susceptibles.

—¿Elementos Susceptibles?

—En un rato llegaremos a eso. Pero antes, por favor, continúa tu historia. ¿Recuerdas que alguien te diera alguna cosa? ¿Un regalo, por ejemplo? —La cara de Elena pasó de dubitativa por la pregunta a sorprendida cuando comenzó a responder.

—El caso es que... Sí, cuando estábamos en la terraza se acercó el típico vendedor de rosas. Fue extraño, porque se dirigió directamente a mí y me ofreció un clavel rojo. Aunque juraría que en el manojo había solo rosas. —Se miró el antebrazo de nuevo—. De hecho, diría que era un clavel exactamente igual que este. Me lo dio, sonrió y se fue.

—¿Podrías decirme qué llevaba puesto? —preguntó Lola. Arancha la miró, encajando las piezas—. ¿La ropa que vestía?

—Pues... una camiseta de un equipo de fútbol. Blanca. Del Real Madrid, creo. La verdad es que habíamos bebido, pero de eso estoy casi segura. El caso es que me dio el clavel y no me pidió dinero. Sonrió y se fue. Disculpe... ¿Lola, era? —Lola asintió, con una leve sonrisa—. ¿Estoy detenida o algo así? ¿Es esto una comisaría o un cuartel? —Se la notaba nerviosa e inquieta, justo cuando la confusión de los primeros minutos se había disipado.

—Tranquila, Elena. Estás en un sitio seguro. Simplemente es mejor que te quedes aquí con nosotras, de momento, hasta que consigamos entender lo que te está pasando. ¿Cómo llegaste a la plaza por la tarde?

—Ligué con un chico. Me llevó a su casa y pasamos la noche juntos. Era encantador, nos levantamos tarde y comimos en su casa. Me fui sobre las cinco y, para entonces, mis amigas estaban comentando la noche anterior en un bar cerca de Sol, así que decidí ir con ellas, que creo que no habían parado desde el día anterior. Cuando estaba de camino me di cuenta de que me había dejado el bolso en casa del chico y volví a recogerlo. A lo tonto, serían las seis o seis menos algo cuando estaba saliendo del metro de Sol... Fue entonces, caminando por la plaza, cuando noté un tirón en el bolso. Un ladrón. Y luego, los gritos… Y lo siguiente que recuerdo es despertarme aquí con esta señorita llevando la rebeca esa tan horrorosa. —Elena empezó a temblar mientras recordaba el momento y se daba cuenta de que no sabía dónde estaba. Arancha se acercó para tranquilizarla pero, al ponerle la mano en el hombro, la chica gritó—: ¡Que no me toques!

El chillido de Elena se convirtió en una onda expansiva que puso del revés todo lo que había en la habitación. Lola se encontraba a la espalda de Arancha, por lo que esta no vio lo que le ocurría a su jefa. Ella seguía junto a Elena, impasible, gracias a la rebequita. Se giró para mirar a Lola y le sorprendió que siguiera en pie, con una sonrisa, tranquila. La onda expansiva debería haberla lanzado contra la pared del fondo. Y sin embargo… Hacía tiempo que Arancha había tomado la determinación de no preguntarse cómo Lola hacía las cosas que Lola hacía. Simplemente era Lola. Y punto.

—¿Qué… qué acaba de pasar?

—Lo que acaba de pasar —dijo Arancha— es que tienes tatuado, aún no sabemos bien cómo, un Elemento bastante potente. Y, por lo que me temo, alguien ha querido implantártelo a ti con toda la intención porque, por lo que nos acabas de relatar, se tomó demasiadas molestias.

—No lo sabes tú bien, querida Arancha —apuntó Lola mientras se levantaba despacio con ayuda de su paraguas—. Yo ya estoy atando cabos. Una camiseta del Real Madrid es otro Elemento muy potente. Y… y ya sabes que no me gustan los juegos de azar, pero me apostaría lo que quieras a que llevaba impreso el número 4.

—¿El número 4? —preguntó Arancha—. Pues claro. Tiene sentido.

—¿Podría alguien explicarme lo que está pasando? —dijo Elena, aún desconcertada por lo que había sucedido—. ¿Por qué todo está patas arriba y tú no has sufrido ni un rasguño? ¿Y Lola?

—Es por la rebeca. Sé que no me pega con nada, pero es muy efectiva. De hecho, lo primero que vas a hacer —dijo mientras se la quitaba— es ponértela tú. Y después nos vamos a ir a dar un paseo. Hasta que consigamos quitarte ese tatuaje, tendrás que quedarte con nosotras en RES.

—¿Qué pasa con el tatuaje? ¿Nadie me va a explicar qué es este sitio?

—La verdad es que no pensaba explicártelo todavía porque, total, no te lo vas a creer, pero allá va: ese clavel que llevas tatuado en tu antebrazo es el que lució entre sus pechos Rocío Jurado en uno de sus últimos conciertos. Y, créeme, esa mujer tenía mucho poder. Un chorro de voz impresionante.

Elena puso una cara que era una mezcla de incredulidad, sorpresa y miedo. No se estaba enterando de nada. ¿RES? ¿Rocío Jurado? ¿El número 4? Arancha le echó la rebeca por encima. Elena se quedó pálida, como si pensara que se había metido en un lío muy gordo.

5

Elena
Era normal que estuviese confusa

Lo primero que recordó al despertar fue que un señor muy serio la había rociado con algún tipo de espray y había caído redonda en el baño de señoras de un bar cercano a la Puerta del Sol. Había huido para esconderse después de lo sucedido. No entendía muy bien cómo, pero al gritarle al ladrón que intentaba robarle el bolso se había producido un terremoto en la plaza y prácticamente solo ella había quedado en pie.

«El final perfecto para esta noche», pensó mientras pestañeaba lentamente y volvía a la realidad en lo que parecía una sala de interrogatorios como las de las series de televisión norteamericanas.

Y eso que el día había empezado bien, con una llamada de su mejor amiga invitándola a celebrar el cumpleaños de otra amiga común. Un poco repentino, pero bueno, tampoco es que tuviera ningún otro plan. Comida, margaritas, tapas, descuentos para chupitos en el pub de moda, copas, «vamos a la disco», un chico guapísimo que la invita a la penúltima. Y la última en casa de él. Un despertar sonriendo, almuerzo en compañía y a leer los mensajes de las amigas. Que si dónde estaba, que si seguían de fiesta, que si salían de la disco, que si no tenían sueño, que si un after, que si churros con chocolate y que si no tenían sueño. Último mensaje, a las 17.38 h. ¿Tan tarde era?

Se arregló lo mejor que pudo en el baño del desconocido con el que había disfrutado de unas cuantas horas en la cama, sorprendentemente limpio para un piso compartido en Madrid. Se despidió de aquel chico tan guapo al que con toda probabilidad no volvería a ver, porque ella tenía esa puta suerte, y se dirigió a Preciados para reunirse con sus amigas y continuar con la fiesta. No entendía cómo seguían tan animadas y, casi mejor, prefirió no preguntar. Al menos, por mensaje. De las cosas presuntamente ilegales era mejor no dejar ninguna prueba escrita.

A punto de llegar a su destino, descubrió que se había dejado el bolso en casa del generoso desconocido. Volvió para recogerlo y, de repente, Elena ya no estaba de tan buen humor. Al pulsar el botón del ascensor descubrió lo que parecía un clavel impreso en su antebrazo izquierdo. Desde luego, para ser un sello de una discoteca tenía un tamaño descomunal. Intentó limpiarlo con un poco de saliva, pero no parecía que fuera a desaparecer tan fácilmente. Bueno, ya lo quitaría con una toallita desmaquillante en cuanto recuperara su bolso.

Llamó al timbre de su última conquista, pero abrió alguien que no se esperaba. Su madre. La de él, claro, no la suya, que estaba en Jaén. Entendió lo de aquel baño tan limpio. Y que, ya con total seguridad, no volverían a quedar. Se disculpó ante la señora, que llevaba el bolso en la mano y una cara de enfado considerable. «Créame, he sido lo mejor que le ha pasado a su hijo en mucho tiempo», pensó mientras sonreía y daba las gracias por el bolso.

Bajó por las escaleras para no esperar más en aquel edificio y volver con sus amigas. Confiaba en que no notaran la noche que había pasado, aunque se muriera de ganas de contarles la versión con todo lujo de detalles, aparición sorpresa de la madre incluida.

Fue en aquel momento cuando ocurrió todo. Demasiado rápido, aunque ahora lo recordara como a cámara lenta. Un tirón, Elena se giró y notó que alguien pretendía llevarse su bolso. Gritó y, de repente, todo se convirtió en un caos. Los cristales de la parada de Sol saltaron en millones de pedazos diminutos y vio atónita como las farolas de alrededor se doblaban a medida que su voz se alejaba. Dejó de gritar en medio del estupor y la sorpresa, con su bolso desaparecido y el ladrón volando en dirección al VIPS de enfrente.

Decidió, rápida y de manera inconsciente, largarse de allí. Subió por la calle Preciados hasta la plaza Callao y entró en el baño del Rodilla, el único al que se podía pasar sin el código de acceso del tíquet de compra. Se encogió ahí dentro, asustada y sin creer nada de lo que le estaba sucediendo, esperando despertarse de un momento a otro al lado de aquel maromo tan guapo que había conocido en la discoteca para descubrir que no vivía con su madre, sino que en realidad el baño estaba hecho un asco y que sus compañeros de piso lo jaleaban como orangutanes mientras ella salía de la habitación, avergonzada.

Tan solo unos minutos después, reventaron la puerta de una patada y sintió aquel olor, a anchoas y a vejez, que hizo que se durmiera al instante. Y, de repente, se encontraba frente a una mujer algo más que cuarentona, a la que no conocía de nada y que llevaba una rebeca muy poco favorecedora. Una mujer que le hacía preguntas que no sabía cómo contestar y que intentaba, inútilmente, calmarla con un tono de falsa tranquilidad.

Un poco más tarde, otra mujer, esta vez de edad indefinida, que podía tener entre los cuarenta y los ochenta años, entraba por la puerta y parecía tomar el control de la situación. Se presentó como Lola y comenzó a preguntarle por la noche anterior. Elena se puso a recordar y le habló del hombre de las rosas.

Y entonces, todo se descontroló: empezaron a hablar del número 4 del Real Madrid —Sergio Ramos, si no recordaba mal—, de Rocío Jurado, de Elementos y de que el sello de su antebrazo no era tal, sino un tatuaje que se había metido en su piel mágicamente, por lo poco que había podido entender.

Entonces explotó. Gritó con todas sus fuerzas. Si aquellas dos mujeres tenían razón, era todo lo que tenía que hacer para que la dejaran en paz. Sin embargo, la de la chaqueta horrenda ni se inmutó, y Lola, detrás de ella, lo único que hizo fue abrir su paraguas y protegerse con él. La habitación quedó bastante dañada, pero ninguna de ellas sufrió ni un rasguño.

Fue en aquel preciso instante en el que Elena decidió que tenía que saber más de aquel lugar. RES, lo llamaban. Recuperación de Elementos Susceptibles. Estaba cagadita de miedo por lo que había pasado, pero en medio de todo aquel cague también encontró un brillo de emoción. De curiosidad. Del instinto innato que creía que todos sus compañeros tenían cuando estudiaba en la universidad. Debía disimular como fuera su estado porque, en aquel momento, Elena se propuso llegar hasta el fondo del asunto.

Estaba convencida de que lo que le estaba sucediendo le vendría bien para conseguir lo que tanto había estado esperando desde que comenzó su carrera periodística. Una exclusiva. Una gran exclusiva. No, LA exclusiva. Seguro que, por fin, dejaría de ser becaria de una maldita vez.

6

Belén
La planta 18

Tras dejar a Arancha con el paquete de Sol, Belén se dirigió a la planta 18. Trabajar en una secretaría dependiente en parte del Estado tenía aquellas cosas: la burocracia interminable. La verdad era que, si Belén pudiera eliminar una planta de todo el complejo, sería aquella, la 18. Lo tenía más que claro.

Es más, estaba convencida de que, del tour que le dio Arancha el día que entró en RES, quince años atrás, lo único que no le produjo alegría fue la planta 18. ¡Qué recuerdos! Arancha la acogió bajo su tutela desde el minuto uno. Y eso que Belén no era una persona tímida. Pero RES impactaba. Entrar en el territorio de los Elementos era como abrir una puerta a un nuevo mundo. Seguía siendo España, pero completamente cambiada. Y a Belén aquello, probablemente, la abrumó.

Y eso que su llegada fue particularmente casual. Trabajaba en el CESID, en su primer año, cuando encontró unos documentos antiguos que le resultaron interesantes. Los sacó de los archivos —con los permisos correspondientes, que Belén para eso era escrupulosa como la que más— y, en sus ratos libres, comenzó a leerlos. Por curiosidad. Porque le habían llamado la atención. Hablaban de algo llamado «Elementos» y, por supuesto, tuvo que preguntar a sus superiores, porque no había referencias en ninguna base de datos. Dos días después, llegó Lola y le dijo que la acompañara. Y la introdujo en RES. Así, sin más.

Belén pensaba en aquello mientras bajaba los escasos seis pisos que separaban las salas de interrogatorios de la planta 18. Pero el tiempo, relativo a más no poder, la hizo volver a aquel día. El día que conoció a la que se convirtió en su mejor amiga. Que sí, que Arancha tenía lo que tenía. Era cabezona, malhablada y un desastre vistiendo, algo que para Belén, que siempre se había caracterizado por un vestuario impecable y que buscaba las prendas que favorecieran más a su figura, resultaba casi una herejía. Pero también era una buenísima compañera y, con el paso de los meses, una confidente imprescindible para su día a día.

Sí, era posible que, después de quince años, la sacara a veces un poco de quicio. Pero tenía que reconocer que ella no era la más avispada para las cosas tecnológicas, a excepción de todo lo relativo a la conducción, otro de sus puntos fuertes junto con el buen vestir, creía. Y Arancha tenía un don especial para los cachivaches. Probablemente tuviera que ver que con su pequeño crush con Lobo, pero eso Belén no lo sabría hasta después.

Y cuando Lola —que aún no era la jefa, sino tan solo la agente más experimentada y, como muchos decían, la mejor— la estaba paseando por la cafetería, llegó Arancha y se la llevó. Le hizo un tour guiado por las instalaciones. Le enseñó, una a una y en completo desorden, las veinticinco plantas soterradas de RES. Pasaron a por un terminal telefónico para ella —una bellota, que le sonó a chino en aquel momento— y ahí comenzaron las «clases particulares» de Arancha. Con mucha paciencia le explicó todo lo que tenía que saber de su terminal y de todas las aplicaciones que estaban en su interior... Además de la mitad de los cotilleos que circulaban en aquel momento en RES y las personas que le caían bien, mal, regular y ni fu ni fa. Y ahí sí que Belén se dijo que había empezado con una compañera que, sin lugar a duda, iba a convertirse en su mejor amiga.

Todo aquello pensó Belén en las escasas seis plantas que separaban la 12 de la 18. «Qué pasada el tiempo, ¿cómo puedo recordar días en segundos?», se dijo Belén mientras el hidráulico del ascensor hacía su parada en la planta correspondiente.

Al abrirse la puerta, salió al pasillo más deprimente que había visto en su vida. En eso coincidían Arancha y ella totalmente. Una de las particularidades de RES era que cada planta se inspiraba en un edificio típico español, público o privado. El arquitecto tuvo en consideración que, ya que su obra no iba a ser admirada por el gran público al ser secreta y subterránea, los trabajadores disfrutaran al menos de un divertimento extra. Y la planta 18 estaba copiada del Registro de la Propiedad de Cuenca. Nunca había estado allí, pero Belén estaba convencida de que aquella sucesión de pasillos impersonales y tristes no podía ser más deprimente.

Tiras de tubos fluorescentes blancos iluminaban un espacio desangelado, lleno de separadores de color gris con al menos dos docenas de trabajadores pegados a sus pantallas y tecleando al unísono. Una imagen que a Belén la retrotraía a las películas de Alfredo Landa, del que, por cierto, guardaban su bañador fardahuevos, un Elemento con propiedades de lo más curioso.

Avanzó por el pasillo panelado en un color difícilmente descriptible, algo así como entre crema y gris, oscurecido y manchado por el paso de los años, y llegó al mostrador 14. Francisco estaba de pie, esperándola. No podía ser otro. A ver cómo le contaba al único Curro que RES había podido reformar y convertir en un más que formal funcionario que acababa de terminar con la vida de uno de sus congéneres.

—¡Agente García, qué gusto da verla por aquí! ¿Qué le trae hasta el departamento de Desactivaciones?

—Hola, Francisco, ¿qué tal estás? —preguntó a su vez para no responder directamente.

—Pues bien, dejando de lado que ya tengo una edad y empiezo a ver menos que un gato de escayola, y que no consigo que el departamento de Innovaciones dé con una montura de gafas que se me enganche a la cresta... Si es que tendría que hablar con el que me diseñó. Anda que dejarme sin orejas... Pero vamos, por todo lo demás, bien.

—Bueno, Francisco, ten en cuenta que eres un pájaro. Con orejas habrías quedado raro.

—No se lo voy a negar, pero también tengo patas de elefante. No sé, podría haberme puesto otras cosas de este animal, digo yo. Pero mire, tampoco voy a quejarme. Al menos, tengo trabajo. Que no es poco, estando las cosas como están. Que ya sabe usted que la crisis... Bueno, dejemos de hablar de mí. ¿En qué la puedo ayudar, agente García?

—Belén, por favor. Te lo he dicho mil veces, Francisco. Ya son años de interactuar y... me siento más cómoda.

—Bueno, en qué puedo ayudar... te, Belén —remarcó, incómodo, el tratamiento de tú, al que no estaba acostumbrado—. Cuen... ta conmigo para lo que necesi... tes.

—A ver, pues necesito rellenar un formulario 046. Una desactivación en Dos Herma... En Sevilla.

—¿Otro Curro tururú? No se preocupe, agente Garc... Belén, no te preocupes. Después de once años trabajando en RES, tengo claro que soy el único Curro con dos dedos de frente de entre mis camarad... hermanos. Y lo llevo bien. ¿Disparo en la cresta, entiendo?

—Es la forma menos dolorosa y más efectiva de acabar con ellos. Pero te prometo que intenté hablar con él antes —se justificó.

—No se preocup... No te preocupes, Belén, de verdad.

Tengo clarísimo que con mis hermanos no hay otra solución más que desactivarlos. Qué más me gustaría a mí que tener un hermano trabajando al lado... —Se le quebró un poco la voz durante un instante, aunque enseguida recuperó su tono formal—. Pero no puede ser. He intentado varias veces que me dejéis ir a hablar con ellos, pero Lola no se fía de quién ganaría... En fin, que aquí tienes el 046. Déjalo en la bandeja de la derecha cuando termines de rellenarlo y lo entraré en el sistema en cuanto consiga cuadrar la cuenta de gastos de tu compañera Blasco. Qué desastre de mujer, de verdad.

—Gracias, Francisco —dijo mientras cogía el papel que le ofrecía torpemente con el ala izquierda.

—Para eso estamos, Belén. Es mi trabajo. ¡Siguiente! —lanzó al aire, como si la conversación que acababa de tener lugar no le hubiera afectado lo más mínimo.

Belén rellenó el formulario 046 lo más asépticamente que pudo: «El Elemento no atendió a razones y continuó con intención de despertar a sus congéneres, por lo que no tuve otra opción que desactivarlo de manera protocolaria». Lo depositó en la bandeja que Francisco le había indicado, se dio la vuelta y, con paso casi militar, volvió hacia el ascensor. Tras hablar con un Curro reformado de que había matado a su hermano, la planta 18 le daba aún más repelús.

7

Arancha
Instalaciones de RES

Junto con Lola y Elena, Arancha salió de la sala 5 unos instantes antes de que un equipo de limpieza y reconstrucción hiciera acto de presencia. «Tarea no les va a faltar», pensó. Pero bueno, ya no dependía de ella.

Aceleró el paso para ponerse por delante de las otras dos mujeres, que charlaban animadamente. Elena hacía preguntas y Lola las respondía de forma diligente. Arancha se preguntó en aquel momento por qué Lola se estaba sincerando tanto con aquella completa desconocida. Y con tanta facilidad. Pero ella era la jefa, así que poco o nada que opinar al respecto. «La que manda, manda», se dijo.

—Aunque, realmente —explicaba Lola cuando Arancha pasó por delante— RES se creó durante la Transición como una Secretaría dependiente del Gobierno central y financiada con los Presupuestos Generales del Estado. De ahí el nombre de RES, para poder... Bueno, así un poco como resumen, para que quedara disimulada entre los pagos del Ministerio de Agricultura, Ganadería y Pesca. Una idea bastante inteligente de la primera directora, lo reconozco. Pero, claro, figúrate: tooodo tenía que tener el visto bueno del ministro de turno. O del secretario que nos hubiera tocado en suerte en ese momento. En definitiva, un lío. Y un soberano peñazo. Pero entonces, recordamos que la Faraona había actuado en Televisión Española...

—Perdona, ¿la Faraona? —interrumpió Elena—. Porque, por lo que me cuentas, estamos hablando de España.

—Lola Flores. La Faraona. La artista más incomparable que el mundo ha dado. Una fuerza de la naturaleza que ha originado mitos, y hasta leyendas como la de la crítica en el *The New York Times*: «No canta, no actúa, no baila, pero no se la pierdan». En fin, lo que te contaba, Lola Flores actuó en Televisión Española desde el Florida Park, en directo, y allí perdió un pendiente que, pese a que paró la actuación para que lo buscaran, nunca apareció.

La directora se giró hacia Elena para comprobar que le seguía el hilo y continuó su explicación:

—Bueno, no es cierto. Uno de nuestros agentes lo encontró. En esa época teníamos vía libre para entrar en la única televisión del país. Acceso VIP y todo eso. Y nos quedábamos hasta el final para recogerlo todo. Nunca se sabía qué podía ser un Elemento o quién podía producir uno.

—Sigo sin tener muy claro lo de los Elementos, Lola. Pero continúa. Espero entenderlo con lo que me cuentas.

—Ah, no, sin duda. Dame un segundo. Pero vaya, que me desvío. Al caso. El pendiente cayó en el olvido del almacén de RES durante años. Y durante años estuvo ofreciéndonos algo sin que tuviéramos ni idea. Y el día que lo descubrimos, todo cambió. Desde entonces, nos financiamos de manera independiente. Es mucho mejor, si te digo la verdad, aunque a efectos de la contabilidad del Ministerio todavía constamos como «cabezas de ganado» —dijo remarcando mucho las comillas con los dos dedos índice—. Ciento veinte cabezas de RES forman parte de estas instalaciones. Algo de dinero nos dan una vez al año, que siempre viene bien. Pero nos mantenemos por nosotros mismos principalmente gracias a la Faraona.

—A ver, espera un momento, ¿qué tiene que ver Lola Flores con todo esto? —Las preguntas se agolpaban en la cabeza de Elena, pero aquella contestación era sin duda la que más le urgía.

—El pendiente era un Elemento. Venga, vale, sí, tienes razón. Te estoy haciendo la cabeza un lío. Empecemos por lo básico: un Elemento, como el tatuaje que llevas en el brazo, es un objeto que perteneció a una persona con algún talento «especial» —dijo mientras de nuevo dibujaba en el aire las comillas con los dedos—. Científicos, artistas, deportistas, políticos… Todos aquellos que acaban siendo famosos, justamente por sus talentos. Estos Elementos, por un motivo que aún desconocemos, se imbuyen de un poder único de estas personas que permite a quien lo posee, siempre que no sea el famoso en cuestión, realizar cosas sorprendentes, maravillosas y, en ocasiones, terribles, por qué no decirlo.

—OK, tengo más menos claro lo que es un Elemento. Un… souvenir de un famoso. Con poderes. Pero ¿qué tiene que ver el pendiente de Lola Flores con la autofinanciación de RES?

—Ay, Elena, qué joven eres. Pues resulta que la Faraona, además de maravillosa como artista, defraudó a Hacienda unos años después de perder el pendiente. Y esto fue noticia nacional. Y, con ese arte que solo ella tenía, dijo su famosa frase: «Si una peseta diera cada español, pero no a mí, adonde tienen que darla…». Bueno, era más larga, pero no quiero aburrirte.

—Créeme, Lola, desde luego, lo último que estás haciendo es aburrirme.

«Pues yo estoy aquí, como una ostra de aburrida. Hastiada, más bien», pensó Arancha, que ya se sabía la historia de memoria. Además, no podía meter baza porque su jefa lo contaba mejor que nadie, aunque seguía sin entender por qué Lola se sinceraba de una manera tan extrema con una desconocida que, hasta aquella misma tarde, era sospechosa de tenencia de un Elemento.

—Total, que no recuerdo qué agente fue el que se acercó a buscar qué Elemento, pero lo que sí recuerdo es que se encontró, en medio del almacén, un montón de pesetas al lado del pendiente que, puntualmente cada segundo, escupía una nueva de las que entonces llamábamos «rubias».

—¿Una peseta al segundo? —preguntó Elena—. Pero eso no es mucho.

—Lo era en 1987, créeme —aseguró Lola—. Sobre todo para una Secretaría que estaba deseando independizarse mínimamente del Estado para poder hacer un poco lo que le diera la gana. Total, que trasladamos el pendiente a la planta 4, debajo de la cafetería, que por cierto te encantará, porque tenemos más estrellas Michelin que la propia guía, y a precios de escándalo. Y justo un piso por encima de las cajas fuertes. Muy cómodo, de hecho. El pendiente genera el dinero y cae en una caja fuerte de manera directa.

—Pero… pesetas. Que las recuerdo muy vagamente. Creo que nunca las he utilizado. ¿Cómo seguís financiándoos con ellas?

—Es una de las curiosidades más extrañas de RES, aunque no es la que más te va a sorprender. Porque, claro, tenemos a Civi. Ninguno de nosotros sabe cómo, pero el 1 de enero de 2002, cuando España cambió las pesetas por los euros, el pendiente también pasó de lanzar una peseta a dar una moneda de dos euros por segundo. Suponemos que contó con la inflación y decidió que eso era lo que tenía que dar, pero nadie tiene mayor explicación que esa. Que también te digo que nos vino genial, porque la subvención del Ministerio de Agricultura, Ganadería y Pesca era cada vez más escasa. El caso es que es el pendiente de la Faraona el que nos mantiene en secreto y nos deja hacer un poco lo que nos da más o menos la gana. Bueno, sobre todo esto último, si te soy sincera.

Lola se detuvo un segundo para recuperar el aliento y formular mejor la explicación de lo que quería decir:

—Y tampoco te lo voy a negar: aprovechamos otros Elementos para financiarnos. No quiero quitarte la ilusión por ningún ídolo musical, pero digamos que, gracias a un mechón de pelo del difunto Camilo Sesto, en España no hace falta que ninguna discográfica compre el Auto-Tune. Un simple roce en el cuello con el mechón, a la altura de las cuerdas vocales, y a triunfar. Por ponerte un ejemplo de autogestión, que cobramos, claro está, y muy bien cobrado. Esto nos ha llevado a crear distintas empresas pantalla, pero todas revierten en RES. Y pagando todos los impuestos, que es mucho más de lo que pueden decir la mayoría de esos ricos que salen en revistas mundialmente conocidas y se llaman a sí mismos patriotas.

Lola y Elena seguían embarcadas en los vericuetos de RES mientras caminaban por los pasillos de la planta 12, la de las salas de interrogatorios, que además albergaba el departamento de Elementos Desconocidos. Y las máquinas de venta automática. Bueno, de aquellas las había en cada planta. Una concesión de las que no había manera de librarse. Y que era un engorro, porque tenían que asignar a un agente de RES para que rellenara a diario las dichosas maquinitas. Obviamente, quedaba fuera de toda duda que ningún operario externo podía conocer siquiera la existencia de RES, por lo que cada madrugada el reponedor dejaba las cajas en medio del prado con las ovejas y el responsable las metía en el ascensor y comenzaba el reparto. En fin, cosas irreconciliables entre la administración pública y una organización secreta.

Arancha llegó primera al rellano del ascensor y se giró para preguntar a su jefa a qué planta quería que se dirigieran. Lola interrumpió un segundo su animada conversación con Elena para decirle: «A la planta 25, Arancha, por favor».

¿A la planta 25? ¿Qué le pasaba a Lola? ¿De verdad iba a enseñarle el mayor de los secretos de RES a una completa desconocida? A Arancha la desconcertaba profundamente el comportamiento de su jefa desde que habían entrado en la sede. Pero bueno, a ella poco le iba a afectar. En cuanto terminaran la curiosa visita guiada tenía previsto presentar su dimisión en el despacho de Lola. Para ello llevaba el sobre en el bolsillo interior de su chaqueta desde que se había vestido aquella misma tarde. No obstante, intentó no mostrar sorpresa al responder con un escueto «De acuerdo».

La puerta del ascensor se abrió, entraron las tres en el habitáculo y Arancha, diligente, pulsó el botón del último piso de RES: la planta 25. Tras el ya habitual escáner de huella digital y el monótono «Acceso permitido: agente Blasco» de la voz del ascensor, comenzaron a bajar. El ascensor, sin embargo, se detuvo en la planta 18. Arancha se dispuso entonces a pulsar el botón que impedía que se abriera en otras plantas, solo disponible cuando bajaban a la 25, pero Lola le apartó el brazo y, con una sonrisa, dijo:

—No serás capaz de dejar que Belén se pierda la cara de Elena cuando vea por primera vez el Círculo Vicioso, ¿verdad?

En efecto, cuando la puerta se abrió, apareció Belén con una cara de circunstancias que se transformó en sorpresa al descubrir a su jefa, a su compañera y, sobre todo, a la sospechosa envuelta en la conocida rebeca verde manzana de la más conocida aún expresidenta.

Arancha pudo reconstruir en la mirada de su compañera la secuencia de sus pensamientos: Belén vio a Elena con la peculiar vestimenta y confirmó que tenía un Elemento en su poder, pero al mismo tiempo, gracias a la rebeca, sabía que dicho Elemento estaba temporalmente desactivado, lo que hizo que soltara un leve suspiro, apenas audible. Acto seguido, entró en el ascensor y esperó a que la puerta se cerrara.

—¿Qué tal en el cementerio? —le preguntó Lola con una de sus sonrisas más cálidas.

—Pues lo de siempre, Lola: intentar hablar con el Curro, la turra de la Revolución de las sonrisas, informarlo de que estamos ya en el siglo veintiuno y desactivación por tiro en la cresta al no haber manera de hacerlo entrar en razón. —Belén se fijó en aquel momento en que el botón de la planta 25 estaba encendido y le miró a Arancha las cejas. Esta se encogió de hombros.

—Bueno, Belén, ya sabes, no te tortures. Has hecho lo que has podido y has seguido el protocolo a rajatabla —respondió Lola—. Aunque es una pena. Nada le haría más ilusión a Francisco que un congénere a su lado.

Tras la conversación, a Arancha le quedó una cosa clara: ya eran dos las que estaban preocupadas por cómo estaba actuando Lola con Elena.

8

Belén
La planta 25

¿De verdad estaba escuchando lo que estaba escuchando? Belén no entendía por qué Lola parloteaba distraída y animada con Elena sobre los misterios de RES como si fuera lo más normal del mundo. Tras una breve presentación y el consecuente intercambio de saludos, la jefa volvió a centrarse solo en ella, en explicarle el funcionamiento de la Secretaría, uno de los secretos más grandes de España. Y como quien le cuenta a su sobrina la receta del pollo a la cerveza, uno de los platos estrella de Belén, por otro lado.

Reparó en el hilo musical del ascensor. Siempre había considerado aquella música como una afrenta a la clave de sol, pero había que reconocer que, desde que cubrieron el aparato que emitía el hilo con un pañuelo de Alfredo Kraus, la selección y sobre todo la calidad habían mejorado considerablemente. Aunque tampoco es que pudieran empaparse de la música durante mucho rato. El ascensor de RES era uno de los más rápidos del mundo y, en cuestión de segundos, llegaron al fondo del edificio: la planta 25.

En realidad, llamarlo «planta 25» era una forma de hablar. Se trataba de un área inmensa que comprendía las cinco últimas plantas. La iluminación parecía provenir de todos los puntos posibles. Y, sin embargo, Belén sabía que la única fuente de luz en toda la planta era el mismo centro: el Círculo Vicioso.

—Ah, querida Elena —continuaba explicando Lola, dicharachera como no la había visto Belén en todos sus años de servicio—. Aquí se encuentra el mayor de los tesoros y, al mismo tiempo, el secreto más grande que tenemos en RES. Es la planta principal y, como verás, está toda construida y amueblada en torno a esa luz gigante que, aunque no te lo creas, sale de dentro mismamente. Es el Círculo Vicioso, el sistema en el que organizamos todos los Elementos de una manera, digamos, cuando menos curiosa.

—¿Organizáis? Querrás decir «guardáis» —preguntó, extrañada, Elena.

—¿Guardar? No, querida Elena, no. Hace mucho tiempo que no. ¿Qué crees que es esto, un almacén? No, no, no, no… Los Elementos los organiza el Círculo Vicioso dentro de sí mismo. O misma, si nos ponemos técnicamente puntillosos. Pero enseguida hablaremos con Leonor, que te podrá decir bastante más de su funcionamiento. Ahora, si miras hacia arriba, verás los techos y varias barandillas a distintas alturas. Estas eran antes las plantas de la 30 a la 25. Cuando el círculo comenzó a expandirse, tuvimos que hacer reformas rápidamente y ahora solo se conservan pequeñas salas de seguridad y vigilancia. Porque, si te soy sincera, desconocemos los efectos que puede tener en el futuro el uso de este círculo. Aunque confiamos todo nuestro trabajo en ella porque ella misma nos da confianza. Y, hasta ahora, nunca nos ha fallado.

—Bueno, yo no sé si me fiaría tanto de algo que no conocéis. No sé, por lo que me dices, no parece que tengáis muy claro qué es eso.

—Ella, querida, ella. Enseguida la conocerás. Pero antes, un poquito de historia.

En aquel momento, Belén desconectó de la conversación y supuso que Arancha hizo lo mismo. Ambas sabían con detalle el origen del Círculo Vicioso y cómo revolucionó RES tanto o más que el pendiente de la Faraona. Ambas estaban presentes cuando el agente Bonilla lo encontró por casualidad en un pueblecito de Palencia, durante los primeros meses de 1993.

La verdad era que su hallazgo fue una revolución y una notable mejora en el funcionamiento de la Secretaría. Belén ya no recordaba cómo trabajaban sin Civi, el nombre por el que era conocida coloquialmente entre los agentes. Solo sabía que incluso los estupendos y eficientes agentes del Ministerio del Tiempo habían viajado hasta los días del asentamiento romano en Astudillo, donde se encontró el Elemento de los Elementos, y no habían podido desentrañar su origen. Simplemente apareció un día, como una pequeña luz que emitía un haz frío y del tamaño de una moneda de euro, según la descripción del agente Bonilla, su descubridor.

El caso fue que Bonilla lo introdujo en una bolsa de plástico transparente y se lo guardó en el bolsillo. Para cuando llegó a una de las plantas de almacenaje y clasificación —las plantas 25 a 30 en el proyecto original— con la idea de depositarlo en una estantería, Civi empezó a absorber todos los Elementos a su alrededor y a crecer lentamente, día a día, con cada artículo que encontraba en las inmediaciones.

En un primer momento, toda la organización entró en pánico. Los Elementos habían desaparecido dentro del Círculo y este crecía y se hacía hueco entre las plantas, que desaparecían a medida que absorbía más y más Elementos. De ahí que RES tuviera 25 plantas y no las 30 originarias.

Pronto descubrieron que podían comunicarse con el Círculo. Le pedían objetos y los hacía aparecer. Era una especie de vórtice, un agujero negro, pero con propiedades positivas. No se tragaba los Elementos, sino que los almacenaba dentro de sí para entregarlos bajo demanda.

—El problema con el «yo te pido y Civi me da» es que se trataba de una forma de trabajar un poco lenta. —Belén retomó la atención al discurso de Lola en el momento indicado, al parecer—. Notábamos que quería decirnos más cosas, pero no hablaba nuestro idioma. Ni ninguno, aparentemente. Y a veces se mostraba reticente a darnos un Elemento, pero nos ofrecía otro a cambio. Así que el departamento de I+D+i, que es uno de los más importantes que tenemos, a diferencia del resto del país —puntualizó, con un deje de amargura—, comenzó a crearle un, digamos, sistema operativo —continuó mientras llegaban al centro de la estancia.

Lola se sentó en una silla y siguió con su discurso.

—Y al final, en 2009, una de nuestras más valiosas agentes consiguió darle voz. Que, por cierto, aquí llega. Te presento a Leonor, Elena. Doctora en todas las filologías posibles y creadora del sistema que permite a Civi comunicarse con nosotros. Y, bueno, también te presento a Civi. Civi, esta es Elena.

—Por favor, cuántas ganas de conocerte tenía, Elena —dijo una voz que se encontraba dentro de la cabeza de cada una de las presentes y, al mismo tiempo, por toda la sala. Era la voz del propio Círculo Vicioso—. Bienvenida, corazón. Supongo que ya te habrán puesto al día un poco del funcionamiento de RES... Del mío ya he escuchado que sí.

—Civi, no centremos las cosas en ti, hemos hablado mucho de esto —apuntó la voz de Leonor, dulce y agradable al tiempo que severa, como de profesora de colegio de pueblo del pasado—. Con el tiempo aprenderás a no hacer mucho caso de su afán de protagonismo, Elena. Bienvenida a RES. —Acercó su mano para estrechársela—. Así que tú eres la nueva agente que Lola ha decidido reclutar.

—Perdona, ¡¿qué?! —dijeron Belén, Arancha y Elena al unísono en tres entonaciones completamente distintas.

9

Leonor
Almodóvar y la nueva

Las visitas de Lola a la planta 25 no eran tan infrecuentes como para que Leonor sintiera cualquier tipo de preocupación. Lo que sí le sorprendió fue el Elemento que Lola le había pedido a través del sistema de comunicaciones interno. Las gafas de Almodóvar. En concreto, las del estreno de *Pepi, Luci, Bom*. El visionario director había imbuido sus gafas precisamente de eso, de visiones. Y Lola no creía en figuraciones de futuro.

Sin embargo, no dejaba de ser la jefa, así que mientras ella bajaba desde su despacho en la planta 13 hasta las entrañas de RES, Leonor le pidió a Civi que le suministrara el artículo.

—¿Para qué quieres ahora las gafas de Almodóvar, cielo? —preguntó el sistema operativo. Su voz, que era elegante, fría, cercana y altanera a la vez, erizaba el vello de la nuca de Leonor desde que la escuchó por primera vez. Pero conocía las implicaciones que tenía confraternizar con Civi. Si no, que se lo preguntaran a Mario, el agente Casas. Mario. Pobre Mario.

—Civi, no tengo tiempo para contarte las cosas ahora mismo. Las ha pedido Lola, y aquí la que manda es Lola —dijo, sonriente pero firme.

—Bueno, cariño, qué seriedad. Nada, nada, aquí las tienes, chica.

—Gracias, Civi. No sé qué haríamos sin ti. Eres la mejor.

Sabía que el Círculo Vicioso apreciaba que le hicieran un poco la pelota de vez en cuando. Casi veinte años trabajando con ella le habían proporcionado un cierto conocimiento de la personalidad de Civi.

—Todo es poco para la trabajadora más guapa de RES.

Leonor Ceballos conocía aquel sonido como de otro planeta que anticipaba la materialización de cada Elemento. Civi contenía en sí misma todos los Elementos recuperados hasta entonces —194.348 y aumentando conforme los agentes encontraban nuevos ítems— y, con una simple petición, siempre que ella considerara que era oportuno, los hacía aparecer en aquel plano de la realidad en un instante.

Era más o menos lo que imaginaba que ocurría. Porque, si era sincera, ni ella ni nadie sabía ni conocía lo que pasaba cuando un Elemento entraba en el Círculo. Solo sabían dos cosas: que los objetos aparecían de repente en el cajón a la derecha de la consola de operaciones y que las personas que entraban en Civi se descomponían y desaparecían. Leonor ignoraba si se morían, se desintegraban en átomos o cambiaban de plano de la realidad, pero el caso era que, una vez dentro, ninguno volvía a salir. Que se lo preguntaran sino a Mario. El pobre Mario. El agente Mario Casas, al que siempre recordaban.

La verdad es que Leonor había trabajado en la creación del sistema operativo que permitía a Civi comunicarse con el resto de RES, pero no había tenido nada que ver con la configuración de su personalidad. En la Secretaría era una creencia compartida que Civi era una especie de inteligencia artificial, lo que estaba bien para definirla en pocas palabras. Pero era completamente incorrecto.

Tras tantos años trabajando codo con codo —por decirlo de alguna forma, puesto que una de las partes no tenía forma corpórea—, había llegado a la conclusión de que Civi era una mujer. Una mujer con todas las complejidades y las simplezas de una mujer. Lo único de lo que carecía era de un cuerpo físico. Y, si bien era cooperativa y buena compañera, tenía sus cosas. Como todas.

Por ejemplo, ningún hombre heterosexual podía trabajar con ella. Ni siquiera acercarse. En RES había hombres de ese tipo, claro. Pero solo las mujeres podían tratar con Civi. La razón era muy sencilla: se los camelaba. Los enamoraba. Civi conseguía que todos los hombres que se aproximaban a ella cayeran en sus redes. Y, lo que era más peligroso para ellos, que quisieran... intimar con ella. Desde luego, ella quería acercarse. Leonor sospechaba que deseaba un cuerpo físico, no sabía si por añoranza o porque nunca lo había tenido.

El caso era que cualquier hombre heterosexual acababa enamorado de Civi y, tarde o temprano, sentía la necesidad de entrar en el Círculo. Y, en aquel momento, dejaba de existir. Después de que una docena de agentes hubieran desaparecido en las mismas circunstancias a lo largo de los años, Lola prohibió la interacción de cualquier hombre heterosexual con Civi. De ahí que Arancha, Belén y ella fueran las encargadas de prácticamente todo lo relacionado con los Elementos.

Leonor volvió a recordar el último caso: Mario. El pobre Mario. El agente Mario Casas, pobrecito. Era su compañero. Un hombre objetivamente guapísimo y con un cuerpo objetivamente de escándalo. Y con una cara y una actitud que producía babas allá por donde pasaba. Leonor lo notaba a diario cuando paraban a tomar café o se cruzaban con algunas agentes. Fue el último hombre en contacto con Civi. Durante varios meses, lo sedujo, lo atrajo hacia sí. Mario era consciente de lo que ocurría y garantizó a Lola que con él no sucedería, que él tenía las cosas muy claras. Dos meses duró la garantía.

Una noche, cuando Leonor estaba catalogando diversos Elementos traídos de la Feria de Abril —principalmente producían estados etílicos en sus portadores, así como una destreza sin igual para bailar sevillanas—, Mario cayó finalmente en las redes de Civi. Leonor recordaba perfectamente el instante en que lo vio desnudarse y entrar en el Círculo con una sonrisa de conquistador.

Civi le animaba a fundirse con ella con palabras seductoras y promesas de todo tipo. Mario sabía lo que había pasado con otros agentes. Pero ella era muy convincente y le garantizó que con él no sucedería. Que ellos lo lograrían. Que esta vez sería diferente. Y, luego aquel grito. Leonor recordó aquel sonido como de romperse en mil pedazos y, seguidamente, la desintegración total. Nunca olvidaría aquel instante en que Mario se deshizo físicamente y su existencia se desvaneció. Y, aunque ya no sabía si lo había imaginado o había sucedido de verdad, no lograba olvidar el llanto de Civi al perder a otro amor de su vida.

Leonor sacudió la cabeza, como echando fuera de su mente aquellos pensamientos que la abordaban de vez en cuando. No le era ajeno el modo en que Civi intentaba seducirla. Y ella se sentía atraída. Pero, por alguna extraña razón, Leonor consideraba que mantenía el control. Al fin y al cabo, en comparación con su última ex, Civi era un juego de niños. Así de manipuladora y retorcida era Anna.

Oyó una educada tos a su espalda, que la devolvió a la realidad de repente. Se giró y allí estaba Lola. Elegante, como siempre. Envuelta en lo que ya venía siendo típico de ella: un vestido ancho sutilmente embellecido por un cinturón XL negro. Y, por supuesto, maquillada de una manera extremadamente ligera y que daba la impresión de que llegaba siempre a cara lavada.

—Lola, qué gusto da ver a la elegancia personificada —dijo a modo de saludo—. ¿Cuándo has llegado?

—Hace apenas dos minutos. Belén y Arancha están de camino con una invitada. Así que poco, pero aún tenemos tiempo. ¿Le has pedido a Civi lo que te solicité?

—Sí, acaba de materializarlas. Las gafas de Almodóvar. ¿Puedo preguntar, si no es mucha indiscreción, para qué las necesitas?

—Sabes que no te voy a ocultar nada, agente Ceballos. Me está dando vueltas en la cabeza que se avecinan cambios. Solo quiero confirmar si mis sospechas tienen algún fundamento. ¿Las gafas, por favor?

Leonor le acercó el Elemento con improvisada solemnidad, lo que provocó una corta pero explosiva carcajada de su jefa. Era, sin lugar a duda, la más melodiosa y vivaz que había escuchado nunca. Aunque los últimos acontecimientos no habían dibujado ni una sonrisa en su cara.

Lola se puso las gafas y quedó en shock por unos instantes. Nada en sus movimientos permitía adivinar qué era lo que estaba viendo. Las gafas de Almodóvar eran uno de los Elementos más complejos del catálogo de RES. Debido a que Pedro era un director visionario, sus gafas estaban imbuidas de la capacidad de ver el futuro… Pero a su manera.

Es decir, como todo futuro, las gafas ofrecían un panorama incierto. La sensación que producían era a veces mareante, ya que proporcionaba tres visiones del porvenir al mismo tiempo. O, mejor dicho, tres consecuencias de una acción o decisión.

Lola sabía mejor que nadie cómo funcionaban, porque había conocido a Pedro en persona y sabía cómo operaba su cabeza. Y no solía hacer uso de las gafas. De hecho, según recordaba Leonor, aquella era la segunda ocasión en que las utilizaba, y la primera no había acabado nada bien.

Tras lo que pareció una eternidad pero que en realidad fueron pocos minutos, Lola se quitó las gafas y se las devolvió a Leonor para que las introdujera en Civi de nuevo. Después, se dirigió a Leonor con un tono preocupado y extrañamente severo, impropio de ella:

—Escúchame bien, Leonor: necesito que dejes preparada la sala 5 de interrogatorios con la rebeca verde manzana colgada de la percha. Tenemos que estar a punto para una posible explosión de un artefacto indefinido aún. —Tras esta aseveración, su voz se transformó y se volvió del todo afable—. Sospecho que se avecinan grandes cambios, pero creo que he dado con la forma de solucionarlos. Solo te diré que hoy conocerás a una persona que tendrá mucho que ver en el devenir de los acontecimientos: Elena. Y que vas a tener que buscar un Elemento que transforme tatuajes en objetos. Es más, Civi, ¿tenemos algo así?

—No sé de qué me hablas, Lola, no estaba escuchando.

—Vamos, Civi, no te hagas ahora la discreta, que sabemos todos que te gusta más escuchar las conversaciones ajenas que reírte de los nuevos agentes.

—Me ofende que me digas estas cosas. Pero bueno, voy a mirar. Déjame un rato para pensar. Quizá algún doctor...

—No te duermas en los laureles. Encuéntralo. En poco más de dos horas, lo vamos a necesitar.

—Yo no duermo, Lola. Ni en los laureles ni en una cama. Ni lo otro, que ya me gustaría.

Lola se dio la vuelta y, acompañada por su inconfundible paraguas negro con empuñadura verde con motivos amarillos y blancos, se dirigió al ascensor. Leonor sabía que había empezado a tramar algún plan de los suyos. Bueno, para eso era la jefa, ¿no?

10

Belén
Alarma de información pública

Belén tardó un momento en procesar la información que Leonor acababa de darles. ¿Nueva incorporación? Por la cara de sorpresa de Elena, se percató de que ella no sabía nada. Arancha seguía con la boca abierta, así que tampoco debía de estar al tanto. Entonces, ¿cómo se había enterado Leonor? Y lo más importante: ¿qué le pasaba a Lola por la cabeza como para decidir así algo que normalmente tomaba semanas, incluso meses, de deliberaciones?

Las nuevas incorporaciones eran objeto de debate durante mucho tiempo. Había que realizar profundos análisis personales, criminales, de servicio... A la propia Belén le investigaron hasta el historial de internet y sus gustos en hombres, por si acaso —ni que decir tiene que la lista era reducida y, además, muy exquisita—. En cualquier caso, estaba preocupada por el comportamiento de su jefa y la inusitada incorporación de Elena, de quien sabían más bien poca cosa, por no decir nada.

—Leonor, creo que te has llevado la impresión errónea cuando hemos hablado antes. —Lola interrumpió los pensamientos de Belén—. Elena no es nuestra nueva adición a RES. Es, simplemente, una invitada. Que se quedará con nosotros hasta que averigüemos cómo recuperar el Elemento que, en este instante, está impreso en su antebrazo. Un tatuaje en contra de su voluntad.

—Impreso y horrendo, todo sea dicho —puntualizó Elena—. Pero ¿para qué me queréis aquí? Yo prometo no quitarme la rebeca, pero, sinceramente, prefiero esperar en mi casa.

—Eso no es posible, Elena. Ningún civil puede disponer de un Elemento, y menos aún si RES tiene conocimiento de ello —dijo Civi con su seductora y prácticamente irresistible voz—. La única forma de controlarlos es que se encuentren dentro de mí y, por el momento, no podemos contar con ese clavel de Rocío Jurado. Así que tendrás que quedarte cerca hasta que encuentre una solución, reina.

—Encontremos, Civi. Encontremos.

—Eso quería decir, Leonor, cielo —dijo Civi entre arrepentida y zalamera.

—Civi, por favor, recuérdame que, para tu próxima actualización, empecemos a enseñarte un poco de tacto en el trato personal, ya que no parece que lo tengas de manera natural

—matizó Lola—. Elena, tranquila. Tenemos a tu disposición una de nuestras suites en la planta 12 y así podrás salir con Arancha y Belén a investigar los hechos relacionados con tu... —Lola parecía buscar la palabra adecuada para no tensar más el momento, así que tardó unos segundos en continuar—... situación, así que no notarás que estás retenida temporal...

Un irritante sonido, seguido del cambio de las luces en la planta 25 y una voz mecánica y masculina, interrumpió las palabras de Lola. Se trataba del sistema de seguridad de RES, Wardog, que repetía a todo volumen:

«¡ALARMA DE INFORMACIÓN PÚBLICA! ¡ALARMA DE INFORMACIÓN PÚBLICA!».

En una enorme pantalla semitransparente que se desplegó sobre la pared del fondo se veía la página principal del conocido periódico digital *Fetén Diario*, con una foto inmensa en la que se podía identificar claramente a Lola y a Arancha en el centro de la Puerta del Sol. Y, justo debajo, el titular: «Misterioso ataque en el centro de Madrid». Todos en RES dejaron de respirar por un instante, hasta que Lola se pronunció:

—Agentes, tenemos una fuga de información. Arancha, necesito que investigues qué está pasando. Belén, conmigo. —Y, dirigiéndose al aire, en un tono más elevado, gritó—: ¡Wardog, elimina esa página ahora mismo! Protocolo Cuentaovejas. Repito. Protocolo Cuentaovejas.

—Pritiquili Quintiivijis. Esta se cree que soy tonto —dijo Wardog, visiblemente molesto.

—¡Wardog! —exclamó Lola—. Haz lo que te he dicho y

deja de quejarte. Te recuerdo que Civi es capaz de hacer lo que tú con menos melindres.

—Sí, jefa —dijo el sistema de alarma con voz queda—. Entrando en los servidores de *Fetén Diario*. Apartando vídeos comprometedores. Mejor no queráis saber de qué son. Solo os digo que hay hombres que no deberían llevar liguero…

—Desde luego, el que le puso el carácter este de mierda al programa de seguridad se había bebido un par de pacharanes —susurró Arancha a Belén entre dientes.

—Me parece muy poco profesional. Si yo fuera Lola, ya le habría dicho más de un par de cosas al agente Lobo —le respondió Belén, también entre susurros.

—Pero bueno, Belén, reconoce que un sistema de seguridad respondón es hilarante.

—Definitivamente, Arancha, nuestro concepto del humor es muy diferente. Pero tira, que tenemos trabajo.

Mientras continuaba el incesante sonido de la alarma de Wardog, Arancha se dirigió al ascensor con intención de subir al exterior. Belén se quedó junto a Leonor, Lola y Elena, que charlaban distraídas, como si nada de lo que ocurría a su alrededor estuviera pasando en realidad.

De repente, la alarma se apagó. Belén suspiró, aliviada. Un segundo después, la voz de Wardog volvió a escucharse en toda la planta:

«Protocolo Cuentaovejas: finalizado. Fotografía y noticia: eliminadas. Enlaces a redes: eliminados. Resultados en buscadores: eliminados. Selfi del director en Instagram: eliminada. No me deis las gracias».

—Vuelve a poner la selfi, Wardog. Ese no era tu cometido.

—Era por ayudar a embellecer el planeta, jefa.

—Gracias, Wardog —dijo Lola al aire. Después, se dirigió a Belén—: Por favor, acompaña a Elena al departamento de Tecnología. Me parece conveniente que disponga de un dispositivo de comunicación de bellota mientras se encuentre con nosotros.

—¿Bellota? De verdad, Lola, yo cada vez entiendo menos —dijo Elena.

—Lo comprenderás enseguida, Elena —interrumpió Belén—. Ven, vas a conocer al agente Lobo. Te vendrá bien algo de cordura en estos momentos.

—Gracias, Belén. Luego, subid a verme ambas al despacho. Mucho me temo que esto no ha acabado.

Inquieta por la respuesta, Belén se dirigió a la única planta que podía competir con la 25 en cuanto a las curiosidades: la planta 22, el departamento de I+D+i, Tecnología y Verificación de Elementos. Sin duda, Elena era la primera civil que se iba a empapar de los entresijos de RES. Y de forma exprés, además. Al menos, desde que Belén trabajaba allí.

11

Arancha
Un lío fetén

Ni siquiera un viaje en el Dodge le quitaba a Arancha de la cabeza lo que Leonor había dicho un rato antes. Por más que Lola la hubiera corregido, sabía que Leonor no era de las que afirmaban las cosas sin estar absolutamente seguras. Así que se pasó los pocos minutos de viaje pensando en qué ocurriría si Elena entraba en RES. Aquel pensamiento intrusivo se volvió recurrente mientras se cambiaba en casa, con Antonio esperándola en la puerta del Dodge para dirigirse a su siguiente destino: las oficinas de *Fetén Diario*.

Arancha aprovechó para dar de comer a Mac y Fac, pero no paraba de darle vueltas a lo que suponía la información que a Leonor parecía habérsele escapado. Para empezar, adiós a su retiro, al menos de momento. No podía dejar sola a Elena. No sabía por qué, pero estaba segura de que necesitaría su ayuda para adaptarse. No la podía dejar con Belén. RES tenía bastante con una agente estirada y escrupulosamente profesional. Debía hablar con Lola antes de que esta tomara cualquier decisión imprudente.

Antonio parloteaba alguna cosa de fútbol que no le interesaba lo más mínimo, pero intentó prestarle atención. Al parecer, uno de los magnates españoles había comprado su equipo. No comprado, había ganado unas elecciones, pero después de que lo hubieran echado hacía unos años. El conductor estaba convencido de que había habido «intercambio de maletines por votos». Parecía ser que el tal Federico Paso era una persona completamente egocéntrica y vil, solo preocupada por el poder, según las palabras del chófer, y que se iba a cargar el club con el único objetivo de conseguir más influencia política y social a nivel nacional.

Mientras Arancha respondía con vacíos ajás y vayas, no dejaba de darle vueltas a su problema. Estaba convencida de que Lola había corregido a Leonor para retardar su decisión hasta el momento en que estuviera más ponderada. Y se dijo a sí misma que tenía que largarse antes de que aquello ocurriera, o acabaría encerrada en RES al menos cinco años más.

Con aquellos pensamientos en la cabeza, llegaron al número 476 de la calle Alcalá. Al tratarse de un viaje de madrugada, Antonio ni siquiera se preocupó por aparcar el Dodge a una cierta distancia. Simplemente apuntó las coordenadas de la puerta en el GPS del coche y cayeron justo delante.

Las oficinas de *Fetén Diario* ocupaban las plantas 16 a 24 de un imponente edificio a las afueras de Madrid. Un periódico creado hacía menos de una década, pero que se había convertido, gracias a las redes sociales y a ciertas financiaciones algo turbias, en el medio escrito de referencia de los troles y los movimientos de ultraderecha.

Una de sus características era que, al ser digital, nunca cerraba. Su director, Pablo Gil y Mortes, un histórico de la profesión periodística en España, había sabido ver la importancia de que su diario proporcionara información las veinticuatro horas del día, fuera veraz o no —es más, la mayoría de las veces no lo era—, para encontrarse siempre en boca de todos. «Que hablen de ti, aunque sea mal» era su lema vital. Y con el *Fetén* lo había conseguido de una forma que ni él mismo imaginó.

Gracias a la posición a la que había llegado, podía codearse con la gente importante. Y por «importante», Pablo solo entendía ricos y famosos. Aquel fue su objetivo desde el día que lo echaron vergonzosamente del que fuera su anterior puesto de trabajo por unas grabaciones en las que se le escuchaba ofrecer dinero a testigos para que contaran lo que él quería escribir en una noticia.

Arancha entró en el edificio e informó al portero de quién era —inspectora Blasco, de la Policía Nacional, su identidad falsa más básica— y le pidió indicaciones para hablar con el señor Gil y Mortes. «Planta 24», indicó sin más. Seguidamente, le dio un pase de visitante para tener acceso privado y tomar el ascensor.

El edificio parecía desangelado. Las únicas luces que había visto desde el exterior eran las del diario, y en el ascensor de cristal, mientras subía, Arancha pudo comprobar que no se detectaba ni un solo movimiento en el resto de las plantas. Los únicos trabajadores eran los periodistas y becarios del digital. Arancha pensó en lo triste de la profesión, pero también recordó que las noticias nunca descansaban. Y en el caso de *Fetén Diario*, las invenciones tampoco.

En el instante en que el ascensor llegaba a la planta 24, los pensamientos de Arancha se interrumpieron al recibir un mensaje de texto en su bellota: «Vuelve a RES. Tenemos un problema. Protocolo Ramón y Cajal».

Eso solo podía significar una cosa: había una vida en peligro.

12

Belén
Las bellotas del agente Lobo

Cuando el ascensor paró en la planta 20, Belén se sorprendió, como le pasaba cada vez, con la mezcla de calidez y modernidad que aportaban las luces que emitían prácticamente todos los objetos del departamento de I+D+i, Tecnología y Verificación de Elementos de RES.

La planta 20 se inspiraba en los arquitectos modernistas y en la vanguardia más absoluta. Es más, se podría afirmar que se basaba en tendencias que aún no eran de dominio público. Era como si Gaudí y Calatrava compartieran piso, pero para bien. Las vidrieras de los ventanales —obviamente, alimentados con luz artificial, puesto que se encontraban bajo tierra— convivían con pilares que formaban curvas imposibles. Y, a pesar de que el blanco más aséptico era el color predominante, el conjunto daba una sensación cálida y acogedora.

Se trataba de una planta sin habitáculos separados, a excepción de la bóveda de seguridad para los Elementos potencialmente peligrosos. Alrededor de treinta personas trabajaban en aquel espacio. Y, entre ellos, se encontraba el agente Lobo, quien, sin pretenderlo pero gozándolo, se convertía en el centro de atención allá donde iba.

Belén se descubrió a sí misma dándose la vuelta para echarse una última mirada en el espejo del ascensor. Se recolocó un poco el pelo y se estiró la blusa. Por lo demás, estaba perfecta. Como siempre. Dejó salir a Elena y le fue indicando en qué consistía cada una de las zonas de la planta, dilatando el momento en que fueran a conocer al agente Lobo.

—A la izquierda puedes encontrar al equipo del departamento de Verificación de Elementos.

—Belén, por favor, me tienes que explicar las cosas como si fuera tonta, de verdad. Porque, en serio, no me entero de nada.

—Cierto, se me olvida que es tu primera vez. Este departamento, el DVE, es el inicio de todo en RES. Como ya te ha explicado Lola, las personas con talentos especiales… Mira, vamos a llamarlas famosas, a fin de cuentas todos lo son independientemente de por qué. Los famosos imbuyen a ciertos objetos de cualidades especiales. De nuevo, mírate el antebrazo.

—El clavel horrendo, sí, no me lo recuerdes.

—Pues ese «clavel horrendo», como lo llamas, tiene un poder especial. El poder de la voz. Como su generadora, Rocío Jurado.

—¿Cómo que el poder de la voz? De momento, lo único que yo he visto es que he destrozado la Puerta del Sol.

—Eso es porque usaste el miedo como vía para explotar su potencia. El clavel de Rocío también tiene el poder de acercar a la gente cuando se utiliza desde la seguridad y el cariño. Como Rocío, atrae a las personas hasta la voz de quien lo porta. Tendrás ocasión de probarlo, seguro. El tema es que la Jurado llevaba ese clavel en una de sus últimas actuaciones en Televisión Española. Y nosotros, años buscándolo. Lo lanzó al público y lo cogió uno de sus fans. Seguramente, alguien que conoce las cualidades de los Elementos se hizo con él y, de alguna manera que aún no sabemos si es premeditada o no, llegó hasta ti. Y, antes de que me preguntes, sí, hay más gente que conoce el poder de los Elementos. No sabemos cómo, pero lo saben.

—¿Lo estabais buscando? ¿Cómo que lo estabais buscando? ¿Y cómo sabéis tanto del clavel si no lo habíais conseguido nunca?

—Verás, Elena. Una de las actividades de RES es encontrar objetos de personas célebres y traerlos a las oficinas. A veces, esos Elementos tienen poderes. Otras veces, no. Y, por eso, el DVE tiene un papel fundamental en esta Secretaría. Aquí se determina si un objeto recuperado tiene alguna función o no. Los agentes recogemos todo lo que podemos. Lo traemos al DVE y son ellos, dirigidos por el doctor Alban, un exprofesor de instituto que obtuvo el doctorado en Historia contemporánea, los que distinguen entre los Elementos que funcionan y los que no. Algunos dicen que el doctor Alban tiene un poder sobrenatural. Otros dicen que es un sexto sentido. Mi opinión es que, al haber sido profesor durante tanto tiempo, sencillamente ha aprendido a detectar el potencial. Primero en sus alumnos, ahora en los Elementos.

—Perdona, Belén, ¿qué es ese montón de allí? —preguntó, señalando a la izquierda, donde una multitud de objetos acumulados rebosaba de un cubo de basura gigantesco.

—Morralla, lo que creíamos que eran Elementos pero que carecen de poderes. Principalmente, son cosas recuperadas en programas de televisión, de gente conocida. Famosos por los medios de comunicación, no por un talento concreto. Para que te hagas una idea, lo llamamos «archivo Ylenia». Verás, Elena, muchas personas son famosas por no hacer nada. Influyen en la opinión de mucha gente, es cierto. Pero son celebridades porque la sociedad los ha hecho así, no tienen ninguna aptitud especial.

—Bueno, pero siendo famosos, seguro que imbuirán, ¿así lo llamáis?, algunos objetos y los convertirán en Elementos.

—No, los que son famosos por el simple hecho de serlo no suelen crear Elementos. Bien es cierto que programas como *Operación Triunfo* han convertido en celebridades a personas anónimas. Y también es verdad que no sé qué haríamos sin la sudadera de Chenoa, por ejemplo, que usamos para calmar a los detenidos más agresivos. Aunque nunca se puede saber a ciencia cierta, es difícil que una persona le dé algún poder a un Elemento solo por haber aparecido en televisión o ser conocida en las redes sociales. Pero para eso está el DVE, para identificar los Elementos y desechar lo demás.

—Voy entendiendo. Y dices que el doctor Alban y su equipo son quienes criban todo lo recogido por el resto de los agentes. Por Arancha y por ti, por ejemplo.

—Bueno, Arancha y yo nos dedicamos a otros menesteres, para serte sincera. Tenemos acceso máximo en RES, así que podemos trabajar con Civi, pero nuestro trabajo está más relacionado con la recuperación de Elementos que producen alteraciones y altercados en la vida diaria. Elementos que han sido activados por civiles. Por eso Arancha fue en tu búsqueda o yo tuve que desactivar a un Curro en Alcalá de Guadaíra. Somos, digamos, las Bond, las 00 de la Secretaría, por hacerte una comparación que te suene. Y, como tales, solo hay nueve como nosotras.

—No sé si quiero preguntar lo que es «desactivar» para ti, Belén. Y, desde luego, no me imagino quién es Curro y por qué hay varios.

—Ya te harás una idea. El caso es que, volviendo al tema, para eso está el DVE, para diferenciar lo que es un Elemento y lo que es un objeto para tirar. Y esos son los que derivamos al archivo Ylenia. Y, si miras a la derecha, justo enfrente, verás el departamento de I+D+i. Aquí es donde, una vez encontrados los Elementos, se estudian y se descubren las funciones que pueden tener. Aunque a veces es Leonor quien se encarga de ello. Tiene acceso al departamento y está en constante comunicación con ellos, porque es ella, al final, quien cataloga todos y cada uno de los Elementos. De este modo, podemos organizarlos en el Círculo. Aunque Civi suele encontrarles aplicaciones que no se nos habían ocurrido a nosotros, pero no se digna a explicarnos más que las funciones básicas, si no es estrictamente necesario...

Belén suspiró al pensar en el trato que en ocasiones Civi les dispensaba. Continuó con sus aclaraciones:

—Aquí también trabajan para aplicar los Elementos en mejoras para nuestro trabajo, como el Dodge o el FA, dos vehículos que pronto disfrutarás. O quizá odiarás, pero para eso tendrás que probarlos. Pero despierta, claro. Ah, y sabemos tanto de tu flor y de sus capacidades simplemente porque tenemos otros Elementos de Rocío y todos tienen el mismo poder.

Belén siguió caminando mientras le explicaba las distintas funciones dentro del departamento de I+D+i. Se detenían en las mesas, en los pequeños cubículos y en las salas de pruebas de Elementos, convenientemente acristaladas e insonorizadas por lo que pudiera suceder. En definitiva, había adoptado más o menos la postura de Lola: no esconderle nada a Elena. No sabía por qué, y tampoco estaba muy segura de que fuera lo correcto, pero al final la jefa estaba convencida y a Belén empezaba a caerle simpática la chica.

Además, se le notaba que estaba retrasando la llegada a la zona de tecnología: los dominios del agente Lobo. Ignoraba la razón, pero Lobo le producía sensaciones contrapuestas. Por un lado, su media sonrisa, totalmente estudiada, le resultaba increíblemente seductora. Era guapo y lo sabía, algo que a Belén le daba tanta rabia como le parecía irresistible en extremo. No era un modelo de pasarela. Era más bien un empollón sexy, un cerebrito atractivo con una mirada penetrante que no desnudaba pero expresaba deseo.

Decidió centrarse en las explicaciones a Elena. Empezó a bajar por las escaleras que daban al departamento de Tecnología desde el puente que sobrevolaba la planta, intentando evitar cruzarse con Lobo a toda costa. No sabía por qué, pero creía que Elena iba a suponer un problema si se encontraba con él, al menos sin haber completado su visita por las instalaciones.

—Pero ¿qué ven mis ojos? Cuánto gusto verte, agente García —dijo alguien a la espalda de ambas—. Y acompañada. Qué raro. Hola, soy el director del departamento de Tecnología y quien convierte los Elementos en los gadgets más chulos de la Secretaría. ¿Y tú eres…?

—Es Elena —dijo Belén mientras ponía los ojos en blanco antes de girarse—. Agente Lobo, te presento a Elena. Elena, este es Lobo, nuestro técnico de cabecera y el ligón oficial de RES.

—Encantada, señor Lobo —dijo Elena, sonrojándose ante aquella sonrisa de medio lado tan estudiada.

—Agente Lobo. Hugo Lobo. El Señor Lobo es un asesino ficticio de una de Tarantino, si no recuerdo mal. Puedes llamarme Lobo. Hugo solo me gustará cuando te lleve el desayuno a mi cama.

—No le hagas ni caso, Elena —se adelantó Belén a la reacción de ella—. Lobo es uno de nuestros mejores agentes técnicos, pero, ten cuidado, que como su apellido indica es un poco depredador. Eso sí, aúlla muy afinado en las cenas de empresa.

—Agente García, me sonrojas y me ofendes a partes iguales. Pero, sobre todo, me siento halagado de que mi fama me preceda. Se lo diré a mi marido, le va a encantar.

Belén sonrió ante este último comentario. Todo el mundo sabía que Lobo estaba felizmente casado con León. «El Lobo cazado», lo llamaban. Eso no era impedimento para que resultara sexy hasta el instante antes de ser incómodo. Y es que, además, Belén no podía evitar que su mente se trasladara a situaciones en las que no era necesaria la ropa. Pero tenía que ser profesional, no se trataba de otra cosa más que el «efecto Lobo», también de sobra conocido en la Secretaría.

—Lobo, déjate de jueguecitos. Necesitamos una bellota para Elena. Órdenes de Lola.

—Vaaale, vaaale. Marchando una bellota para la nueva obra de arte de RES.

—Belén, perdona que pregunte tanto, pero ¿una bellota? ¿Qué es eso? Porque imagino que lo que comen las ardillas en los dibujos animados no va a ser.

—No, dulzura —se apresuró a contestar Lobo—, no. Una bellota es, quizá, una de mis mejores intervenciones en esta Secretaría. ¿Te acuerdas de que hace unos años salieron dos «emprendedores extremeños» con un teléfono móvil cien por cien *made in Spain* que resultó ser un fraude que venía de China?

—Me suena, sí. La historia duró dos días. Pero ¿me vais a dar un teléfono chino? Creía que en RES todo era español y muy español.

—Ah, pero querida, las bellotas son españolas y muy españolas. Y es aquí donde entré yo y, gracias a mis habilidades, tenemos un sistema de comunicación encriptado e invisible, porque la gente se cree que no existe.

Belén tuvo que reconocer que Lobo actuó en aquel momento de manera rápida y con la precisión de un bisturí. Recordó el día que apareció la noticia en los medios. Lobo se acercó al despacho de Lola y entró sin avisar. Lo sabía porque tanto Arancha como ella estaban dentro, informándola de un caso recién resuelto.

Caminó hacia la mesa de la directora, le puso un periódico encima de todo el papeleo amontonado y le dijo: «¿No querías un sistema de comunicación privado? Necesito cinco días del pendiente de Lola y que Wardog se invente un par de cositas, y estas bellotas serán nuestras». Lola simplemente asintió y el resto era historia.

Wardog creó noticias para todos los medios españoles que, como eran exclusivas y hundían a un compatriota, ninguno de los periódicos se preocupó por saber quién las había escrito. *Typical Spanish*, vaya. En ellas se aseveraba que las bellotas eran un producto importado de China. Por un lado, los dos creadores del sistema operativo extremeño fueron vilipendiados en los informativos de todo el país. Por el otro, se llevaron una buena indemnización y un trabajo de por vida en la Secretaría, donde continuaban ayudando en I+D+i a convertir los Elementos en recursos vitales para muchos agentes.

—Como puedes ver, Elena, estos teléfonos cuentan con la tecnología más vanguardista. Mucho mejor que cualquier sistema operativo conocido mundialmente. La única pena es que no hemos podido comercializarlo, aún, por lo que el Oveja Negra necesita de apps propias. Pero, gracias al ON, podemos hacer que nuestros teléfonos sean lo que queramos que sean. ¿Viste la bellota dorada que tiene Lola en la solapa de su chaqueta?

—Sí, es una preciosidad, la verdad.

—Y, además de bonita, es un auténtico teléfono manos libres. Ni Siri, ni Cortana, ni Alexa hacen lo que hace Civi. Lola se comunica con ella y hace y recibe llamadas y mensajes, y todo mediante una conexión neurológica con su cerebro. Indetectable y discreta. Es un prototipo aún, por supuesto. Tú, como todos los agentes, tendrás un teléfono estándar. Una bellota negra. Como esta. Tres días de batería, comunicaciones internas por texto y teléfono, reconocimiento de voz y desbloqueo por retina. Mira aquí. Gracias. Ahora mismo, este teléfono es solo tuyo. Para cualquier otra persona del mundo, es un pisapapeles precioso. Pero no podrán acceder a ninguna de las funciones.

—Interesante —apuntó Elena—. Y ¿cómo puedo utilizarlo?

—Querida Elena, mi trabajo aquí está hecho. Por cierto,

parece que tienes un mensaje. El mismo teléfono te explicará todo lo que tengas que saber. Al menos, lo más básico. Civi es, además de la guardiana de los Elementos, una magnífica profesora. Y si no, estoy seguro de que Belén te pondrá al día de las características más útiles.

—Sí, hombre. Para eso estoy yo ahora, Lobo —dijo Belén, un poquito irritada—, para dar clases. Ya sabes que mis conocimientos tecnológicos son tirando a nulos. Mira, Civi te lo irá explicando poco a poco, o se lo preguntas a Arancha. De hecho, espérate, que acaba de vibrar mi bellota. —Sacó su teléfono, color plata mate, del bolsillo interior de la americana—. Un mensaje. De Lola. Disculpa, Lobo, tenemos que irnos.

—Ya sabes que odio que te marches, pero me encanta ver cómo te vas —afirmó Lobo, pícaro.

—Y… por cosas como esta es por lo que me alegro de coger un taxi sola en cada cena de Navidad. Si es que se te ven las intenciones, Lobo.

—Nunca las he ocultado. Elena, preciosa, es un placer conocerte. De momento, puedo decirte que me fascina la profundidad de tus ojos oscuros y que esta noche voy a soñar con tu melena rizada. Y, por supuesto, en unos instantes Belén te pondrá al día de todo lo malo, sospecho.

—Una pregunta, antes de irme. ¿Por qué Wardog? «Perro de guerra» me resulta un tanto agresivo como nombre —dijo Elena, intentando conseguir algo más de información.

—Ah, bueno, es una historia graciosa, de hecho —respondió Lobo—. El caso es que la idea de una inteligencia artificial protectora viene de nuestra Secretaría hermana en Reino Unido, SHEEP. Cuando estaba hablando del tema con mi homólogo de allí, un escocés de acento muy cerrado, me dijo «Guard Dog» y yo, sencillamente, lo entendí mal. Y así se quedó. Al fin y al cabo, por sonar, suena igual, ¿no?

Después de las despedidas, Elena y Belén se dirigieron al ascensor, de nuevo, para cumplir con las órdenes del mensaje de Lola. «Acudid a mi despacho en cuanto Elena tenga su bellota. Sin demora», rezaba. Así que Belén pulsó el botón de la planta 13, preguntándose qué podía estar ocurriendo que requiriera que Elena viera el segundo corazón de RES con tanta celeridad.

13

Elena
Un rompecabezas sin solución

Con el cerebro a punto de explotarle al intentar organizar toda la información recibida en las últimas horas —tenía como diez o doce titulares para su exclusiva—, Elena acompañó a Belén al ascensor. Al parecer, aún le quedaban cosas por saber. Al menos lo que le decían iba teniendo cierto sentido.

Había conseguido hacerse una composición mental aproximada de su situación. Estaba dentro de una secretaría del Estado, en el subsuelo de alguna localización que aún desconocía. Una organización que se autogestionaba gracias al pendiente de una folclórica y que trataba de recuperar unos objetos especiales —los Elementos— a los que los famosos proporcionaban, sin saber cómo ni por qué, poderes especiales. Y, aunque ya no se transferían a nadie más, cualquier persona anónima podía beneficiarse de aquellos poderes, lo que suponía un peligro pero, al mismo tiempo, era algo muy útil para «luchar contra el mal». La pregunta principal era: ¿qué mal? Para Elena, aquella historia se situaba a medio camino entre una pesadilla y una mala serie de ciencia ficción. Y, sin embargo, allí estaba ella. Vamos, lo más normal.

Por si esto fuera poco, acababa de recibir un teléfono cifrado con apps que ni siquiera conocía. Se podía figurar qué era el NutChat, pero ¿para qué podría servir el Contador de Ovejas? No era un móvil cualquiera, sino un modelo que habían desprestigiado públicamente a propósito en los medios de todo el país para apropiárselo como sistema de comunicaciones indetectable para RES. Recuperación de Elementos Susceptibles: un mal juego de palabras con el ganado. Parecía que a todo le hubieran puesto nombre Los Morancos.

Conforme subían en el ascensor hasta el despacho de Lola, Belén se giró hacia ella y, con una sonrisa incómoda, le dijo:

—Eres de lo más afortunada. Pasó más de un mes hasta que yo entré por primera vez en el despacho de Lola.

—Belén, por favor, esto no es algo que haya planeado. No soy más que una especie de prisionera con beneficios. Tampoco es que pueda hacer nada más —comentó con un poco de tristeza en su voz—. Echo de menos mi casa, echo de menos mi cama y, sobre todo, echo de menos cuando, hace unas horas, no tenía ni idea de lo que eran los Elementos. Por otro lado, tú, por lo que he podido ver en todos los departamentos en los que hemos estado, eres una de las agentes más respetadas de este… vamos a llamarlo complejo.

Belén suspiró.

—No me entiendas mal, Elena. De verdad, es que ni Arancha ni yo sabemos muy bien lo que está pasando contigo. Lola nunca ha sido tan… secretista. Eso es todo. Disculpa si te he parecido fría o distante. No me gustan los rompecabezas y este es uno que se me resiste.

—Tranquila, lo comprendo perfectamente. Yo soy la última en entender nada de lo que está ocurriendo. Eso sí, una cosa: ¿me podrías decir para qué sirve el Meyba modelo fardahuevos de Alfredo Landa? Estoy con el runrún desde que lo he escuchado.

— ¡Ja, ja, ja! —rio Belén de forma sincera. La pregunta la había tomado por sorpresa—. Me temo que eso es algo que tendrá que responderte la jefa. Solo ella, Leonor y Civi conocen a la perfección cada uno de los Elementos. Yo únicamente puedo decirte que es algo que no podemos llevar a Suecia ni usar dentro de ningún IKEA.

En aquel momento, el ascensor se detuvo en la planta 13 y la puerta se abrió para dar paso a un gigantesco espacio que podía competir con cualquiera de las salas del Museo del Prado. Elena se figuró que estaba inspirado precisamente en aquel edificio, aunque también podía ser una copia de cualquier palacio español.

La sala, circular como todo el edificio de RES, albergaba

docenas de cuadros imponentes de distintos movimientos artísticos y épocas. Elena se figuró —y más tarde pudo confirmar— que se trataba de Elementos de los más famosos pintores de la historia de España.

—Si te estás preguntando si ese es el auténtico, sí, lo es. El que cuelga en el Museo del Prado es una copia. Excelente, pero una copia. No podemos dejar ante el público un cuadro con cuyo contacto te conviertes en el mejor retratista de España, como comprenderás —dijo desde el fondo la voz de Lola—. Por favor, acercaos a la mesa. Tenemos que hablar.

Elena y Belén se dirigieron al final de la sala; la segunda con paso decidido, la primera aún embobada con la cantidad de cuadros conocidos que colgaban de las paredes del despacho. Era como echar una ojeada a su manual de Historia del arte en tres dimensiones. Justo detrás de la mesa de Lola, sin embargo, había retratos de personas. Mujeres, en concreto. Mujeres de todos los siglos, con dos fechas grabadas en una placa dorada colocada en el borde inferior del marco. Elena juraría que una de ellas era Rosalía de Castro, pero tendría que confirmarlo.

—Ah, veo que te has fijado en las anteriores secretarias de RES. Bueno, quizá debería decir las anteriores directoras, rectoras, secretarias, guardesas… Han tenido muchos nombres a lo largo de la historia de España.

—Pero dijiste que la Secretaría RES se fundó durante los años de la Transición —afirmó Elena, que recordaba perfectamente aquel punto.

—Sí, y así fue. La primera de nuestras secretarias fue, precisamente, Amparo Illana, la mujer de Adolfo Suárez. Una maravillosa persona y mejor directora de este centro. Un puesto que se creó de la nada y con prisas. Y que Illana fuera la primera directora de RES sentó el precedente de que el puesto pasara de mujer a mujer, como puedes comprobar en la pared que hay detrás de mí.

Lola se levantó de la silla y continuó hablando.

—Pero la recuperación de Elementos ha sido una constante en nuestra historia desde que la Iglesia se dio cuenta de lo importantes que fueron sus santos y beatos, cuyos restos se guardaban celosamente en cajas de cristal. Eran custodiados principalmente por monjas y otras mujeres laicas, pero con gran influencia en el funcionamiento de la Iglesia. Con el tiempo, si bien fueron los católicos en España los que se dedicaban a guardar objetos y restos de estas personas, se fueron creando distintas sociedades secretas dedicadas a la recuperación de objetos de personas laicas que, con el tiempo, comenzaron a desarrollar poderes. Fueron los primeros Elementos. Algunos perdidos, otros olvidados..., pero los que aún conservamos fueron los cimientos de lo que al final se convirtió en la Secretaría de Recuperación de Elementos Susceptibles.

Elena se quedó atónita con la explicación de Lola. Según lo que le acababa de contar, los Elementos eran tan antiguos como España misma. Puede que incluso más. Era algo en lo que no había pensado.

—Entonces, ¿RES se dedica también a recuperar Elementos de la historia de España? Parece un trabajo más del Ministerio del Tiempo. Que, sinceramente, hasta ayer no creía que fuera nada más que una serie de televisión.

—Oh, no —dijo Lola, con una media sonrisa—. Belén ha trabajado con varios de sus agentes y, créeme, son reales. Un poco estirados, también te tengo que decir, pero muy profesionales y extremadamente eficaces. No, ellos son los que se encargan de que todos los Elementos se queden donde tienen que estar. Si alguna de las sociedades anteriores a RES recuperó alguno, trabajan para que se mantengan en sus archivos. Sin embargo, su cometido es completamente distinto. Y para nosotros, realmente, los Elementos no recuperados se remontarán a... ¿cien años atrás, Belén?

—Sí, aproximadamente cien o ciento cincuenta —apuntó Belén—. Bastante tenemos con la época que nos ha tocado vivir, en la que es cada vez más fácil encontrar talentos y personas capaces de hacer cosas increíbles.

—Por cierto —dijo Lola después de sacar una cajita cerrada del cajón central de su escritorio—, creo que este Elemento lo llevabas buscando mucho tiempo. No lo abras todavía, seguro que encuentras el momento. Digamos que Bonilla por fin ha conseguido infiltrarse en la Caja Mágica.

—Oh, Lola, muchísimas gracias —dijo Belén, con los ojos brillantes—. Siempre sabes cómo alegrarme el día. ¿Tengo que mantenerlo en secreto para Civi?

—No, está bien. Sabe ya de su existencia y cree, como yo, que eres la persona perfecta para custodiarlo y usarlo si es necesario. Que, por cierto, para eso os he hecho venir. Ha habido otro despertar en Alcalá de Guadaíra. Tres, esta vez. Tenéis que salir inmediatamente con el FA.

—¿Tenemos? —dijo Elena—. ¿Quieres que acompañe a Belén en no sé qué movida en Sevilla? ¡Pero si no tengo ni idea de qué estáis hablando!

—Mientras tengas ese Elemento en tu cuerpo, Elena, eres… digamos, un arma para RES. Y creo que le vendrás muy bien a Belén para esta misión específica. ¿No es verdad, Belén?

Elena vio cómo Belén torcía el morro en disconformidad, pero asintió y la acompañó hacia la salida. Ella solo podía pensar en que por fin iba a conocer uno de los vehículos de RES, de los que Belén había hablado antes. Y, además, Alcalá de Guadaíra, en Sevilla. Sabía que no era un viaje de placer, pero nunca había estado allí y suponía que algo de turismo podrían hacer. No tenía ni idea de cuánto se equivocaba.

14

Belén
Viaje torcido a Alcalá de Guadaíra

Belén salió del despacho de Lola notablemente enfadada. En quince años de servicio en RES jamás había tenido que hacer de niñera de nadie. Eso era trabajo de Arancha. Que sí, que parecía la más hosca de todas, pero tenía que reconocerle un talento innato para educar sin ser maternalista. De hecho, Arancha fue quien la convirtió en la agente que era entonces. En parte gracias a ella, Belén había resultado ser una de las agentes más competentes de la organización, aunque con mejor vestuario y mejores dotes en lo relativo a las relaciones interpersonales.

El ascensor no subía lo suficientemente rápido para las ganas que tenía de salir de RES. Tres activaciones simultáneas en el cementerio de los Curros no era algo habitual. De hecho, Belén estaba segura de que era la primera vez que ocurría tal cosa. Al menos, desde que ella era agente.

Pero lo que realmente le preocupaba era cargar con Elena. No era una agente entrenada y, aunque llevaba la rebeca, el tatuaje era algo que no era capaz de controlar. Podía convertirse en un problema en la misión. Para sí misma, para ella y para quien estuviera alrededor. ¿Quién sabía lo que podía hacer Elena si se quitaba la rebeca y se ponía a gritar, aunque fuera por intentar ayudarla? Por un segundo, Belén se imaginó a Elena destruyendo a todos los Curros a grito pelado. Aquella idea no era tan desagradable, si era sincera.

Por fortuna, el FA estaba esperándolas en la puerta y Belén se olvidó por un rato de los problemas que le rondaban por la cabeza. Aunque por fuera parecía un Seat León color berenjena, era el vehículo más veloz que jamás se había fabricado. Miró a Elena mientras se dirigían al coche y reconoció un velo de decepción en sus ojos. Sonrió para sí: la sorpresa sería así mayor.

—Elena, bienvenida al FA —dijo mientras cerraban las puertas del coche—. Abróchate el cinturón y prepárate. El viaje va a ser movidito.

—Belén, entiendo que un coche nuevo, aunque sea un Seat León, es algo de lo que estar orgulloso en un organismo público, pero tampoco creo que sea para ponerse… —Se interrumpió de golpe cuando el FA comenzó a moverse a más de seiscientos kilómetros por hora por las calles de Gúdar. A su paso todo se convertía en una nube borrosa.

—Perdona, ¿decías? —preguntó Belén, con una sonrisa triunfadora.

—Pe-pero ¿cómo es posible?

—Conducción automática, GPS con hasta medio metro de precisión en destino, pintura que lo convierte en indetectable para los radares y lo invisibiliza para el resto de los conductores, que piensan que se han encontrado con una ráfaga de viento, y, por supuesto —dijo señalando un pequeño detalle bordado en el reposacabezas del piloto—, la cruz de Asturias de la bandera que llevaba Fernando Alonso cuando ganó su tercer mundial de Fórmula 1.

Elena no dijo una palabra más en todo el viaje. Que tampoco duró mucho. Teruel-Sevilla en poco más de una hora. Aquello sí era alta velocidad. Cuando llegaron, Belén salió del FA como si nada hubiera sucedido. Elena, por su parte, necesitó la ayuda de su compañera para levantarse del asiento y unos segundos para recordar cómo se hacía para caminar. «Y eso que no has probado la conducción manual», le dijo Belén entre risas.

Una vez recompuesta del viajecito, abrió los ojos de par en par al ver dónde se encontraban: el famoso cementerio de los Curros, donde se amontonaban sin orden ni concierto las mascotas de la Exposición Universal de 1992 que, con el paso del tiempo, habían empezado a perder brillo, color e incluso partes del cuerpo, en algunos casos. Como resultado, el lugar desprendía una inmensa tristeza y algo de desasosiego, a decir verdad. Se veía completamente desangelado y desprovisto de vida, lo que contrastaba con los gritos que se escuchaban en el interior. Belén pareció leerle el pensamiento, porque se apresuró a decir:

—Elena, clase rápida: tres Curros se han activado. No sabemos cómo ni por qué se activan, pero desde que se inauguró la siguiente Exposición Universal, la de Lisboa en 1998, de vez en cuando uno de ellos cobra vida e intenta convencer al resto de que se unan a lo que llaman «la Revolución de las sonrisas». Todos creen que estamos en 1992, con la Expo en pleno apogeo. No tienen conciencia del paso del tiempo y pueden resultar agresivos si se trata de razonar con ellos.

—Todo muy lógico —dijo Elena—. Bueno, no lo veo nada lógico, pero desde lo de la Puerta del Sol he aprendido a no buscarle la lógica a prácticamente nada de lo que vivo y veo.

—Sinceramente, ahora mismo es lo mejor que puedes hacer. Y ahora, lo que te oculté antes: la única forma de desactivarlos es separarles el arcoíris del resto de la cabeza.

—¿Por qué no acabáis con ellos cuando están dormidos?

—Esa es una pregunta que tendrás que hacerle a Lola. Arancha y yo llevamos años intentando suprimirlos de una vez por todas, pero no hay manera. No sé qué de la Junta. Ser una organización secreta tampoco ayuda mucho, todo hay que decirlo. Pero bueno… En cualquier caso, las instrucciones: no quiero que pases de la puerta. Yo me encargo de los Curros y gritaré si te necesito.

—No, Belén, por favor. No me dejes aquí. Recuerda que tengo el tatuaje.

—Lo que tú tienes es la rebeca verde y no quiero que te la quites bajo ningún concepto. ¿Entendido?

—Pero...

—¿Entendido? —repitió Belén.

—Entendido.

—Pues andando. Tienes tu bellota. Si pasa cualquier cosa, marca 1, espera a que descuelgue Lola y ella te dará instrucciones.

Dicho esto, Belén se adentró arma en mano por el pasillo que desembocaba en el cementerio. Unos segundos después, desapareció de la vista de Elena. Pensó en lo preocupada que la dejaba, pero no podía arriesgarse a que una civil —y, hasta que se demostrase lo contrario, Elena era una civil— se expusiera al potencial peligro que suponía una mascota gigante con el cerebro de un votante de ese partido con nombre de diccionario, pero en el que no habían abierto uno jamás.

Siguiendo los sonidos de los tres Elementos activados, Belén los encontró enseguida. Sin embargo, su comportamiento no era el habitual en los Curros recién despertados. Estaban sentados alrededor de una mesa y planeaban algo en voz baja. Nada que ver con la exaltación de la alegría que experimentaba el resto —incluido Francisco, aunque pudieran hacerle entrar en razón.

Belén se preocupó por un momento, pero se acercó de forma sigilosa al lugar donde se encontraban los tres Curros activados para averiguar lo que claramente estaban tramando. Escondida entre los coches del carrusel, pudo escucharlos hablar.

—Recuerda lo que nos ha dicho el Despertador. Hemos de esperar a que termine de anochecer para empezar a revivirlos. A todos. Necesitamos un ejército para lo que nos ha propuesto. Y con esto lo podremos conseguir —dijo uno de los Curros, el que parecía el líder y que tenía en la mano lo que se asemejaba a un Elemento, aunque Belén no alcazaba a distinguir cuál era concretamente.

—¡La Revolución de las sonrisas por fin será una realidad! —dijo otro.

—Paco, por favor, que no. Que ya te hemos puesto al día. Ya no estamos en 1992. No hay Revolución de las sonrisas ni nada que se le parezca. El Despertador nos ha unido con un motivo claro: que ningún Curro quede dormido esta noche. Eso es todo lo que debéis saber. Ya os contaré el resto cuando lo considere oportuno.

—Pero Cisco, podemos seguir llevando a cabo la Revolución de las sonrisas. ¡Es para lo que nacimos!

—Fran, vamos, dile algo —dijo Cisco, llevándose el ala izquierda a la cabeza para masajearse una hipotética sien—. Yo con ciento y pico más como Paco no voy a poder, de verdad. Vuélveselo a explicar.

Paco, Cisco y Fran. Era lógico que, al desarrollar una personalidad propia, también quisieran distinguirse entre ellos, consideró Belén. Fran parecía ser el líder, por el modo en que se dirigían a él y por la forma en que él hablaba al resto. Y Paco estaba en aquel momento de negación por el que pasó también Francisco. Lo recordaba bien. Belén resolvió que la mejor forma de acercarse al grupo era a través de Paco. Tenía que conseguir que se separaran. Pero ¿cómo?

Buscó entre los bolsillos de su traje, pero lo único que encontró fue una barra de labios, carísima, de la que se negaba a desprenderse. Miró a su alrededor y, ¡bingo!, ahí estaba una media nariz de un Curro desactivado a saber cuándo. La cogió con sigilo y esperó, escudriñando la zona para encontrar el lugar perfecto donde lanzarla. A su derecha vio una pila de coches de choque, amontonados de cualquier manera.

Estaba fuera del ángulo de visión de los Curros activados, por lo que tendrían que moverse para investigar lo que ocurría. Era el sitio idóneo, sin duda. Esperó a que las mascotas reemprendieran su discusión y lanzó con fuerza el trozo de nariz hacia la montaña de autos destartalados.

—¿Quién anda ahí? —preguntó Fran—. Cisco, ve a comprobar que no se haya despertado nadie más. Necesitamos acabar con el plan antes del anochecer.

—¿Por qué yo? Siempre me toca a mí hacerlo todo.

—Cisco, que llevamos despiertos cuatro horas. Tu concepto de «siempre» es un poco exagerado.

—Pues manda a Paco, yo estoy ocupado armándome. —Y mostró una de sus alas, donde estaba añadiendo trozos afilados de lo que encontraba por el suelo. Los pegaba con cinta adhesiva de manera tosca. Belén se preguntó de dónde la habría sacado, pero habría tiempo después para ello—.

Prométeme que lo segundo que haremos será tener una charla con el que nos diseñó. Tengo un par de sugerencias que hacerle... Putas alitas.

—Déjate de tonterías y acompáñame. Hay alguien por ahí detrás, estoy seguro. Y tenemos que hacernos cargo de él. Paco, quédate aquí y repasa los datos.

—¿Qué datos?

—Por ejemplo, el año en el que estamos. Y que no queremos hacer ninguna Revolución de las sonrisas. El Despertador me ha dicho que solo tenemos un cometido: sembrar el caos en Sevilla.

—Pero ¿podemos crear caos con una sonrisa? —Fran puso los ojos en blanco—. Una pequeñita, por favor.

—Paco, no me calientes. Quédate aquí y vigila los datos que nos ha dado el Despertador.

Cisco y Fran se dirigieron hacia donde habían escuchado el sonido y dejaron a Paco solo con los documentos. Belén esperó a que desaparecieran de su vista para acercarse, con aparente despreocupación, para hablar con él y averiguar qué estaba pasando.

—Hola, Paco —dijo Belén con seguridad y supuesta complicidad—. Veo que estáis estudiando bien los planes del Despertador.

—¿Quién eres? Nos dijo que no habláramos con nadie más que con él.

—Bueno, ha tenido una urgencia y me ha pedido que me acerque a comprobar que va todo conforme a lo planeado.

Y veo que lo tenéis todo a punto. ¿Me dejas ver ese papel de ahí, el de la derecha?

—Si vienes de su parte, seguro que sabes mejor que nosotros qué está pasando.

—Eso es cierto, pero me gustaría ver si podemos incluir en el plan un pequeño apartado para tu Revolución de las sonrisas.

—¿En serio? —preguntó Paco, ilusionado—. Bueno, yo he pensado que antes de llegar al centro de la ciudad, podríamos parar un segundo en la zona de juegos y hablar con los niñ… ¡Un momento! ¿Te crees que soy tonto? El Despertador no sabe nada de esto. ¿Cómo puedes saberlo tú? ¡Cisco! ¡Fran! ¡Aquí hay una intrusa!

«Mierda —pensó Belén mientras salía corriendo en dirección opuesta a Paco—. Mierda, mierda, mierda». Se ocultó entre los pasillos formados por otros Curros y restos de la Expo 92. Confiaba en que ninguno de los tres pájaros mutantes fuera lo suficientemente inteligente como para seguir las huellas de sus tacones en el suelo de tierra oscura.

—¡Alto! ¡Identifícate! —gritaba uno, probablemente Fran—. ¡NO queremos hacerte daño, SOLO que nos expliques qué es lo que quiere el Despertador!

Belén escuchaba unos torpes pasos detrás de ella. Mientras continuaba su carrera, se giró para comprobar la distancia que le separaba de su persecutor. Aquel fue su error. Solo aquel. Al volver la cabeza, se encontró de frente con Cisco. O, más concretamente, con su ala llena de pedazos punzantes de otros Curros, que la atravesaron a la altura del estómago. Con la boca desencajada, soltó un grito ahogado de dolor mientras caía al suelo. Notó que se desangraba.

En aquel instante, entre las patas de Fran, vio a Elena. En otro momento le habría enfurecido que estuviera allí y no donde la había dejado. Sin embargo, entonces, tirada en el suelo y casi sin resuello, solo alcanzó a decir:

—¡Elena, el clavel!

—¿Qué? —dijo esta, confundida.

—¡Quítate la rebeca y usa el clavel!

—Pero ¡podría hacerte daño!

—¡No… no hay tiempo! —Belén notaba cómo le quedaba poco tiempo de consciencia. Así que insistió—: ¡Deshazte de la rebeca y grita! ¡Por Dios, Elena!

Una onda descomunal le revolvió el pelo y le giró la cabeza de golpe. Cisco y Fran salieron volando y se golpearon contra los restos amontonados. Y, en aquel momento, Belén perdió el conocimiento.

15

Elena
Pulsar 1 y esperar

Las manos le temblaban mientras cogía el teléfono para pulsar el 1. Algo tan simple, en las circunstancias actuales, se convertía en una pequeña odisea. De rodillas, frente al cuerpo inconsciente de Belén y con la rebeca presionándole las heridas causadas por un Curro. Elena seguía sin dar crédito, pero acababa de presenciar cómo le clavaba un ala llena de lo que parecían cuchillos, así que obligó a su cerebro a procesar rápidamente la información. Su dedo por fin atinó con el botón verde, que la conectaría en unos segundos con Lola. Unos segundos que se hicieron eternos hasta que escuchó su voz al otro lado.

—Hola, Elena.

—Lola, necesitamos ayuda. Belén… Belén ha sido atacada. No… no sé muy bien qué ha pasado. Está sangrando y… y me ha pedido que me quite la rebeca y grite. Estoy presionando la herida, pero no sé si aguantará mucho tiempo. Necesito ayuda. Necesitamos ayuda. No sé qué hacer. ¿Qué hago, Lola? —preguntó justo un instante antes de romper a llorar.

—Elena, escúchame bien. ¿Puedes llevar a Belén al FA?

—Creo… Creo que sí. Pero se desangra, Lola. No sé cuánto aguantará.

—Un Curro no deja de ser un Elemento, así que la rebeca le protegerá del daño producido por este hasta que lleguéis a RES. Tranquila, Elena. Quiero que te calmes. Nada te protege ahora mismo de tu propio Elemento y necesito que os presentéis aquí cuanto antes.

—Pero, Lola, yo no sé utilizar el FA. Y mucho menos, conducirlo. Es que no sé ni siquiera dónde está la llave del contacto.

—No te preocupes por eso, Elena. Escúchame. Acompaña a Belén al FA. El coche os traerá de vuelta. Simplemente acerca tu bellota al contacto y se encenderá. Por favor, Elena. Date prisa. Te estaremos esperando.

—De acuerdo, Lola, así lo haré. Por favor, dime que todo va a salir bien.

—Elena, no puedo prometerte eso. Entra en el FA y abróchate el cinturón. Abróchaselo a Belén. En cuanto estéis dentro, Civi tomará el control.

Elena, aún entre lágrimas, levantó como pudo a Belén y la

acercó hasta el coche, tal y como le había dicho a Lola que haría. Notaba que quería gritar, pero sabía que no era una buena idea sin la rebeca puesta. Así que se tragó las ganas y cumplió escrupulosamente con todo lo que le había pedido la directora de RES.

Un segundo después de abrocharse el cinturón de seguridad, el FA encendió las luces, echó marcha atrás, giró y se desplazó a velocidad de bala hacia las instalaciones de RES. Elena miró a Belén. No tenía claro que llegara viva a su destino. La agarró de la mano y, por un instante, notó que respondía con un apretón suave, casi imperceptible. Elena rezó todo lo que se le ocurrió para que aguantara el tiempo necesario. Lo que, siendo atea, no era mucho. Pero esperaba que no se lo tuviera nadie en cuenta.

16

Arancha
¿Quién se pone la bata?

Arancha guardó el teléfono en el bolsillo y, sin salir del ascensor de *Fetén Diario*, pulsó tres veces el botón de la planta baja y luego lo mantuvo presionado durante cinco segundos. Todos los ascensores contaban con aquel sistema para evitar que se detuvieran en ninguna planta antes de llegar al destino que se había seleccionado. Cierto era que el edificio estaba vacío, pero Arancha no quería dejar nada al azar. Cada segundo contaba.

Una vez en la planta baja, saltó por encima del torno de seguridad e ignoró los gritos del conserje. Mientras se dirigía a la salida, le ordenó a Antonio que pusiera el Dodge en marcha.

—Da el salto ya. No esperes. Da igual quién nos esté viendo. La vida de alguien en RES corre peligro y tengo el presentimiento de que es la de Belén.

—¿Qué estás diciendo, Arancha? —preguntó Antonio extremadamente preocupado—. No podemos saltar en medio de Alcalá. Es la primera línea del protocolo del Dodge y…

—¡Que saltes a RES, te digo! —gritó Arancha.

Antonio no se atrevió a responder. Sencillamente, pulsó los datos del destino y le dio al botón rojo. El Dodge se elevó con una explosión sorda y se dirigió a las oficinas de la Secretaría en una parábola perfecta.

Arancha pensó en Belén. ¿Qué había ocurrido? ¿Dónde estaba? ¿Por qué la bata? La bata era un Elemento que solo se utilizaba en circunstancias terriblemente urgentes y delicadas. De hecho, Arancha solo la había usado una vez y no sirvió de mucho, debido a la severidad de las heridas del agente.

«Belén, pero ¿qué coño ha pasado? ¿Qué hostias has hecho?», pensaba mientras empezaba el descenso sobre Gúdar. Le dio la orden a Antonio para que se dirigiera directamente al aparcamiento de la planta 17. Momentos extraordinarios requerían medidas extraordinarias. Y la mayoría de las ovejas ni se enterarían.

Así que, en lugar de aparcar en la calle, buscar la merina e introducir el código, entraron directos por una rampa que se abría conforme llegaban y que bajaba por los laterales del complejo subterráneo hasta las zonas de aparcamiento habilitadas a ambos lados de cada planta. Lo que fuera por arrancarle unos segundos a la situación que con total seguridad le esperaba.

Las instalaciones destinadas a la enfermería y la recuperación de los agentes se encontraban en aquella planta, por lo que la rampa era la opción más rápida para llegar. Esperaba que el FA tomara la misma decisión, estuviera donde estuviese.

Los minutos se le hicieron eternos. Solo podía pensar en Belén. No quería llamar a Lola para preguntar qué pasaba porque sabía que no se lo diría hasta que estuvieran en la planta 17. Y en realidad tampoco quería conocer lo que ya sospechaba, que era ella quien tendría que ponerse la bata para salvarle la vida a su compañera. A su amiga.

Arancha no se asombró ante la entrada del aparcamiento de RES, aunque la apertura de la rampa era más espectacular que la del ascensor de personas. Tampoco alabó la maestría con la que Antonio bajó hasta la planta 17 en menos de treinta segundos. En su mente solo estaba la puerta de entrada a RES. Salió del Dodge incluso antes de que el vehículo se hubiera detenido completamente. Sacó su bellota del bolsillo para acceder a las instalaciones y se encontró con Lola esperándola. El FA no había llegado todavía.

—¿Dónde está? ¿Qué ha pasado? —preguntó Arancha, sin siquiera mirar a la cara a Lola, de camino a la habitación que hacía de quirófano improvisado.

—Están llegando, Arancha. Civi las trae a máxima velocidad.

—¿Están? ¿Has mandado a Elena con Belén?

—Tenía mis razones para mandar a Elena. Y menos mal, Arancha. Ha sido ella quien me ha llamado y, gracias a la rebeca, Belén se mantiene estable. Mejor dicho, pausada.

—Pero ¿qué ha ocurrido, Lola? Joder, ¿no sabes nada?

—No. No tengo ni idea. Solo sé que Belén está sangrando, que ha habido un ataque y que Elena la ha conseguido meter en el FA antes de que fuera demasiado tarde.

Arancha puso los ojos en blanco. No le gustaba que Elena estuviera con Belén, aunque agradecía que la hubiera salvado. Además, le preocupaba que la rebeca no la protegiera de todo lo que la debía proteger. «Pausada», había dicho Lola. Sí, pero ¿en qué estado? ¿Qué había sucedido antes de que Elena le pusiera la rebeca? Le faltaban datos. Y no quería llegar a ninguna conclusión sin ellos.

Con aquellos pensamientos en la mente, llegaron al quirófano. Allí las esperaba Leonor, con cara de preocupación y temblores en las manos. Sabía lo que ocurría: una de las dos tendría que ponerse la bata de Ramón y Cajal antes de que llegara el FA. Y, a partir de entonces, aquella persona sería la responsable de la vida de Belén.

—Leonor, ¿qué sabes? ¿Qué te ha dicho Civi?

—No me ha dicho nada, aunque sé de sobra que conoce lo que está ocurriendo en el coche. Solo dice que la dejemos, que está centrada en traer a Belén lo antes posible. De momento, el tiempo estimado es de trece minutos.

—Trece minutos. No puedo aguantar. Mira, dame la bata.

Sé que no quieres ponértela. Y yo tampoco. Pero es Belén y ella haría lo mismo por mí.

—Gracias, Arancha —dijo Leonor, con un notable suspiro de alivio mientras le alargaba una bata blanca visiblemente desgastada.

La bata en cuestión, la de Ramón y Cajal, otorgaba a quien la vestía los conocimientos médicos suficientes para entender qué le ocurría a cualquier persona herida. Pero no era automática. Necesitaba de unos minutos para que toda la información fuera «descargada» en la portadora, por lo que, cuanto antes se la pusiera, antes podría decidir qué debía hacer cuando llegara Belén.

Mientras Civi la informaba de las heridas de su compañera —al menos, las que veía a través de las cámaras del FA—, Arancha iba entendiendo qué habría que hacer. Se trataba de un apuñalamiento abdominal múltiple con objetos punzantes cerámicos y plásticos. Una barbaridad, y más cuando el atacante era un puto pájaro con patas de elefante.

De repente, Wardog avisó por los altavoces de la planta:

«Belén está llegando. Enfermeros esperando. Camilla preparada. Espero que quien vaya a ser Ramón y Cajal ya haya retenido todos los conocimientos, porque la cosa va a estar justita».

—Wardog, vete un poquito a la mierda —gritó Arancha.

—Amarra los ponis, guapa, que yo lo que quiero es que todo salga bien.

—Mira, no me toques las tetas, chucho, que te recuerdo

que Ramón y Cajal era vigoréxico y le puedo calzar una hostia a tu CPU que te quedas 286.

—Madre mía con el genio de la genia… Vale, nada, que me callo. Pero que llega en tres minutitos. Vete preparando el bisturí, querida.

Arancha maldijo de forma bastante ofensiva al aire y se giró de malas formas hacia Lola.

—Dime que, por lo menos —y remarcó estas palabras—, la sala está desinfectada.

—Protocolo estándar, Arancha. Leonor ha pasado el algodón de Tenn por todas las superficies.

—Nunca estaremos suficientemente agradecidos a SHEEP por mandar a todas las secretarías de Europa este pompón mágico —apuntó Leonor con el algodón en la mano, antes de metérselo en el bolsillo para depositarlo en Civi en cuanto tuviera ocasión. A fin de cuentas, lo más que haría sería desinfectarle la ropa.

El gruñido de Arancha se oyó varias plantas por encima. Wardog dejó de hablar y se empezaron a escuchar los pasos de Elena, que gemía y musitaba algo sobre la vida de su compañera. Belén era transportada por tres enfermeros hacia la sala que haría de quirófano, en la que Arancha tenía que salvarle la vida.

Tal y como había predicho Lola, la rebeca verde había detenido los efectos del ataque del Curro. Como pudo apreciar Arancha en el instante en que entró Belén por la puerta, era como si hubieran transcurrido tan solo unos segundos desde la agresión. A veces, infravaloraba el poder de los Elementos.

Arancha retiró la rebeca y examinó las heridas. Eran graves. Por la trayectoria, suponía que alguna de ellas había alcanzado órganos vitales. El hígado estaba perforado, seguro. Diría que el páncreas también.

—Lola, por favor, llévate a Elena de aquí.

—Claro, Arancha. Elena, vamos a mi despacho.

—Bisturí —dijo Arancha, ignorando por completo a su jefa y a su acompañante. Con tono profesional y aséptico, repitió—: Leonor, bisturí.

Abrió a su compañera. La sensación era de lo más extraña. Por un lado, su cabeza gritaba: «Pero ¡¿qué estás haciendo, loca?!». Por otro, sus manos se movían con precisión milimétrica para realizar la incisión y poder cerciorarse de lo que con sus conocimientos recién adquiridos ya sospechaba. Después de controlar la hemorragia y coser las heridas internas lo mejor que supo —que era bastante, tratándose de los conocimientos de Ramón y Cajal—, Arancha realizó una impecable sutura externa. Las constantes vitales de Belén se mostraban bajas, pero estables. Habría que esperar a que despertara de la anestesia para comprobar su estado de ánimo, pero con el de su salud había hecho todo lo posible. Se quitó la bata y volvió a su condición habitual de agente preocupada por todo.

Arancha esperó junto a su compañera, en el improvisado quirófano, con la paciencia y la preocupación en perfecto equilibrio. Sabía que había hecho todo lo que estaba en sus manos pero, precisamente por eso, y debido a su carácter de natural nervioso, sintió, al mismo tiempo, que podría haber hecho más. Se tranquilizó diciéndose que seguro que Belén despertaría en unos minutos.

Al cabo de media hora, Arancha comenzó a asustarse. Belén no despertaba y Arancha sabía que era momento de empezar a dar señales de recuperación. Intentó no ponerse demasiado nerviosa. Con Belén, casi siempre pecaba de preocuparse en exceso.

De repente, el aviso de un mensaje sonó en su teléfono móvil y, al leerlo, su inquietud se transformó en desconcierto absoluto. El texto decía lo siguiente: «Ve al despacho de Lola. Belén no va a despertar, por ahora. No te preocupes. Está conmigo». Pero lo que la terminó de descuadrar fue el remitente: Civi.

17

Elena
Y decían que Velázquez no era un visionario

Elena volvió a quedarse fascinada nada más entrar al despacho de Lola. Las obras de arte de todos los estilos y épocas, a sabiendas de que eran los originales, le producían un escalofrío que le recorría la espalda y una sensación rara, que no sabía muy bien definir, como de cercanía y extrañeza al mismo tiempo.

¿Qué otras cosas ocultaba RES al público general? Era algo que tenía que averiguar para su exclusiva periodística. Aunque, después de lo de Belén, empezaba a formársele un agujero en la boca del estómago que le decía que igual aquello no era tan buena idea. Una parte de ella quería salir de su puesto de becaria, sí, pero la otra sentía como que traicionaba a aquellas personas que acababa de conocer y que le habían abierto las puertas desde el primer minuto. Unas puertas a las que ella no había llamado, para ser justos.

Lola, que la precedía en el camino, continuó hacia la mesa mientras le decía:

—Elena, gracias por lo que has hecho por Belén. Con tu actuación has logrado que tenga una posibilidad de vivir.

—¿Crees que se pondrá bien?

—Es pronto para decirlo —indicó Lola antes de rodear la mesa para sentarse en su butaca y señalarle la que estaba enfrente para que se sentara—, pero Arancha y Leonor están haciendo todo lo posible. Sin duda, está en las mejores manos.

—Sí, en las de Ramón y Cajal. Pero él era investigador. ¿Qué tiene que ver con la cirugía?

—Don Santiago fue un gran investigador, es cierto. Pero cursó la carrera de Medicina y siempre estuvo estudiando para mejorar. Esos conocimientos son los que la bata otorga a quien la viste. Es más, no solo proporciona la sabiduría de Ramón y Cajal, sino que, de alguna manera, como pasó con el pendiente de Lola Flores, se actualiza con las últimas novedades en la disciplina. Por eso es necesario ponérsela un rato antes, porque cada vez hay que asumir más y más conocimientos.

Elena, aunque no estaba segura de haberlo comprendido del todo, asintió, iniciando un agradable silencio en el despacho de la directora de RES. En aquel ambiente relajado por primera vez desde que había entrado en la Secretaría, aún con la incertidumbre de no saber el estado de Belén, decidió levantarse y acercarse a los cuadros que rodeaban la sala. El de Goya era, sin dudarlo, el que te convertía en el mejor retratista de España. Elena quería preguntar por los poderes de las pinturas de Picasso o de Sorolla. De Zurbarán o del Greco. «Tantas preguntas y tan pocas respuestas, por el momento...», pensó.

Sus ojos, sin embargo, la llevaban una y otra vez al cuadro más grande, con diferencia, de todos los que se encontraban allí: *Las meninas*, de Velázquez. Siempre había sentido fascinación por aquella obra. Ni recordaba las veces que se había acercado al Museo del Prado, donde todo el mundo creía que estaba el original, para admirar los trazos, los detalles de las meninas y del perro... Incluso al propio Velázquez, que estaba al fondo de la imagen, reflejado en el espejo.

Finalmente, Elena no pudo evitarlo y se aproximó a ver la obra cumbre de aquel pintor. Embobada, se dedicó a estudiar el cuadro como nunca lo había hecho. Esta vez, sin duda el original. El que pintó Velázquez. Se fijó en el marco, en las esquinas. Se fijó en los trazos, en que realmente no había detalles, solo formas que, al alejarse, modelaban las figuras de los personajes más importantes de la España de la época.

De repente, se dio cuenta de que en la parte inferior del marco había una pequeña muesca. Una marca casi imperceptible, de algún golpe sufrido en algún transporte. Elena, de manera inconsciente, acercó la mano para tocarla y, en el momento en que sus dedos contactaron con el marco, dejó de ver lo que se encontraba frente a ella y se transportó a los ojos de otra persona.

La sensación era como de salirse del cuerpo. Se hallaba en un pasillo largo, bien iluminado, con puertas a un lado y ventanales amplios al otro. El suelo estaba forrado con una alfombra de intrincados dibujos. Al fondo del corredor, una puerta abierta permitía entrever lo que a Elena le pareció un despacho grande, de persona importante. De allí acababa de salir una mujer menuda, de piel blanca y ojos claros, con melena castaña oscura y una sonrisa que hacía que desconfiaras de ella al instante.

No se lo podía creer. Se trataba de Lucía Ortega Castro-Ardiles, la actual presidenta de la Comunidad de Madrid. Y se acercaba, decidida, a la persona que compartía en aquel momento la vista con Elena. Era como si se hubiera metido en el cerebro de quien fuera que se reunía allí con la presidenta, como si pudiera ver con sus ojos todo lo que observaba aquel personaje todavía desconocido, puesto que no había visto reflejado su rostro en ningún espejo.

—Muchas gracias por acercarte —dijo, sonriente y calurosa—. No tenías por qué, te habría mandado a un mensajero.

—Esto es algo que prefería darte en persona, presidenta —respondió la voz, masculina, rasgada y que denotaba una cierta autoridad habitual en el trato. Le puso en la mano un paquete pequeño, envuelto en un pañuelo de algodón. La cara de Lucía se iluminó. Lo abrió con cuidado y su sonrisa se hizo aún más grande. Daba como miedo.

—Perdona mi curiosidad, pero ¿cómo lo has conseguido?

—Digamos que hay que tener amigos en todas partes. Y que tenía un favor que cobrarme. Y, con esto, ya me lo he cobrado. Ahora me debes tú uno.

—Está bien, mantén tus secretos —apuntó Lucía, con una comunicación no verbal que denotaba un cierto flirteo con su interlocutor—. Y sí, ya sé que estoy en deuda contigo. Ardo en deseos por saber qué vas a querer de mí.

—¿Ya sabes lo que vas a hacer con esto?

—Tengo una ligera idea, pero antes debo sopesarla. Es una decisión arriesgada y tendría que ir yo misma al Canal. No puedo confiar en nadie más. —Y, apartando la mirada de la persona con la que estaba hablando, añadió—: Por desgracia, siempre estoy sola en estas situaciones.

En aquel momento, Elena se desmayó. Instantes después, se encontró sentada en el butacón que había junto a *Las meninas*. Agradeció el asiento, aunque al mismo tiempo consideró que estaba colocado precisamente allí para evitar accidentes con quien tocara el cuadro. Lola, a su lado, la sonreía con calidez y un vaso de agua en la mano.

—Parece ser que no voy a tener que decirte cómo funciona el cuadro de *Las meninas*. Has descubierto solita sus propiedades como Elemento.

—No... No sé qué ha pasado —dijo Elena, confusa—. Un segundo estaba aquí y al siguiente estaba hablando con la presidenta Ortega Castro-Ardiles.

—No me digas nada todavía. Están subiendo Arancha y

Leonor. Creo que esto nos lo vas a tener que contar a todas. Aunque, siendo Lucía, seguro que no se trata de nada bueno.

—¿La conoces?

—No tengo el disgusto. Pero sé de buena tinta de sus acciones. Y Civi sospecha que ha hecho uso de Elementos más de una vez. Elementos potentes y peligrosos. De los que dejan secuelas con un uso continuado.

En aquel instante, Arancha y Leonor hicieron acto de presencia en el despacho. La segunda se quedó cerca de la puerta, sin saber muy bien qué estaba pasando. Arancha, sin embargo, miró a Lola y a Elena y, al darse cuenta de dónde esta se encontraba, solo comentó:

—Parece que alguien tiene los ojos en las manos, ¿eh?

18

Belén
La habitación blanca

Cuando Belén se despertó, pensó enseguida que algo no iba bien. En primer lugar, porque lo primero que vio era que llevaba un chándal barato. Sin marca. En segundo lugar, porque, si no recordaba mal, la habían acuchillado en el estómago con, al menos, cinco objetos punzantes. Y, sin embargo, no tenía ni una venda alrededor del abdomen. En tercer lugar, porque se encontraba en una habitación completamente blanca, sin ventanas ni puertas ni, por lo que parecía, suelo. Estaba literalmente pisando el aire.

Y todo aquello, claro, le hacía sospechar que algo no iba bien.

Luego tuvo claro que nada estaba bien cuando una mujer pequeña, con melena rizada de color caoba, ojos marrones, nariz respingona y la sonrisa más dulce que había visto en su vida, vestida con lo que solo podía definirse como una «pesadilla hippy de los setenta», se dirigió a ella en términos —y voz, sobre todo voz— muy familiares.

—Hola, cosa guapa, ¿qué tal te encuentras?

—¿Civi? ¿Eres tú?

—No, soy la reina de Saba. ¡Por supuesto que soy yo, Belén! ¿No me has reconocido? Bueno, claro, nunca me habías visto en persona. Qué pregunta más tonta, Civi, de verdad. Normal que esté esta chica flipando, porque es que, a ver, cariño, no estás acostumbrada a tratar cara a cara con la gente, Civi.

—Civi, por favor, ¿podrías parar un segundo? Empieza a dolerme la cabeza. ¿Dónde estoy?

—¿Dónde vas a estar, chata? En coma. Bueno, esto es más un estado que un lugar. Digamos que, ahora que tu cuerpo se encuentra en la camilla y tu conciencia en el éter, estás un poco donde estoy yo. Que ni sí ni no, sino todo lo contrario. Pero estás bien, ¿eh? Lo mejor de aquí es que mal no estarás. La temperatura es siempre ideal.

—Disculpa un momento, Civi. Me está empezando a dar una jaqueca como no he sufrido en mi vida. Necesito sentarme.

—Ah, por eso no te preocupes. Siéntate ahí.

—¿Dónde quieres que me siente si en este lugar no hay nad...? —Se interrumpió al ver un sofá de tres plazas con *chaise longue*, de tela azul marino, que se encontraba a escasos centímetros de ella—. Ah, bueno, pues me siento aquí mismo.

—Tú pide por esa boquita, reina. Aquí no te va a faltar de na.

—Gracias, Civi. Pero, de verdad, ¿podrías explicarme una vez más dónde estoy? Porque no me ha quedado nada claro. ¿Estoy en coma? ¿Qué ha pasado? ¿Arancha no ha podido salvarme?

—Un momento, ¿cómo sabes que ha sido Arancha quien te ha operado?

—¿Quién sino? Ufff… Espera, espera. Este dolor de cabeza me está matando más que el chándal horrendo.

—Ah, eso tiene fácil solución. Te había puesto ropa cómoda. Cámbiatela cuando quieras.

—¿Cómo que me cambie? Por Dios, yo solo quiero mi traje gris, mi Armani. Y mis tacones.

—Pues ya los tienes. Si así estás más cómoda… Yo, particularmente, prefiero ir con ropa más natural y… menos apretada.

Belén se miró y se descubrió con el traje exacto en el que estaba pensando. Su traje preferido. El que llevaba cuando la atacaron. Se relajó momentáneamente. Y luego empezaron de nuevo las preguntas a agolparse en su cabeza.

—Belén, preciosura. Descansa un rato. Tenemos todo el tiempo del mundo. Ya he avisado a Arancha de que estás aquí y que te encuentras bien. ¿Quieres comer? ¿Algo de beber? No es que te haga falta. Solo eres conciencia. Pero sé que los que venís tenéis la manía de querer seguir haciendo cosas de corpóreos. Que tampoco es que hayáis venido muchos. Y salido, aún menos.

Belén pidió un café con leche y una tostada con jamón serrano. Cómo se materializaron en su mano fue algo que nunca llegó a saber. Pero, por el momento, tenía que reconocer que Civi era más maja en persona que en RES. Y, desde luego, aquel vestido le quedaba ideal, aunque Belén no se lo pondría ni a punta de pistola.

19

Arancha
Empieza el lío

—Recapitulando: has visto a la presidenta de la Comunidad de Madrid con una persona desconocida y el intercambio de algo que no sabemos lo que es pero que pretende usarlo en un canal —resumió Arancha, después de que Lola y Elena las pusieran al día—. O sea, que no has visto nada útil pero al mismo tiempo tenemos una amenaza entre manos. ¿Estoy en lo cierto?

—No es solo eso, Arancha —dijo Lola con su sempiterna plácida sonrisa—. Ya sabes cómo funciona *Las meninas*, no te lo tengo que explicar.

—Te permite ver a través los ojos de otra persona un reflejo de algo que necesitas o quieres completar. Como en un juego de espejos, te facilita algunas piezas de un rompecabezas. Sí, lo sé, Lola. No soy nueva —dijo con tono monótono y casi petulante, mirando fijamente a Elena.

—Por ese mismo motivo, sabrás que es un Elemento muy curioso. Precisamente porque refleja algo de lo que quieres completar, la falta de información que tenemos sobre lo que le está ocurriendo a Elena, junto a lo que ha visto, nos da una pista de por qué ha visto lo que ha visto —intervino Leonor, que para eso era una de las mayores expertas en Elementos de RES—. Elena, sin pretenderlo, ha descubierto que todo lo que está pasando, incluido lo que le sucede a ella, es parte de algo más grande. Y el siguiente paso tiene que ver con Lucía Ortega Castro-Ardiles y un Elemento que desconocemos. Vamos, que ni Civi tiene constancia de su existencia.

—Tócate las tetas. Vamos, cojonudo. Una fiesta —remató Arancha.

Estaba realmente cansada. Desde que se había despertado hacía ni se sabe cuánto, se había movido a velocidad de vértigo por media España, había encontrado un Elemento tatuado, trasladado a una sospechosa a peso, recorrido prácticamente todas las instalaciones de RES, llegado casi a *Fetén Diario* y, para acabar el día, había tenido que operar a vida o muerte a su compañera (su única amiga en años) y solo había conseguido dejarla en coma.

Y Elena parecía ser la única pista que tenían para terminar con lo que fuera que estaba sucediendo. Que no sabía lo que era y, hasta el momento, pensaba que se trataba de coincidencias. Y, de nuevo, Elena en el centro. Estaba segura de que ella era la clave, pero no conseguía interpretar hasta qué punto.

Desde el primer momento, Arancha la había visto demasiado receptiva. Aceptaba todo lo ocurrido y preguntaba como si RES fuera lo más normal del mundo. Nada que ver con lo que Arancha había pasado en su primer encuentro con Lola. Aunque las circunstancias también fueron muy diferentes, había que reconocerlo.

Arancha era una detective de la Policía Nacional que trabajaba en un caso de asesinato de aquellos que, directamente —luego entendió por qué—, era imposible resolver. La frustración había hecho mella en ella. Tres asesinatos en menos de un mes, todos con el robo como móvil principal. Y, luego, aquella extraña con una sonrisa dulce y apaciguadora —Lola— que se acercó cuando estaba a solas y la roció con un pulverizador de agua. Aunque había perdido la mayoría de los detalles —la tuvieron que mojar con agua de Revilla varias veces y el uso continuado había afectado a su memoria de aquellas fechas—, sí recordaba la planta 5.

Y a Lola, que no había envejecido ni un día desde que la conoció, que estaba allí sonriente y con aquel tono de madre que tanto relajaba. Pero también recordaba que le contó cosas sobre un lápiz de Antonio Gaudí que permitía crear vías de escape y que había facilitado que el ladrón huyera de la escena del crimen. Estaba resolviendo el caso de una manera que jamás se le habría podido ocurrir. Pero claro, en aquel momento no sabía de la existencia de los Elementos y de la

Secretaría, que se convertiría en su trabajo un tiempo después.

Arancha se acordaba también de que estaba en su apartamento de Teruel capital, negando de plano lo poquito que le habían contado: la existencia de una agencia secreta del Gobierno que se dedicaba a la recuperación de Elementos con poderes mágicos. No era fácil. Y, sin embargo, tal y como se lo había detallado Lola, no cabía otra posibilidad. Era cierto que habían encontrado el hueco en una pared decorada con Elementos modernistas en un edificio de VPO recién construido. Pero jamás hubiera esperado que el ladrón se escapara por ahí. Parecía un episodio de Bugs Bunny. No tenía sentido.

Lo que Lola le había explicado no tenía ni pies ni cabeza. Y, al mismo tiempo, era la única forma con la que el ladrón que andaba buscando desde hacía mucho tiempo podía haber huido. Es que no había otra opción. Pero claro, aquella posibilidad significaba cambiar radicalmente de manera de ver el mundo. Y Arancha no sabía entonces si estaba preparada para aquello.

Pasó varias noches sin dormir. Le daba vueltas al tema y, por qué no decirlo, bebía más de la cuenta y cuidaba de su persona y de su hogar menos de lo habitual, que ya era poco de por sí. «Un lápiz que perteneció a Gaudí y que, dibujando en la pared, te ofrecía una vía de escape a cualquier lugar. Una puerta que, cuando la cruzas y la cierras, desaparece y deja tras de sí el hueco enladrillado y unos detalles modernistas alrededor de lo que parece, de nuevo, una pared», se decía.

Eso le había explicado Lola. Eso era un Elemento. Eso era una ida de olla que flipas. Pero aquello era lo único que podía explicar que el ladrón desapareciera sin dejar rastro alguno, incluso cuando iban tras él a muy poca distancia.

Unos días después, Lola apareció en su puerta. Llamó y esperó a que Arancha le ofreciera entrar en el desastre que tenía por hogar, como también esperó a que le diera un café, sentada en el sofá. Arancha sí recordaba la vergüenza que sintió cuando Lola levantó un sujetador que estaba metido entre los cojines. Y cómo cogió la taza y, después de pensarlo un momento, cerró los ojos antes de tomarse el café. Arancha supuso que Lola prefirió disfrutar del contenido que valorar la higiene del continente.

La conversación fue sencilla. Arancha seguía preguntándose qué era lo que había pasado y cómo explicaría a sus superiores que el ladrón se le escapaba como si fuera un dibujo animado. Lola, por su parte, tenía otra cosa en mente.

—Bueno, desde hace dos días tu mundo se ha ampliado. En realidad, el mundo sigue igual, pero ahora tú empiezas a ver que hay cosas que no se adecuan a tu forma de entenderlo. He venido a verte para ofrecerte algo que espero que no rechaces: seguir ampliando ese mundo que crees que conoces y darte la oportunidad de trabajar en algo que hará, a veces, que tu cabeza explote, pero que te proporcionará un mejor entendimiento de cómo funciona la realidad que crees tan aburrida.

—¿Y el asesinato? —fue lo único que acertó a preguntar entonces Arancha.

—Resuelto. Por el momento, el motivo oficial es el suicidio. Tus compañeros han cerrado el caso con las pistas que les hemos dejado. Pero te garantizo que algún día hallaremos al culpable y, cuando lo hagamos, no se escapará. Al menos, no con la ayuda de ningún Elemento.

«Elemento». Aquella era la palabra que necesitaba una nueva definición en el diccionario: «Artilugio usado por alguien de reconocido prestigio que se imbuye de poderes desconocidos no válidos para su usuario principal, pero que otorga a otro poseedor habilidades extraordinarias o ciertos beneficios personales».

La curiosidad por indagar más en aquel mundo recién descubierto, unido a que en el cuerpo no iban a creerla por más que lo explicara con marionetas de calcetines —la tratarían de loca y sería el hazmerreír del departamento—, hicieron que Arancha le diera un vuelco total a su vida: aceptó la propuesta de Lola y comenzó a trabajar en RES.

Lo siguiente fueron varias horas de firmar documentos en las oficinas de RES —en la planta 18, donde esperaba no volver nunca— y comenzar una vida de emociones y sorpresas, pero también de secretos que cada vez se veía menos capacitada para guardar. Por más que lo hubiera intentado durante todo el día.

En ese momento, mientras escuchaba a Elena dar detalles de lo que parecía un Elemento que iba a usarse para fines cuando menos cuestionables, Arancha solo pensaba en una buena ducha y en dormir en su cama, acurrucada entre sus gatos. La renuncia, obviamente, tendría que esperar. Al menos, hasta que el caso de Elena quedara resuelto. Quizá por eso su cara cambió cuando escuchó las palabras de Lola:

—Bueno, chicas. No es algo que podamos arreglar ahora mismo. Miraos las caras. Belén descansa. Civi está cuidando de ella; eso te ha dicho, ¿no, Arancha? —Esta asintió, con la mirada perdida en un punto indeterminado de la pared—. Así que creo que ha llegado el momento de tomarnos un respiro y ya veremos toda esta situación mañana con ojos nuevos y, sobre todo, bien despejadas. Marchaos. Leonor, ya que vives en Madrid, ¿puedes acompañar a Elena a su casa con el Dodge?

—El caso es… —comenzó a decir Elena, con un poco de vergüenza—. El caso es que no vivo en Madrid. Aún. Estaba ocupando el sofá de una amiga. Pero, al no tener el móvil, no puedo comunicarme con ella.

—¿Puedes acogerla en tu piso, Leonor?

—Imposible, jefa. Ya sabes cómo se pone Elisa con las desconocidas. Sobre todo, si son así de guapas —dijo sonriendo a Elena.

—Que se venga a la mía —concedió entonces Arancha, en voz baja, un poco con la esperanza de que no la escucharan.

—Decidido, pues —concluyó Lola—. Elena y Arancha, descansad unas horas, daos una ducha y nos vemos mañana por la mañana aquí.

—¿Vamos a coger el FA, entonces? —preguntó Elena, ilusionada.

—¿Qué dices del FA? Quita, quita. Nos vamos en mi Opel Corsa, que lo tengo aparcado en la planta 1. Que vivo a veinte minutos de aquí, mujer.

Y, de esta manera, Leonor, Elena y Arancha salieron del despacho de Lola para tomarse un merecido aunque breve descanso. Había mucho que resolver, pero, desde luego, no podían hacerlo si se les cerraban los párpados a cada paso. El resto de la Secretaría seguiría funcionando como siempre: veinticuatro horas, tres turnos, constantemente investigando para mejorarse a sí misma. Pero, para ellas, tocaba fichar y descansar.

20

Leonor
Elisa

El camino hasta Madrid con el FA le sirvió para ordenar las ideas un poco. La verdad es que, pese a que llevaba ya cierto tiempo trabajando para RES, el día había sido uno de los más completos. Pero, sobre todo, le había servido para no pensar en Elisa.

En realidad, no sabía muy bien lo que había pasado con ella. Eli llevaba unos días intratable. Irascible, nerviosa y culpando a Leonor de todo lo malo que le ocurría. Bien era cierto que acababa de perder su puesto de trabajo y su madre la había llamado para decirle que su perra, Marie, había fallecido en el postoperatorio de una intervención rutinaria. Leonor entendía su dolor y su frustración, pero no que lo pagara con ella.

También era cierto que su relación pasaba por un momento bajo. «Las relaciones son como una carretera de montaña, Leo, hay altos y bajos, picos y valles. Y ahora mismo, estamos en un valle», le decía siempre que conseguían terminar una discusión en los últimos tres meses. Y, sin embargo, la última bronca había sido diferente. Leonor había tenido que salir hacia RES interrumpiendo la situación y a Elisa aquello la había enfurecido. De hecho, temía por cómo se la encontraría cuando llegara a casa. Aunque, siendo las horas que eran, era muy probable que estuviera durmiendo. Al menos, eso era lo que Leonor esperaba.

El FA aparcó, silencioso e indetectable, en la puerta del edificio de la calle Fuencarral donde Leonor vivía. Donde vivía con Elisa desde que, un día, cuando se quiso dar cuenta, ella tenía allí todos sus enseres, que había llevado en distintas visitas. Incluso cambió la máquina de café una de esas noches en que Leonor se quedó a trabajar hasta tarde con Civi.

Mientras giraba la llave de la puerta de entrada al pequeño apartamento, Leonor consideró que igual ya era tiempo de decirle dónde trabajaba realmente. Eli empezaba a sospechar que no era la directora de una fundación de traducción en Madrid. Eran tres años ya de relación y, pese a que Leonor era buena con ese embuste —«para ser buena mentirosa», pensaba, «lo mejor es que la gente crea que no sabes mentir en muchas cosas. Así, cuando mientes de verdad, creen que eres sincera»—, Eli no era tonta. En realidad, era una de las mentes más privilegiadas de la comunicación audiovisual en

España. Así que Leonor sabía que no le costaría encontrar un nuevo trabajo.

Entró en el piso y descubrió, con cierto alivio, que Elisa dormía. La casa estaba impecable: la cocina americana recogida, el salón comedor impoluto, los cojines del sofá colocados como a Eli le gustaba... La verdad es que se trataba de un apartamento pequeño, pero muy del estilo de ambas. Muy blanco y pulcro, con colores neutros, como le gustaba a Leonor, pero con algunos detalles de color en la decoración —y en la pared frontal roja—, acorde a la personalidad de Elisa.

Se quitó los zapatos de tacón en la entrada para evitar hacer ruido y despertarla, cogió un yogur de la nevera y se sentó a comerlo en el sofá, prácticamente a oscuras. Estaba preocupada por la situación con Elisa, pero tampoco es que la de Belén le fuera fácil de procesar.

Una vez terminado el yogur —su cena, normal que no cogiera peso ni por asomo—, se quitó el vestido con sigilo y de la misma manera entró en la habitación. Elisa dormía plácidamente, con su respiración suave y rítmica, con ese leve sonido que le recordaba cada mañana, convertido en carraspera, que debía dejar de fumar. Se tumbó a su lado, la abrazó y le besó el cuello. Elisa se estremeció un poco y acertó a decir:

—No vuelvas a irte enfadada, por favor.

—Prometido —aseguró Leonor—. Pero ahora duerme, cariño. Ya estamos juntas.

—Te quiero.

—Y yo a ti.

—Pero sigo enfadada —dijo Elisa.

—Lo sé. Mañana te prometo que lo arreglaremos.

—Eso espero. —Y volvió a su estado durmiente.

21

Belén
Si la memoria no me falla

—¿Necesitas algo más, primor? ¿Un poco de sal?

—No, la verdad, Civi. Estoy más que encantada con la comida. No sé de dónde has sacado trece platos en tan poco tiempo.

—Ya te lo he explicado, Belén, es todo un producto de tu imaginación. Yo solo te lo facilito. En realidad, no estamos comiendo. Estás en coma en RES, y yo continúo analizando Elementos para sacarle el clavel a Elena del brazo. Y también hablo con todos los agentes que usan las bellotas. Y acabo de aparcar el FA en la puerta de casa de Leonor. Y más cosas que no te cuento porque no quiero marearte, reina mora. Pero, mientras tanto y al mismo tiempo, aquí estamos, pasándolo estupendamente.

—Es cierto. No sé qué me pasa, pero no tengo retentiva. No me acuerdo de nada. Solo de haber ido al cementerio de los Curros. Más allá de ello, es todo una neblina, como dicen en las pelis.

—No te preocupes, corazón. Estoy segurísima de que lo vas a recordar todo. Mientras tanto, Arancha, Elena y Leonor se encargarán de todo por la mañana.

—¿Leonor?

—Lola ha dicho que será tu sustituta, por decirlo de alguna manera. Va a empezar a hacer trabajo de campo.

—Ay, cómo me gustaría verlo.

—Te iré contando. Que ojalá lo pudieras ver por ti misma, pero mientras tanto, chata, aquí estás bien. ¿Más Mirinda?

—Lo que quieras. Sigo dándole vueltas a lo mismo. ¿Cómo había tres Curros despiertos? Es que no lo entiendo. Y el caso es que hay algo que tengo que recordar, pero no puedo. No doy con ello.

—Tú no te estreses, de verdad. Saldrá. Ahora me tengo que ir un segundo, que he de informar a Lola de treinta y cuatro posibles Elementos para eliminar el clavel de Elena, y es confidencial. Todavía no he encontrado el que lo vuelva a destintar, pero hay algunas soluciones alternativas. Lo dicho, ahora mismo vuelvo. Toma postre, que aquí no engorda.

22

Arancha y Elena
Alguien a quien le guste fregar platos

Arancha y Elena llegaron en unos quince minutos a casa de la primera, en un Opel Corsa con más años que polvo. Y tenía mucho polvo. Elena no había visto algo tan sucio en su vida. Aunque aquello solo duró hasta que entró en el pequeño bajo donde vivía Arancha. De hecho, en la primera impresión, Elena tuvo serias sospechas de que Arancha sufriera el síndrome de Diógenes. Tras un segundo vistazo, entendió que solo era una persona extremadamente desordenada. Pero no sucia de no limpiar. Solo dejada. Muy dejada.

Eso sí, qué nivel de desorden, la verdad. Ropa por donde miraras. Ropa interior en rincones insospechados. La cocina, que hacía las veces de recibidor, estaba llena de platos y sartenes «en remojo». Era uno de esos bajos muy pequeños que probablemente formaba parte de una casa completa que, con la burbuja de los alquileres, habían convertido en tres pequeños pisos a precio de mansión. Aunque le costaba entenderlo, en Teruel.

—Siéntete como en tu casa, Elena. Yo voy a darme una ducha, que la necesito antes de dormir. Dame veinte minutos y te preparo el sofá. No es lo más cómodo del mundo, pero, con el día que llevamos, seguro que duermes bien.

—¿Puedo ducharme cuando acabes?

—Sin problema. Ahora te dejo unas toallas. Lo dicho, estás en tu casa. Tienes cervezas en la nevera y... Bueno, poco más. Pero algo para comer seguro que encuentras. Queso y fiambre siempre suelo tener. Esos son Mac, el naranja, y Fac, el gris. Los gatos, digo. No les hagas ni caso, que lo que quieren todo el rato es comer. Por lo demás, se dejan acariciar y no arañan. Casi nunca.

—Me quedo de lo más tranquila —dijo Elena derrumbándose en el sofá y dejando la mente en blanco por unos segundos.

Arancha entró en el baño y cerró la puerta. Si Mac o Fac querían entrar, que se jodieran. Ya tenía bastante con tener que hacer de niñera de Elena como para aguantar a los dos *pesaos* que, al final, dormirían como siempre entre sus piernas. Solo esperaba que Elena no roncara, porque ella necesitaba dormir y, sobre todo, descansar tanto como pudiera. Se encendió un cigarro que se fumó más por costumbre que por ganas. Siguió dándole vueltas a por qué se había prestado voluntaria a cuidar de Elena, pero bueno, ya no había marcha atrás.

En el fondo, estaba tan destrozada que le daba igual todo. Solo necesitaba una ducha, algo de cenar y dormir. Dormir como si se fuera a acabar el mundo. Abrió el grifo, dejó correr el agua hasta que se calentara y, una vez que estuvo a la temperatura perfecta para ella, entró y dejó que el chorro de la alcachofa la liberara de las tensiones del día, de los saltos en el Dodge y de la realidad de que estaba con una desconocida en casa, de la que, cada vez lo tenía más claro, no se iba a librar tan fácilmente.

Tras lo que parecieron diez minutos o dos horas, no estaba del todo segura, Arancha salió algo más renovada. Cogió su albornoz azul preferido, se lo puso y se abrazó a sí misma, antes de secarse con delicadeza el pelo con una toalla. Una vez que consiguió que solo estuviera húmedo, encendió el secador para terminar de arreglarse la media melena que se permitía llevar. Algo que no costara mucho de mantener y que le favoreciera un mínimo. Una vez seco, buscó algo que se asemejara a un pijama de entre la pila de ropa «no tan sucia como para echar a lavar, no tan limpia como para guardar en el armario», que se amontonaba encima de la tapa del bidet. Un bidet que, por cierto, no recordaba haber utilizado en los tres años que llevaba viviendo en aquel apartamento.

Salió del baño con la energía al 60 %. Un poco más de medio renovada. Había sido una mala decisión no ducharse antes de ir a Sol. Pero tampoco se había imaginado que acabaría intentando salvarle la vida a su compañera en un improvisado quirófano. Eso nunca se podía imaginar. Y, las más de las veces, tampoco realizar. Pensó en Belén, en coma. Pensó en su amiga y en lo que la echaba de menos. Y en lo que deseaba, con todas sus fuerzas, que no estuviera sola. Y en la desazón que le producía no poder hacer nada por evitar aquella situación.

Salió del baño y lo que vio a continuación le pareció increíble. ¿Se había dado un golpe en la ducha y estaba alucinando? Arancha se pellizcó y el dolor le demostró que no, que no era ningún tipo de sueño.

—Elena, pero ¿qué has hecho? —preguntó con los ojos como platos.

—Qué quieres que te diga, Arancha. Necesitaba un sitio donde sentarme.

—Mujer, podrías haber avisado.

—Con la mala leche que te gastas, me daba miedo que te ofendieras o algo. Y, ya te digo, es que no podía ni sentarme.

—Bueno, si tenías que hacerte sitio para sentarte, entonces… —y se dedicó a mirar a su alrededor, incrédula.

La imagen era la siguiente: la cocina, recogida; los platos, limpios, secos y —supuso— en su debido armario. Lo mismo con las tazas, los vasos, las sartenes y el resto de los utensilios. El salón, sin ropa por en medio. El suelo, impoluto, a excepción de las bolsas de basura que contenían —supuso, de nuevo— las cajas de comida para llevar y las botellas y las latas vacías. Y ¿qué era eso que sonaba? ¿La lavadora? Arancha pensó por una milésima de segundo en pedirle matrimonio a Elena. No existía mejor demostración de amor ni mejor persona en el mundo que alguien a quien le gustara lavar los platos.

Mac y Fac se entrelazaban en las piernas de quien hasta hacía nada era una auténtica desconocida. Elena le explicó que también les había cambiado la arena a los gatos y se había permitido el lujo de darles una lata de atún al natural que estaba a punto de caducar en la cocina, porque no había encontrado el pienso. Arancha reconoció que hacía mucho que no hacía la compra, pero que la comida para gatos la dejaban una vez al mes en la puerta a través de un servicio de internet.

—Bueno —dijo Arancha, aún sorprendida por cómo podía haber hecho todas esas cosas Elena mientras ella se duchaba—, no sé muy bien qué decir… Gracias, supongo, lo primero. Te he dejado toallas limpias encima del lavamanos. Tómate el tiempo que quieras en ducharte. ¿Quieres algo especial para cenar?

—Lo que te apetezca. Supongo que pedirás a domicilio. No he visto en tu nevera nada con lo que puedas cocinar algo sólido.

—Efectivamente. ¿Pizza?

—Es una opción. Aunque no sé si aguantaré despierta hasta que llegue —reconoció Elena, justo antes de comenzar a bostezar vistosamente—. Lo que decidas está bien. Voy a darme una ducha caliente y… ¿Tienes una camiseta o algo que pueda usar de pijama?

Arancha rebuscó en el armario y le dio algo parecido a un conjunto deportivo: una camiseta que debía de llevar allí dentro desde los Juegos Olímpicos de Atlanta —de hecho, tenía la mascota esa horrible estampada— y unos pantalones cortos de cintura elástica. Elena entró en el cuarto de baño y cerró la puerta. El agua empezó a correr y Arancha aprovechó que no podía escucharla para hacer lo que querría haber hecho desde el momento en que Elena entró en RES: registrarle el bolso para averiguar un poco más de ella. Sabía que no era correcto, pero tanto la curiosidad como su instinto le decían que había algo que se les estaba escapando. Y no podía comentarlo con Belén.

Se acercó al bolso de Elena —un pequeño *clutch* de fiesta negro y lo abrió. Más allá del pintalabios y de algo de colorete para retocarse durante la noche, no encontró nada raro. Así que cogió su cartera para ver si ahí había algo que confirmara lo que le venía rondando por la cabeza desde hacía horas. En un primer momento, solo vio lo habitual: DNI, carnet de conducir, tarjetas de crédito y débito —«esta chica va a tener un problema financiero en breve, fijo», pensó— y, mientras se le iluminaba la cara al encontrar lo que sabía que iba a encontrar sin realmente saberlo, oyó la voz de Elena a sus espaldas:

—¿Se puede saber qué estás haciendo, Arancha? —preguntó, sorprendida, Elena, que había salido a por su bolso para coger un pequeño bote de crema hidratante para después de la ducha.

—No, mejor explícame qué estás haciendo tú, Elena. O, más bien, por qué estás haciéndolo —dijo Arancha mientras se giraba y le mostraba el carnet de becaria de *Fetén Diario*, el único medio de comunicación que había publicado el incidente de la Puerta del Sol y que Wardog había tenido que eliminar de toda la red.

23

Belén
Y ella que se creía una experta en Civi

—Oye, Civi.

—Dime, Belén.

—Exactamente, tú ¿qué eres?

—Vamos a ver. Para empezar, esa pregunta es un poquito ofensiva.

—Vaya, lo siento.

—No, no pasa nada. Porque no es «qué», es «quién». Que no pasa nada, de verdad, pero llevas años hablando conmigo y razonando. No puedo creer que me consideres una cosa.

—No, a ver… No quería decir eso. Bueno, no me he expresado bien. Supongo. A lo que me vengo a referir es que… No sé. Te veo y eres humana. Pero, al mismo tiempo, es evidente que no lo eres. No eres… tangible. Vamos, que aquí te veo, pero aquí yo no soy persona. Luego… No sé si me explico.

—Que sí, chata, que te entiendo perfectamente. Si no me entiendo ni yo muchas veces, me vas a entender tú, que acabas de verme. Es… un poco complicado. A ver. Yo soy una mujer. Yo me siento mujer. Y, como ves, mi forma «física», la que estás viendo, es de mujer. Sé que vosotros me llamáis «Civi», que, por cierto, me encanta, porque no sabía cómo llamarme, pero sé que es por el Círculo Vicioso. Pero eso es porque el lenguaje español es sexista y «círculo» es masculino. Porque sí, externamente soy un círculo. Y si me hubieran encontrado los de SHEEP, sería «The Circle» y no tendría sexo *per se*. Pero vamos, que no sé muy bien lo que soy. Lo único que sé es que soy. Que existo. Y que aquí me tienes, reina. Para lo que quieras.

—Pero… ¿no recuerdas de dónde vienes? ¿No sabes cómo naciste?

—Pues no, la verdad es que no. Pero mira quién fue a hablar, alguien que no se acuerda ni de lo que le pasó ayer mismo. No sé, yo únicamente me acuerdo de estar totalmente desubicada en aquel descampado en Astudillo, y del agente Bonilla, que tuvo a bien recogerme y meterme en la bolsa de pruebas. Y luego de estar aquí y saber que tenía que quedarme aquí. Que había encontrado mi sitio, mi hogar. Y más tarde, RES me construyó esta casa a medida, conforme me fui haciendo grande y guardando Elementos.

—Ya, bueno, esa es otra... ¿Dónde guardas los Elementos? Porque son casi 200.000. Y yo no veo ninguno.

—194.348 hasta el día de hoy. Y eso sí te lo puedo decir. Están por aquí, por todas partes. Básicamente, alrededor de ti. Cuando entran en mí, se descomponen y existen dentro, pero sin que sean visibles. Y si me los pide Leonor, y yo creo que es lo que mejor os va a venir para la misión, simplemente los rematerializo en un momentito y santas pascuas.

—Madre mía. Y yo que creía que te conocía, Civi...

—Bueno, si te sirve de consuelo, lo cierto es que eres la primera que me pregunta, Belén. Eso es algo que ni Leonor se ha molestado en hacer. Así que te lo agradezco.

—¿Cómo que Leonor no te ha preguntado nada personal? Pero... ¡si pasáis todo el día juntas!

—Bueno, no quiero decir nada que no debiera, pero ya sabes que lo que yo quiero es ser como tú.

—¿Rubia?

—Corpórea, maja.

—Ah, no lo había pensado. Tengo la costumbre de serlo.

—Pues eso. Y Leonor es... Bueno, no sé si lo sabes.

—A ver... Yo qué sé, no sé si lo sé. ¿Morena? ¿Guapa? ¿Tremendamente inteligente?

—¿Te estás haciendo la tonta o de verdad no lo sabes?

—Pues teniendo en cuenta que solo podemos trabajar mujeres contigo porque todos los hombres acaban desintegrándose y me estás diciendo que Leonor es algo especial... No hace falta ser muy lista para saber que es porque es lesbiana.

—Ah, ¿lo sabías?

—Elisa es amiga mía. Yo las presenté.

—Ah.

—¿Te molesta?

—No, no es eso. Es… Es más bien que no sé cómo salir de esta forma de conciencia incorpórea. No sabéis lo que os envidio a ti y a Arancha. Tus piernas y hasta la falta de ducha diaria de ella.

—Civi, no seas mala.

—Si no soy mala, soy sincera.

—Bueno, pues no seas tan sincera.

—En fin, que anhelo un cuerpo. Y con los hombres no hay manera. Y puede que con Leonor… Pero no quiero hacerle daño. Ya he hecho daño a muchos agentes. Y me gustaría subsanar estos… pequeños errores. Pero resulta que rematerializarlos es mucho más complicado que a los Elementos.

—Ah, pero ¿siguen vivos?

—Eso creo. Al menos, los noto aquí, conmigo. Lo que pasa es que los muy puñeteros no paran de moverse y… En fin, que lo intento, pero me cuesta mucho. Sinceramente espero algún día conseguirlo. Aunque solo sea a uno. Si consiguiera rematerializar a uno… Al menos, sabría que es posible.

—No te flageles más, Civi. Haces lo que puedes.

—Ya, bueno. Es como soy. Me gusta mejorarme cada día.

—Desde luego, Civi, hablar contigo es una experiencia única.

—Y eso que no te he contado todo lo que se me ha ocurrido para ayudar a Elena. Pero espera, que me está llamando Arancha y creo que es importante.

—Dile que estoy bien. Dile que volveré.

—No puedo mentirle, Belén, ya lo sabes.

24

Leonor
Rifirrafe sospechosamente susceptible

Después de un sueño reparador, Leonor se despertó con una nueva visión y perspectiva de los acontecimientos. Sabía que tenía que volver a RES cuanto antes, pero primero debía arreglar las cosas con Elisa. Nunca habían estado tanto tiempo enfadadas y, aunque ella mantenía que una pareja era un poco como una S. L. —no había nada de malo en que, mientras una de las partes no tuviera trabajo, solo aportara tiempo en el hogar—, la forma en que se había explicado había sido, quizá, demasiado técnica y poco romántica para una persona que acababa de tragarse solita una mudanza completa.

Así que se armó de paciencia —y de su mejor sonrisa— y se acercó a la cocina, medio con zalamerías, medio con caricias donde sabía que Elisa se derretía, para intentar arreglar una situación que, *a priori*, era altamente difícil de solventar.

—¿Cómo se ha despertado la mujer más guapa de toda España? —preguntó mientras la abrazaba por detrás e intentaba, sin éxito, darle un beso en el cuello.

—Pues, si te soy sincera, bastante cansada. Desde que llegaste y me despertaste, no he parado de darle vueltas a la cabeza y no he dormido nada. —La apartó con un movimiento tirando a brusco de cadera—. No como otras, que han dormido sin perder comba —puntualizó—. Ahí tienes tu café —finalizó señalando la encimera que separaba la cocina del salón.

«Está la cosa complicada —pensó Leonor—. Pero tengo que intentarlo. No puedo perderla. No ahora». Así que cogió su taza de café y le dio un sorbo. Estaba justo como a ella le gustaba: con el punto justo de leche de avena caliente y media cucharada de azúcar moreno. Ni siquiera cabreada, Elisa dejaba de rozar la perfección.

—¿No notas nada? —preguntó entonces Elisa. Leonor se quedó muda. ¿Qué había nuevo en ese café que no estuviera en los otros cientos de cafés que le había preparado antes?—. Sabía que no te ibas a dar cuenta. Es una tontería, déjalo estar.

—No, Elisa. Por favor, cuéntamelo. Me importa todo lo que a ti te importa.

—Es que… No, de verdad, es una tontería.

—Por favor, Eli. —Volvió a acercarse y, esta vez sí, consiguió ese beso en el cuello, justo detrás del lóbulo de la oreja izquierda. Elisa no se apartó. Se acurrucó entre sus brazos y siguió hablando.

—Pues que desde la mudanza no me sabe igual el café. Ya sé que es una tontería. Será el agua de esta zona o no tengo mucha idea, la verdad. El caso es que no me sabe igual. Y llevo días dándole vueltas y ayer, por fin, tomé una decisión: mi primera decisión en esta nueva casa iba a ser cambiar la marca de café.

—Pero ¡si has elegido tú la disposición de toda la casa! —la reprendió cariñosamente Leonor.

—Ya, bueno, pero sabíamos de antemano las dos cómo y dónde iba a ir cada cosa. Eso no cuenta. Además, quería hacer algo que solo supiera yo. —Su tono de voz comenzaba a notarse ilusionado, animado, lleno de luz, como si hubiera encontrado el santo grial—. Así que ayer cogí mi bolso rojo, ese que tanto me gusta, y me fui calle arriba hasta que encontré una tienda de café. Porque me dije: «Elisa, ahora estás en el centro. No tienes por qué comprar el café en un supermercado. Te vas a dar el lujo de comprarlo en una tienda que venda exclusivamente café».

Eli miró por la ventana y continuó con su soliloquio:

—Y, como a mitad de calle, encontré una preciosa. Llena de tazas maravillosas y de modelos de cafeteras retro. Esa iba a ser mi tienda. Así que entré y me di el lujo de oler todos los tipos de café que tenían. ¡Incluso me dieron a probar de los tres que más me gustaron! Y, sinceramente, desde que nos vinimos a vivir a esta casa, que sí, que es preciosa y que me encanta, Leo, no me entiendas mal, pero con tu curro y con mi falta de precisamente eso me aburro y estoy sola… Por primera vez, te repito, me sentí feliz y contenta. Útil, ya ves tú, comprando café. Aunque ya veo que no te has enterado —dijo volviendo a su tono de tristeza inicial.

—Pues para serte sincera… —dijo Leonor tras darle otro sorbo y pararse a paladearlo. Se tomó un rato para estudiarlo, para notar algún matiz que, en aquel instante, encontró—. La verdad es que, ahora que me lo has dicho, sí que se nota que es diferente.

—No digas tonterías. Lo dices por decir —apuntó Elisa, entre triste y juguetona.

—No, en serio. ¿A que adivino la flor que has elegido de entre todas las que había en la tienda para mezclar con el café? —Elisa abrió los ojos—. ¿A que es el jazmín?

Por toda respuesta, Elisa le dio un beso que casi le hace derramar la taza de café por la cocina. Había merecido la pena.

Con la crisis de pareja solventada, al menos por el momento, y aún abrazada a Elisa, Leonor se fijó en el televisor encendido, donde un fragmento de las noticias llamó su atención. En un programa aleatorio de la programación matinal, un presentador aleatorio comentaba, entre serio y con mucha sorna, la última puñalada que un político le había dado a otro de su mismo partido.

Al parecer, la presidenta de la Comunidad Autónoma de

Madrid acusaba al presidente de su partido nacional, Unión del Pueblo —conocido como UdP, el principal partido de la oposición desde las últimas elecciones generales, pero en el gobierno de la capital y su comunidad—, de haber contratado a detectives privados para averiguar si ella se reunía con empresarios para cobrar dinero ilegalmente y, en contraprestación, construir un hospital para atender enfermedades masivas que, al final, había resultado ser poco más que un almacén con camillas.

En aquel preciso instante, salía a la palestra el número dos de UdP, un señor que, pese a que pasaba por poco de los treinta y cinco años, parecía que tuviera más de cincuenta. «Puedo afirmar, como secretario general de este partido, que no hemos intervenido para nada en los movimientos de Lucía Ortega Castro-Ardiles. Las investigaciones, de las que estamos al tanto por documentos privados que han sido filtrados también a la oposición, se han tratado siempre de manera privada, y la señorita Ortega era conocedora de todo. El presidente la llamó a su despacho para pedirle explicaciones y aún estamos esperándolas».

Leonor se quedó muda. Si no trabajara donde trabajaba, aquello habría pasado por un rifirrafe más en un partido ya muy de por sí dividido en los últimos meses. Pero ¿una bronca pública y, además, televisada? Esa no era la forma de tratar las cosas en UdP. Todo el mundo sabía que, si por algo se caracterizaba el principal partido de la derecha en España, era por lavar los trapos sucios en casa y en la más absoluta de las opacidades. Así que, claro, a Leonor, que trabajaba en RES y tenía muy buen ojo para los más insignificantes cambios en la cotidianeidad, esto le sonaba a Elemento. Y de los potentes.

—Cariño —dijo mientras le daba otro beso, y otro, y otro, pero también mientras se soltaba del abrazo de Eli—, me temo que tengo que irme al trabajo.

—Pero ¿por qué de repente? ¿Qué te ha surgido tan urgente, con lo a gusto que estábamos? —se quejó. Afortunadamente, la bellota azul cobalto de Leonor empezó a sonar en aquel instante. Leonor respondió mientras intentaba zafarse, entre sonrisas, de los brazos de su amor.

—¿Sí, Lola? —respondió, más por instinto que por poner atención a la pantalla—. Sí, yo también acabo de verlo. ¿A *Fetén Diario*? Claro, claro. Pero pensaba que eso era cosa de Arancha. No, sí, claro. Lo que tú digas. Llegaré en cinco minutos. Cojo el Seat León y me planto allí. No, claro, depende del tráfico. —Lola la ayudó a mentir—. Sí, salgo ya, jefa —colgó—. Lo siento muchísimo, cariño, pero me tengo que ir. Ya lo has oído, era Lola y es una urgencia.

—Algún día me tendrás que contar en qué consiste realmente tu trabajo. Porque no me cuadra eso de irse a un periódico digital a toda prisa con el estudio de las lenguas.

—Es una colaboración. Una beca, más bien. Dinero, ya sabes.

—Y eso… ¿qué tiene que ver con lo que está pasando en Unión del Pueblo?

—Ah, eso… No, es que a ambas nos ha sorprendido mucho que se estén dando esos hachazos tan públicamente. Va, cariño, tengo que irme. ¿Me das un beso? —Elisa hizo como que se lo pensaba un poco—. Por favor…

—Sabes que no me puedo resistir a esos ojitos verdes.

Se besaron como en las películas. Sin saber que esa era la primera de las últimas veces que lo harían.

25

Elena
Esto no es lo que parece. O sí. Pero ya no.
Y, sobre todo, no gritar

La escena era la siguiente: Arancha, con cara de poquísimos amigos, enseñándole el carnet de becaria de *Fetén Diario* que había sacado de su cartera después de registrarle el bolso. Y enfrente, Elena, con una camiseta tres tallas más grande y un pantalón corto que tenía que sujetarse con una mano para que no se le cayera. Su primer instinto fue gritar. Pero claro, eso activaría el clavel de su antebrazo y no iba a ayudar en nada. En aquel momento se sintió orgullosa de haberse acordado.

Además, que bastante le había costado recoger el desastroso apartamento de Arancha como para ponerlo patas arriba por un berrinche. Y tenía que pensar en Mac y Fac, que le parecían más amistosos que la propia Arancha. Así que, una vez «pillada con el carrito del *helao*», como decían en su grupo de amigas, no había otra cosa que sincerarse.

—A ver, Arancha —empezó—, solo te pido que me dejes explicarme hasta el final, ¿vale?

—Empieza y ya veremos hasta dónde te dejo —espetó Elena.

—Bueno, algo es algo. Veamos, por dónde empiezo… Lo del clavel es verdad. No sé cómo ha llegado hasta mí. Necesito que este punto quede claro. Me crees, ¿no?

—¿Ahora mismo? Un 12,8 %, tirando por lo alto.

—Joder, tía, sí que eres dura. Bueno, pues tienes que creerme. Yo no tenía ni idea de lo que era RES. ¡Qué coño! No tenía ni idea ni de que existía tal cosa. La flor me la dieron sin saber por qué. Yo solo dije en el trabajo que me iba de fiesta a quemar el centro de Madrid y que me esperaran con una caja de ibuprofeno, por la resaca, vaya, y me fui. Era mi primer fin de semana libre desde que había entrado en el periódico. Y eso que solo soy becaria.

Elena se paró un segundo para pensar si le contaría toda la verdad o no. Al final, decidió que la mejor manera era ser completamente sincera, así que añadió:

—Lo cierto es que, cuando entré en RES y me empezasteis a contar de qué iba la movida, lo primero que pensé fue en que era mi salida del becariado y mi entrada en el mundo periodístico por todo lo alto. Porque, Arancha, imagínate: ¡una organización secreta que se dedica a recuperar objetos mágicos para usarlos como armas para beneficio de España!

—A ver, Elena, que igual te estás flipando un poquito, nena. No son mágicos.

—Bueno, esa será tu opinión. Te recuerdo que con un grito destruí la Puerta del Sol. Y, para mí, vosotras sois... Sois poco menos que superheroínas. ¡Has operado de vida o muerte a tu compañera con una bata que perteneció a Ramón y Cajal! No sé, Arancha, durante un rato, largo, lo reconozco, he pensado en que podía ser la noticia de mi vida. ¡Si tenéis hasta una mujer incorpórea! Es que Civi es para flipar.

—Eso sí te lo tengo que reconocer. —Arancha empezaba a bajar la guardia y reconocía que la versión de Elena tenía bastante sentido. Sin embargo, mantenía su actitud suspicaz, con el sofá interpuesto entre ambas, máxime porque en un berrido podría tirarla al suelo—. Pero continúa. ¿Qué me quieres decir con todo esto?

—Pues a eso quiero llegar: creo que todo esto no ha sido tan casual —dijo intentando acercarse a Arancha. Esta se volvió a alejar, manteniendo las distancias.

—¿Cómo? —Ahora sí que Arancha estaba genuinamente sorprendida.

—Sí. Le he estado dando vueltas mientras me duchaba. En *Fetén Diario* sabían que yo me iba de fiesta por el centro. El mismo diario que, oh, casualidad, ha sido el único que tenía imágenes del incidente de la Puerta del Sol. ¿Y si no fue una coincidencia que me tatuaran a mí el clavel de Rocío Jurado? ¿Y si, precisamente, lo que querían era que alguien entrara dentro de RES y simplemente yo les di esa oportunidad?

—Sinceramente, no es la cosa más loca que ha pasado hoy, así que mi confianza en ti ha subido hasta el 49,5 %.

—Dura como el diamante, la tía. ¿De verdad que no lo ves? Lola misma lo ha dicho: vosotras buscáis Elementos Susceptibles. No los tenéis todos. Eso significa que puede haber otras personas que sepan de la existencia de estos Elementos. ¿Por qué no Pablo Gil y Mortes, el director de *Fetén*? Sería una bomba para crear exclusivas. Fíjate lo que ha conseguido con lo de la Puerta del Sol. Menos mal que tenéis a Wardog. Si no, en estos momentos sería debate nacional y no un chismorreo de foros de internet para conspiranoicos.

Arancha se quedó pensativa. Elena aprovechó para acercarse a ella, recoger su bolso y volver a meter todas sus cosas en él. Estaba bastante enfadada por aquella intromisión en su privacidad, pero, para ser completamente sincera, ella habría hecho lo mismo, o peor. En realidad, parte de la limpieza en profundidad del piso de Arancha había sido para ver si averiguaba algo más sobre RES mientras ella se duchaba. Aunque, más allá de un pésimo gusto para elegir comida a domicilio, la búsqueda resultó bastante infructuosa.

—Usar Elementos para generar noticias... Eso sí sería un poco caótico. Y, sin embargo... —murmuró Arancha—. La verdad es que no es una mala hipótesis. Es más, cuadraría con el despertar de los tres Curros al mismo tiempo. De hecho, imagina que hubieran llegado al centro de Sevilla los tres a la vez. Ni Wardog podría haber eliminado eso. Se nos tendría que haber ocurrido otra cosa. Tendríamos que haber contado con agentes especializados en historia para justificar la aparición de tres Curros. Un aniversario o algo. Igual que la operación que tuvieron que hacer los de SHEEP en Londres con el «no cumpleaños» de Lewis Carroll...

—¿Estás bien, Arancha?

—Sí, sí —dijo saliendo de su ensimismamiento—. Es solo que, sorprendentemente, todo cuadra, Elena. Pero ahora mismo estoy muy, muy cansada. Voy a hacerte una pregunta y voy a tener que confiar en tu respuesta.

—Dispara.

—¿Puedo fiarme de que no te escaparás mientras dormimos?

—Absolutamente.

—Pues no me queda más remedio que creerte, porque, sinceramente, no tengo el cuerpo para pasarme otra noche en vela. Me voy a la cama. Ahí tienes las sábanas y la almohada. Descansa. Y, si Mac o Fac se ponen muy pesados, lánzales un calcetín. Es mano de santo.

—Descansa, Arancha. Y... gracias.

—¿Por qué?

—Por creerme.

—78,3 % nada más. Pero algo es algo.

Elena sonrió mientras ponía las sábanas en el sofá cama. Arancha era dura, sí. Pero también sabía que había creído en su historia. Ahora bien, el que la iba a escuchar de verdad era Gil y Mortes. Como se confirmasen sus sospechas, él sí que se iba llevar un buen berrido. Y sin rebequitas para protegerlo.

26

Arancha
¿Qué es eso que huele tan bien?

Se despertó extrañamente descansada y con una sensación que no había experimentado en años: estaba contenta. ¿Sería, quizá, porque nadie la había despertado de manera brusca? ¿O sería por el olor a café que, sin lugar a duda, inundaba todo el apartamento? Acarició a sus dos gatos, que dormían plácidamente acurrucados entre sus piernas —desde luego, quien afirmaba que los gatos eran seres sin empatía era porque nunca había compartido la vida con uno— y se levantó de la cama, intentando descubrir el resto de los olores que inundaban el aire y que no conseguía reconocer, probablemente porque no los había sentido en casa nunca.

—Elena, no me toques las tetas, ¿qué coño es todo esto?

—Buenos días, dormilona. No podía dormir más y tienes la costumbre de dejar las llaves de casa en el mismo sitio. He ido a una gasolinera cercana con un surtido decente y he comprado un par de cositas para agradecerte lo de anoche... Bueno, que me dejaras pasar la noche en tu casa. Y la confianza.

—¿Unas cositas? —preguntó alucinada mientras miraba la mesa de centro del salón en la que se amontonaban tortitas, tostadas con jamón, donuts y cruasanes recién salidos del horno—. Elena, esto parece sacado de *Médico de familia*.

—¿De dónde?

—Mierda, se me olvida que eres insultantemente joven. De una serie muy conocida.

Desayunaron juntas en silencio. Pero no un silencio incómodo. Era un silencio cómplice en el que ambas sabían que la relación había pasado a otro nivel. Arancha la empezaba a ver con otros ojos y, por primera vez, no pensaba en su carta de dimisión tan a corto plazo. Le gustaba esa chica y si, como a Leonor se le había escapado, Elena era la nueva incorporación de RES, estaba dispuesta a convertirla en una agente, al menos, decente. Si lo había logrado con Belén, ¿por qué no con ella? Y luego, sí. Luego ya llegaría su ansiada jubilación.

«Pero bueno, todo esto son futuribles —pensó Arancha mientras masticaba su tercera tostada con aceite y jamón y sorbía su segundo café con leche con dos de sacarina—. Lo primero es valorar la teoría de Elena acerca de Gil y Mortes, eso de utilizar Elementos para generar noticias. Que no es una mala teoría, no. Descabellada, sí. Pero no olvidemos que más de un participante de *Tú sí que vales* llevaba escondido un Elemento que le hacía realizar piruetas imposibles o trucos de magia que no tenían trampa alguna».

Ensimismada como andaba en sus pensamientos, no se dio cuenta de que el número dos de UdP estaba haciendo su *speech* en la pantalla del televisor. Tampoco se dio cuenta de que su bellota, negra mate, comenzaba a vibrar. Por eso no leyó el mensaje de Civi que decía: «Arancha, chata, vete a *Fetén Diario* pitando, que Lola está que trina». Solo salió de sus pensamientos cuando escuchó a Elena coger el teléfono y responder:

—De acuerdo, Lola. Ahora mismo se lo digo. Nos vemos allí en diez minutos. No sé muy bien lo que es el Dodge, pero, por la cara que acaba de poner Arancha, creo que no le hace la más mínima gracia. ¡Ja, ja, ja! Vale, ahora se lo digo. Hasta dentro de un ratito.

27

Leonor
Dentro del diario no tan fetén

Leonor no tenía tanto amor por el FA como Belén, pero empezaba a cogerle el gusto a eso de conducir sin ser detectada y a velocidades de infarto. Se personó en las inmediaciones de *Fetén Diario* y escuchó el característico sonido del aterrizaje del Dodge mientras cerraba la puerta de su vehículo. Bien. Eso significaba que no entraría sola en esta misión. La verdad, no estaba acostumbrada y se sentía un poco desnuda fuera de las paredes de la planta 25 de RES.

Se acercó en dirección al sonido del Dodge para reunirse con quien hubiera llegado —se figuraba que Arancha y Elena, pero no lo sabía con certeza— y las encontró a ambas vomitando en plena calle.

—Entiendo, Elena, que vas a ser la fan número dos del

Dodge. —Giró la cabeza y, con una sonrisa, dijo—: Hola, Antonio, ¿te han dado mucha guerra estas dos?

—Pues bueno, la nueva no ha parado de hacer muecas muy raras durante toda la parábola y Arancha, lo de siempre: insultos y palabras malsonantes. Lo que tú acabas de decir, las dos más fanáticas de este vehículo. Con lo cómodo que es, chica.

—¡No me toques las tetas, Antonio! Cómodo será para ti, que debes de tener el estómago de metal —exclamó Arancha mientras intentaba recomponerse y limpiarse como podía la boca.

—Leonor, guapa, para la próxima, tú el Dodge y nosotras el FA —apuntó Elena—. Y, por cierto, Antonio, las muecas eran porque, si llego a pegar un solo grito, destrozo el coche. Perdona por intentar no matarnos en pleno viaje.

—Ah, ¿quieres más, entonces? —preguntó, pícara, Leonor. Elena se sonrojó hasta las orejas.

—No, bueno, a ver, yo... —titubeó, incapaz de articular una frase coherente completa.

—Venga, no seas boba. Vamos, que tenemos que entrar en *Fetén Diario* y hemos de buscarnos una coartada.

—Mira, eso no va a ser necesario —dijo con un poquito de sorna Arancha—. Aquí la verbigracia es becaria del *Fetén*. No te preocupes, que ya lo hemos hablado y está todo aclarado; bueno, al 86,6 %, pero ya es mucho para mi nivel de confianza. Así que, por primera vez, somos sus amigas y venimos a visitar la redacción, que nos hace mucha ilusión.

Y a ver si tenemos la «suerte» —hizo el gesto de las comillas de forma muy exagerada con las manos— de ver al director y hacerle unas preguntas porque, mientras volábamos, el portavoz nacional de UdP ha dicho públicamente que al secretario general le huele el aliento a pozo y el director de comunicación del partido en la Comunidad de Madrid ha reconocido que le gusta echarle media cucharadita de coca en el café a su jefa para que esté activa, que si no es más inútil que un submarino descapotable. O sea que, si esta gresca ya parecía obra de un Elemento, después de esto a mí ya no me cabe la menor duda.

Mientras Leonor abría un poco más los ojos con cada una de las declaraciones, las tres caminaban juntas hacia el edificio del número 476 de la calle Alcalá, sede de *Fetén Diario*. Arancha ya lo había visitado de noche, pero no creía que fuese a ser reconocida por el guarda, dado que se trataba de otro turno.

Arancha entró la primera, aunque tuvo que esperar a que Elena les sacara las acreditaciones de visitante. Se sintió extraña al no tener que usar ninguna de sus identidades secretas, pero reconoció que era mucho más cómodo así, sin —casi— mentir. En unos segundos estaban subiendo en el ascensor del que menos de veinticuatro horas antes ella sola había tenido que bajarse para intentar salvarle la vida a Belén.

Aquella vez la situación era muy diferente: iba flanqueada por Leonor y Elena, y se sentía segura y positiva. Sabía que algo raro ocurría en UdP y estaba convencida de que tenía mucho que ver con el diario, por lo que pulsó decidida el botón de la planta 24 y en unos segundos se abrieron las puertas del ascensor y caminaron, las tres juntas, hacia la entrada del periódico digital.

Antonio les había traído de Gúdar un maletín que contenía algunos Elementos básicos que Civi había preparado para la investigación, de los que no tenía ninguna duda que Leonor conocía sus efectos, además de la rebeca verde, muy útil para que Elena usara su poder sin que afectara a una de ellas, o para la propia Elena, si se ponía muy nerviosa.

—Hola, Elena, ¿qué tal? —preguntaban de vez en cuando los compañeros y compañeras. Ella les contestaba educadamente, pero sin dedicarles demasiada atención. Estaba muy metida en su papel de anfitriona, explicando dónde se encontraban las distintas secciones del diario y saludando con una sonrisa a los otros trabajadores, como si fuera lo más normal del mundo.

Muchos la miraban extrañados: no era lo habitual que la becaria trajera invitadas y, mucho menos, que se paseara por allí como si la redacción fuera su casa. Ella, que era «el último mono». Elena no prestó mucha atención, porque no perdía de vista su objetivo: llegar al despacho de Pablo Gil y Mortes. Allí, Elena sabía que dejaría que Leonor y Arancha se encargaran de dirigir la operación.

Caminaron entre hileras casi infinitas de mesas con ordenadores separados por tablas bajas, casi inútiles, que no permitían más que una mínima intimidad. Leonor miraba a los trabajadores, ensimismados delante de su ordenador, escribiendo sin parar, generando noticias —o lo que ahora mismo se consideraban noticias pero que no eran más que opiniones y bulos sin confirmar— para conseguir clics y generar publicidad. Le dolía el periodismo.

Al final de toda aquella fila de periodistas que habían vendido su vocación por un salario irrisorio y un horario esclavizador se encontraba el responsable de que *Fetén Diario* fuera el periódico más leído y menos fiable de España: Pablo Gil y Mortes. Un hombre gordo y grasiento en su higiene, tan conocido por su alergia a la ducha como por sus argucias para obtener declaraciones imprecisas o capciosas y, sobre todo, por cortar y editar los discursos largos de los políticos y demás personas influyentes para lograr que dijeran lo que él quería que dijeran y no lo que habían dicho en realidad. Una mala persona, vamos. Hijo del marqués de Gil y Mortes, había hecho su fortuna en distintas empresas, pero las fue vendiendo para conseguir lo que, para él, era el auténtico poder: un medio de comunicación que influyera verdaderamente en la opinión de los ciudadanos de España.

La verdad es que Leonor no estaba en absoluto tranquila. Ni todos los artilugios bellota ni todos los Elementos disponibles de RES eran suficientes para calmar los nervios en una de sus primeras misiones, por no decir la primera. «Yo soy una rata de laboratorio», pensaba mientras se acercaban cada vez más al despacho de Gil y Mortes. Y prácticamente notaba cómo su corazón se aceleraba hasta niveles peligrosos. Una vez allí, tendría que cederle el mando a Arancha. Sería mejor que ella se dedicara a observar y que atendiera a los detalles en que nadie se fijaba. Esa era su especialidad.

28

Arancha
Pilladas por los pelos

Cuando llegaron a la puerta del despacho de Pablo Gil y Mortes, Arancha ya estaba pensando en la manera de sonsacarle dónde había encontrado y, sobre todo, cómo había utilizado un Elemento en Unión del Pueblo, en la calle Génova. Iba completamente decidida... durante unos tres segundos. El tiempo justo en darse cuenta de que, para ello, tendría que destapar la organización para la que había trabajado a lo largo de más de veinte años. Y no era una buena idea. Y menos ante el director de un periódico. Aunque fuera el de *Fetén Diario*.

Estaba fuera de sí. Entre lo que detestaba a Gil y Mortes, el viajecito en el Dodge, la ausencia de Belén y que tenía que hacer de canguro de Elena, lo único que quería era terminar con todo aquello lo antes posible. A todo esto, Elena. No era buena idea que entrara en el despacho con el clavel tatuado. No sabía cómo iba a responder ante la sospecha de que había sido su jefe el responsable de que lo tuviera inyectado en la piel, por lo que, justo antes de llegar a la puerta, se le ocurrió algo que, tal vez, podría servir para tenerla entretenida y, al mismo tiempo, evitar que la conversación con el director tuviera demasiados testigos o curiosos.

—Elena, ¿sabes lo que vas a hacer? —preguntó mirándola fijamente, a dos pasos del despacho—. Vas a irte a la otra punta de la sala y vas a ponerte a cantar. Pero a cantar con todo el sentimiento que puedas.

—¿Qué dices, Arancha? —preguntó Elena, desconcertada.

—Vas a descubrir el otro poder que tiene el clavel de Rocío Jurado. Y a saber por qué era La Más Grande. Y, de paso, nos vas a quitar a los posibles cotillas de encima. Que, siendo esto un periódico, es mucho decir.

—La verdad es que una idea fantástica, Arancha —apuntó Leonor, que hasta el momento parecía más allá que acá—. Elena, el clavel tiene el poder de atraer a la gente. Si se usa con cariño, claro. Si cantas con sentimiento, la canción que sea, todos estos periodistas se acercarán a escucharte. En serio, pruébalo.

—Pero a mí me gustaría decirle cuatro cosas a Gil y Mortes.

—Y precisamente por eso es por lo que no puedes estar

con él —explicó Arancha—. No podemos arriesgarnos a que grites y salga disparado por la ventana. Te haces cargo, ¿no?

—Bueno, claro, visto así… —admitió Elena.

—No se hable más. Ve al fondo de la sala y canta.

—Pero ¿qué canto?

—Lo que sea. Tú hazlo.

Así que Elena se dirigió a la otra punta de la planta mientras Arancha y Leonor entraban en el despacho del infame Pablo Gil y Mortes, quien en ese instante estaba riéndose al teléfono, de espaldas a la puerta, probablemente jactándose del último bulo que había puesto en circulación.

Leonor se apoyó en una mesa cercana y abrió el maletín que le había dado Antonio. Dentro, como ya se imaginaba, se encontraban los artilugios estándar que el agente Lobo había considerado más convenientes y algunos Elementos que Civi le había ofrecido como ayuda extra. Acercó a Arancha la rebeca verde para que se la pusiera de inmediato, porque nunca se sabía, y ella eligió unas gafas bastante elegantes que tenían distintos botones en las patillas.

Arancha las conocía bien. Según el botón que pulsaras, se convertían en un espectrómetro de masas, una luz UV, un sensor térmico o unas gafas de visión nocturna. Incluso, aunque con resultados aún poco exitosos —Lobo era muy eficiente, pero no era ningún dios—, uno de los botones te permitía intuir lo que escondían algunas paredes. Un poco como los rayos X, pero flojitos.

Ella se decantó por acercarse al director, que seguía ajeno

a su presencia y muy ufano en su conversación, probablemente con algún político de su cuerda. Arancha carraspeó suavemente. No ocurrió nada. Lo intentó un poco más fuerte. Tampoco surtió efecto. No era muy conocida por su paciencia, así que a la tercera optó por quitarle el móvil, decirle a su interlocutor: «El señor Gil y Mortes va a estar muy ocupado en los próximos minutos. Le llama luego», colgar el teléfono y lanzarlo a la otra punta del despacho. Eso sí produjo un efecto en el director de *Fetén Diario* que complació a Arancha. Vamos, al menos le hacía caso.

—Pero, señora, ¿qué coño hace? —espetó finalmente Gil y Mortes.

—En primer lugar, es «señorita». Señorita Blasco, concretamente. Y lo que he hecho ha sido llamar su atención. ¿Ha visto como la he captado instantáneamente? De paso, le señalo que, si no me toca más las tetas, tendremos una conversación muy agradable y fructífera, señor Gil y Mortes. ¿Le parece?

—¿Quiénes son ustedes? ¿Qué hacen en mi despacho? Y ¿qué dice de sus tetas? Yo no le he tocado nada. A mí no me acuse de lo que no he hecho, señorita.

—Somos... —Arancha no había tenido tiempo de pensar en una buena excusa para justificar su presencia en el despacho del director del diario, y lo de que eran amigas de la becaria no tenía ningún sentido, siendo sincera; así que improvisó lo primero que se le ocurrió—: Somos asesoras externas del grupo. Mi compañera, la señorita Ceballos, y yo. Asesoras que venimos a decirle que no estamos muy contentas con el tratamiento que ha dado a la polémica que se ha venido suscitando en el partido Unión del Pueblo. Creemos, bueno, creen en el grupo, como usted comprenderá... En fin, los de arriba consideran, mejor dicho, que no es la forma adecuada para un tema tan serio, y menos con un partido que pronto puede ser el que gobierne este país. Y, como usted comprenderá, señor Gil y Mortes, nos han hecho venir personalmente para hablar con usted y ver cómo podemos... modificar y tratar dicho tratamiento, nunca mejor dicho. Así que, lo primero, espero que nos ofrezca un asiento.

—A mí no —se apresuró a contradecir Leonor—, yo prefiero estar de pie. Así... escucho mejor. —Y miró a Arancha, señalándose las gafas.

—La señorita Ceballos prefiere quedarse de pie, como ha podido escuchar. Ella es más de observar detalles mientras escucha. Cada una tiene sus cosas. Yo sí me sentaré. Y tomaré un café. Con leche. Y dos de azúcar. Pero no mande a su secretaria. Tráigamelo usted, por favor. Necesito hablar de unos temas con mi compañera y agradeceríamos un poco de intimidad.

Gil y Mortes, aún atónito, salió de su despacho en dirección a la cocina office para prepararle el café a Arancha. Nada más se cerró la puerta, Leonor empezó con su risa nerviosa. Arancha trató de acallarla, aunque se le escapaba de vez en cuando también alguna risita, aún incrédula de que todo lo que había ocurrido hubiera funcionado.

—¡Cómo te pasas, Arancha! —dijo Leonor intentando mantener, con poco éxito, la compostura—. ¿Cómo se te ocurre quitarle el teléfono de esa manera?

—Ay, mira, chica, ¡yo qué sé! Entre lo mal que me cae y que no me escuchaba cuando estaba carraspeando... es lo único que se me ha ocurrido. Me ha tocado mucho las tetas que no me hiciera caso, ya me conoces.

—Y lo de que somos asesoras externas del grupo. Pero ¿tú te has visto las pintas?

—Mira, ¿ha colado? Pues pa'lante, que es lo que importa. Pero vamos a ver, ¿tú has encontrado algo?

—Pues si te soy sincera, más allá de que el despacho este parece un vertedero... Pues poco más. Tía, ¡que se afeita encima de la mesa!

—Pero ¿cómo se va a afeitar encima de la mesa, Leonor? ¡Si lleva la barba hecha unos zorros! Ese señor no se afeita desde que salió volando Cobi, por lo menos.

—Vaya, ahora que lo dices... No tiene sentido, no. Pues aparta ahora mismo. —Sacó unos guantes quirúrgicos del maletín, un cepillo y una bolsa transparente con autocierre y recogió todos los pelos que parecían haberse caído encima de la mesa—. Me da que es un Elemento. Tenemos que volver a RES a investigar qué es esto.

—¿Volver a dónde? —dijo una voz a sus espaldas. Gil y Mortes. Mierda.

—A los despachos del grupo, señor director. No podemos perder más tiempo con usted. Disculpe, pero hemos recibido una llamada urgente y debemos retornar —se disculpó Arancha torpemente.

—Ustedes no van a irse a ningún sitio hasta que no me digan qué es RES y por qué saben lo que es un Elemento. Y, ya de paso, para qué han cogido los pelos de la barba del presentador de *Náufragos* de encima de mi mesa.

29

Elena
Mi música es tu voz

«Cantar. Vete a la otra punta de la redacción y ponte a cantar. Es que manda narices». Este pensamiento en bucle cruzaba la mente de Elena mientras caminaba hacia el fondo de la sala. Pero ¿qué cantaba? ¡Si a ella no le gustaba ni cantar en la ducha! Pero tenía que hacer caso a Arancha. Tenía que demostrarle que era una víctima de Gil y Mortes, y no una especie de agente secreto de *Fetén Diario* para infiltrarse en la Secretaría, aunque ella misma lo hubiera pensado tan solo hacía unas horas.

Así que... tocaba cantar. Cantar para atraer a todos los periodistas que se encontraban en aquellos momentos en las oficinas. Más de cien, seguro. Que esa era otra: el pánico escénico. Si no le gustaba cantar en la ducha, no quería imaginarse lo que podría ser cantar ante un centenar de personas. Y sin acompañamiento. *A cappella*. A pelo, vamos.

Pero no había tiempo de pensarlo. Cruzó la sala intentando quitarse esos pensamientos de la cabeza, agarró la primera silla que encontró vacía, la colocó en la esquina opuesta al despacho de Gil y Mortes —al fin y al cabo, lo que necesitaba era distraer la atención de aquel punto concreto y, de paso, podría mirar a través de las paredes de cristal transparente del despacho— y se subió en ella.

—Holabuenosdías… —dijo de seguido con un susurro de voz. Nadie en toda la redacción se fijó en ella—. Hola, buenos días. Si me podéis prestar un poquito de atención… —De nuevo, ninguna respuesta. Elena empezaba a exasperarse. De repente, recordó las palabras de Leonor. Buscó dentro de sí un lugar de cariño, un recuerdo bonito y cálido y, con este en la cabeza, comenzó a cantar lo primero que se le vino a la mente. Por supuesto, no se atrevió con nada de La Más Grande, pero, conforme empezaba a entonar, un acompañamiento de guitarra se le iba haciendo presente en la cabeza, al principio tenue y, después, cada vez más claro, con lo que se le hizo más fácil ponerse a cantar—: *A tu lado me siento seguro, a tu lado no dudo, a tu lado yo puedo volar…*

Era una sensación extraña. Por una parte, sabía que estaba cantando ella. Y, sin embargo y al mismo tiempo, en su cabeza estaba sonando ya toda una orquesta, con coros y público jaleando. Los periodistas de *Fetén Diario* se habían acercado, sin excepción, hasta donde ella estaba —en eso ni Arancha ni

Leonor se habían equivocado un ápice— y la escuchaban embelesados. Y ella era consciente de todo lo que estaba pasando a su alrededor mientras se sentía completamente entregada a su público.

De repente, le cambió la cara —aunque no falló ni una nota de la canción; ahora «Mediterráneo», de Serrat— al ver a través de los cristales del despacho cómo Pablo Gil y Mortes se ponía a gritar a Arancha, que caminaba hacia atrás hasta chocarse con la mesa del director del periódico mientras Leonor sacaba lo que parecía una pistola ¿de agua?, hacía que Pablo se girara y le lanzaba un chorro, tras lo que el orondo gerifalte caía al suelo a plomo. Su carrera de cantante de éxito terminó cuando Arancha se acercó a las grandes puertas del despacho, también transparentes, y le dijo con una sonrisa algo nerviosa:

—Elena, bonita, ¿podrías terminar el concierto ya y venir a echarnos una manita?

30

Arancha
Descréditos a la carrera

Los hechos ocurrieron tal que así: Gil y Mortes amenazaba a Arancha con encerrarlas en el despacho hasta que le aclararan, con luz y taquígrafos —una expresión manidísima, además de antigua—, todo lo que había escuchado: que le contaran todo lo que tenía que saber sobre RES, sobre qué era un Elemento y qué relación tenía con los pelos de la barba del presentador de televisión.

Al mismo tiempo, Arancha, con toda la inocencia de la que era capaz —que tampoco era mucha, con total sinceridad— le intentaba explicar que había entendido mal, que hablaban de *shares* y que lo de limpiar el escritorio era porque Leonor era muy pulcra y le daba un poco de cosica ver pelos encima de una mesa.

Y en aquel mismo momento, Leonor, mucho más práctica, aprovechaba que nadie la miraba para acercarse al maletín y sacar el agua de Revilla —agua con saliva diluida del presidente de Cantabria, famoso por sus larguísimos y soporíferos discursos— que, como el agente Lobo era así de gracioso, esta vez había metido en una pistola de agua de color verde chillón. Una vez con ella en la mano, solo tuvo que decir las palabras mágicas: «Señor Gil y Mortes, si se da la vuelta, le explicaré lo que es RES y le hablaré de los Elementos» para que el director se volviera, ella pudiera rociarle la cara con la pistola y él cayera al suelo de su despacho dormido al instante.

Bueno, y luego Arancha tuvo que llamar a Elena para que dejara de cantar y que los propios periodistas generaran el caos en la redacción de *Fetén Diario* para que ellas pudieran salir discretamente por el ascensor hacia los vehículos e ir a informar a Lola y, sobre todo, al agente Lobo. Porque Leonor, aunque había arreglado la situación, también la había liado un poquito. Por descontado, eligieron las tres el FA. Antonio se quejó un poco, pero se dio la vuelta y caminó él solo hacia su querido Dodge. «Nos vemos allí», lanzó al aire, con un deje de melancolía, sintiéndose poco apreciado.

De modo que, mientras Leonor daba las noticias a Lola, Arancha, que era más rápida contando los problemas, telefoneaba a Lobo para ponerle en situación mientras se quitaba como podía la rebeca y la dejaba en el asiento trasero. Básicamente, tenía unos cuarenta minutos para seguir manteniendo a RES en secreto, más o menos el tiempo que hacía efecto el agua de Revilla. Y esta vez no valía con un rastreo de Wardog.

Así que respiró profundamente para armarse de paciencia y marcó la extensión del «Agente Rabiosamente Atractivo, Ligón Entre Ligones Y Para El Que No Hay Hombre O Mujer Que Se Resista», que era la descripción de sí mismo que había introducido en las bellotas de todos los agentes. Y así, todo con mayúsculas.

—¿Dígamelo, preciosidad? —dijo la voz de Lobo al otro lado del teléfono. Arancha empezó frunciendo el ceño.

—Mira, Lobo, no empieces tocándome las tetas, que tenemos una movida muy gorda. Vamos para allá con el FA a toda hostia y necesitamos que cuando lleguemos tengas la solución.

—Venga, nena, no te pongas nerviosa. Cuéntale al tito Lobo. —Sin duda, sabía cómo ponerla hecha una hidra. Era consciente de que lo estaba haciendo a propósito y, aun así, Arancha entraba como un miura.

—Mira, mentecato, como me vuelvas a llamar «nena», te voy a dejar la cara como un mapa y sin ayuda de la bata de Ramón y Cajal. No te va a reconocer ni tu amado León.

—Va, Arancha, cielito lindo, cosita guapa, reina del Martes Santo —empezó a suavizar Lobo, meloso—, si sabes que eres mi agente preferida, después de Belén y Leonor…

—O sea, de todas las demás.

—Eso no es lo importante. Lo importante es que sabes que te aprecio mucho.

—No me seas zalamero, Lobo. Va, que tenemos un marrón enorme entre manos. A «alguien» —dijo mirando fijamente a Leonor—, y no te voy a dar nombres, se le ha ocurrido la estupendísima idea de decirle a nada más y nada menos que Pablo Gil y Mortes, el director del periódico más sensacionalista del país, que RES existe y que también existen los Elementos. Aunque mucho me temo que de esto ya estaba enterado, a juzgar por los restos que Leonor ha encontrado encima de la mesa de su despacho.

—Jesús de mi vida —exclamó Lobo—. Y... ¿se puede saber quién ha sido la lumbreras?

—No te voy a decir quién, pero yo no he sido, y Elena estaba cantando, así que calcula tú, que no te faltan patitos en el charco. Pero, vamos, que eso no es lo importante, Lobo. No me desvíes. Al tema. Se te tiene que ocurrir algo radical para que esa información no llegue a ver la luz.

—Para eso tenemos a Wardog. En cuanto se publique, lo borrará todo. Y también alguna foto de Gil y Mortes en bañador que no hace falta que la vea nadie. No por gordo, que bien sabéis lo que me gusta a mí una lorza para agarrar bien así a un hombre. Por desagradable.

—No, Lobo. Eso no nos vale. No tiene que ver la luz. RES es secreta por algo. Y tiene que seguir siendo secreta. Si alguien la lee, esa información, aunque se borre al instante, entrará en los mentideros, en los foros de conspiranoicos y demás. No podemos arriesgarnos a eso. Necesitamos algo más... radical. Estamos a cinco minutos. Ve pensando, por favor. Tenemos que conseguir acabar con *Fetén Diario*.

—Bueno, si me lo pides así… Bajad a planta. Ya estoy maquinando algo. Voy a llamar a la jefa y que vaya a ver a Civi. Ahora os cuento.

—Gracias, Lobo. Te debo una.

—No sabes lo que estás diciendo, bonita.

—Sí, sí lo sé. No sabes tú la rabia que me da decírtelo.

—Ni a ti lo que me gusta.

31

Belén
Algo con lo que despertarse

—Civi, me aburro.

—Pues no sé cómo puedes aburrirte en un sitio donde tienes literalmente todo al alcance de tu pensamiento, chata.

—Ay, si no es por eso. Si ya sabes que estoy encantada de estar aquí contigo. Pero echo de menos conocer lo que está pasando… Ya sabes, ahí fuera.

—Ya me figuro, reina. Pero entenderás que no te puedo contar nada de fuera. No hasta que, al menos, recuerdes algo y pueda justificar que sepas algo, tu presencia aquí. Porque a duras penas sabemos por qué estás aquí. Deberías estar en coma y no enterarte de nada, así que tengo que hacer como que ese es tu estado.

—Y lo que me gustaría saberlo a mí. Pero solo recuerdo al

Curro que me acuchilló, que había tres Curros maquinando un plan con un Elemento para despertar a los demás Curros del cementerio esa misma noche…

—Espera, ¿qué?

—Que iban a despertarlos con un Elemento esa noche.

—Belén, cariño, esa es información nueva.

—Ah, ¿sí? Pues no me acuerdo de no acordarme. La verdad, estoy hecha un lío, Civi. Cuéntame algo de lo que está pasando fuera, por favor. Me aburro muchísimo. Necesito algo de acción.

—Pues jugamos una partida al Risk, mona. Pero antes, sigue explicándome, que tú no puedes salir pero a mí me está llamando Lola, y me acabas de hablar de un Elemento que desconozco. Y eso no me gusta nada. Espera un segundo, Belén, cielo. Sí, Lola, *Sabor a hiel*. Primera edición. Belén, bonita, escupe rapidito, que la jefa está que trina. Voy a ir materializando un libro mientras.

—Pues el caso es que yo estaba buscando a los Curros activados, Cisco, Fran y Paco, y los escuché hablar de alguien a quien llamaban «el Despertador», y que tenían que levantar esa misma noche a todos los Curros que quedaban en el cementerio con un Elemento que no conseguí ver.

—Espera, maja, que me está pidiendo Lobo un galimatías que… Ay, Lobo, para eso, el exlibris de *Reina Roja*, de Juan Gómez-Jurado, que pareces tonto. ¿Se lo doy también a Lola? Enviando. Perdona, Belén, bonita. Sigue.

—No, ya no recuerdo mucho más. Hubo una persecución, uno de los Curros me acuchilló y... Y me desperté aquí, contigo. Y hasta ahora. ¿Cuánto ha pasado, Civi?

—Mejor que no sepas nada de lo del exterior. Pero... tengo que comunicarme con Arancha, con tu permiso. Le voy a contar «algo» de lo que has recordado. Bueno, que has recordado. Bueno, a ver cómo me las apaño para que sepa que eres tú, pero sin decirle mucho más. De verdad, qué lío ser virtual. Yo solo quiero ser una persona física.

32

Leonor
A veces, es mejor estar calladita

Estaba entre avergonzada y enfadada consigo misma. Bueno, y con Gil y Mortes. Arancha tenía razón: era un ser deleznable. Ella usaba otro adjetivo, pero el significado era en realidad el mismo, y Leonor no era usuaria habitual de improperios de alta magnitud. Aunque el imbécil aquel bien los mereciera.

Mientras el FA iba disparado hacia Gúdar para intentar arreglar el problemilla que ella había generado para llamar la atención del director de *Fetén Diario*, Leonor se afanaba en contarle las «buenas noticias» a Lola. Básicamente, que habían encontrado lo que parecía ser un Elemento nuevo. Y uno muy peligroso, puesto que parecía tratarse de un Elemento regenerativo.

Los Elementos regenerativos eran los más complejos de tener en cuenta, puesto que el propio famoso los seguía produciendo diariamente. A veces eran muy útiles, como el agua de Revilla. Solo había que estar atento a los actos y que un agente de RES se llevase cualquier vaso del que había bebido el presidente de Cantabria para tener un suministro infinito de ese poderoso somnífero.

Pero, afortunadamente, eran pocos. Y, por supuesto, uno nuevo, del que todavía no sabían sus efectos, era algo que estimulaba profundamente a Leonor. Un Elemento nuevo le recordaba por qué le gustaba tanto RES y, por unos instantes, se volvía aquella joven recién licenciada en filología —bueno, filologías, técnicamente, porque estudió cinco a la vez— que, en el claustro de la plaza de Anaya, en Salamanca, saliendo por la puerta, se encontró por primera vez con Arancha y Belén.

El encuentro fue cómodo, apacible y muy sugerente, al menos para Leonor, que no podía quitar los ojos de Belén y de su espectacular atuendo: un traje gris claro y unos zapatos de tacón altísimos. Arancha parecía, en comparación, que fuera vestida con un saco de patatas que, además, le apretaba por donde debía estar suelto y le iba grande por donde debía marcar la silueta. Un desastre, vaya. En eso no había cambiado.

Se sentaron en la primera terraza que vieron y comenzaron a hablar con ella con una sonrisa y con palabras de lo más dulces. Estaban tanteándola. Aún no sabía para qué, pero lo que le estaban contando —un sistema de comunicación privado, una forma de comunicarse con algo totalmente novedoso— le parecía de lo más interesante.

—De hecho —afirmó Belén—, estarías en contacto con muchas de las mentes más privilegiadas de España.

—Bueno, y con nosotras, también —apuntó Arancha provocando una sonora carcajada en Leonor al escuchar lo que ella no había querido decir.

—Por ahora, chicas, lo que me contáis me interesa mucho —dijo, aún con un poco de risa en su voz—. Pero estáis siendo poco concretas, para seros sincera.

—Tampoco podemos contarte mucho más —comentó Belén, retomando el control de la conversación—. Me temo que es un salto de fe importante el que tienes que dar, si así lo quieres. Lo único que podemos prometerte es que tu vida cambiará para siempre y que podrás ayudar mucho a tu país.

Leonor dudó un momento. Pero solo un momento. Y, después de ese breve momento, dijo que sí.

Así empezó en RES. Pagaron las consumiciones de la cafetería y se metieron en el FA. Y ya nada volvió a ser como antes.

Y luego ya conoció a Civi y supo que había tomado la decisión correcta.

Estaba deseando llegar a las instalaciones para reunirse con el doctor Alban y realizar las pruebas. Aunque, a decir verdad, siempre le había parecido un poquito gilipollas, con esas ínfulas de superioridad, decidiendo qué era un Elemento y qué mandaban al archivo Ylenia, sin otro dictamen que lo que hubiera resuelto él, aunque Leonor quisiera hacer más comprobaciones.

Llegaron a la planta 20 desde la rampa de acceso al aparcamiento. Lobo las estaba esperando con una sonrisa de oreja a oreja. Lola no tanto. Pero ambos parecían calmados, así que Leonor respiró con profundidad por primera vez desde que habían salido del diario.

—Ya era hora de que llegarais, chicas —dijo Lobo, como un niño que quisiera enseñar su nuevo dibujo a sus padres.

—Hemos cogido el FA, Lobo. Literalmente, no hay un medio más rápido para ir de Madrid a Gúdar. No me exasperes —le espetó Arancha, con bastante mala leche.

—No tenemos tiempo de discutir. Lobo, Leonor, Arancha, Elena: pasemos todos a la oficina —apuntó Lola con calma pero sin dejar de lado la firmeza—. Parece ser que entre todos hemos conseguido dar con una solución.

—Bueno, un poco más M41K y yo, jefa. Pero, bueno, no nos gusta ponernos medallas —se burló Lobo.

—Pues si no te gusta ponerte medallas, querido Lobo, no te las pongas, a ver si te pinchas el pecho —dijo Lola con una sonrisa—. Pero sí, Lobo y un agente de la asociación de secretarías europea, M41K o Maik para más fácil pronunciación, han dado, junto con la inestimable ayuda de Civi, que es quien ha localizado la pieza clave, con la forma perfecta para deshacernos de Gil y Mortes, de *Fetén Diario* y de todo este... pequeño contratiempo.

—Disculpa, Lola —interrumpió Arancha un tanto impaciente, mirando el reloj y contando los minutos que quedaban para que RES quedara al descubierto para siempre—. ¿Os importaría dejaros de presentaciones e ir un poco al grano? Nos quedan, ¿qué?, ¿doce minutos para que esta Secretaría deje de ser secreta? El tiempo que tardará Pablo Gil y Mortes en despertar y ponerse manos a la obra a escribir lo que sea, pero con las siglas de esta organización. Y no sé en otras cosas, pero en lo que todos coincidimos seguro es en que queremos que RES siga siendo secreta y que podamos continuar trabajando con calma y tranquilidad.

—Venga, bonita, no te pongas nerviosa, que te queda mucho mejor una sonrisa —intentó tranquilizarla Lobo. Mala idea.

—¡Calmada me voy a quedar del guantazo que te voy a arrear, que te van a empezar a llamar «Cachorrito» como vuelvas a llamarme «bonita» o a soltarme una misterwonderfulada más, tontolpijo! —rugió Arancha—. ¡Harta! Que me tienes harta. Llevas meses tocándome las tetas y no te aguanto ni un segundo más. ¡Ponte a hacer tu puto trabajo y deja de ser tan palurdo! Que no queremos ligar contigo, ¿me entiendes?

Las otras dos miraban la escena estupefactas. Eran conscientes de que Arancha no tenía el mejor de los genios, pero la salida de tono con el agente Lobo estaba completamente fuera de lugar. No obstante, se abstuvieron de decir nada, no fuera a ser que les cayera alguna bronca, tal y como estaba el ambiente.

Leonor, que todavía llevaba puestas las gafas de inspección de Lobo, pulsó el botón de ampliación y vio que en las manos de Arancha había varios pelos de los que habían recogido en el despacho de Gil y Mortes. Eso hizo que se alarmara, así que musitó algo de que tenía que ausentarse y se escabulló para acercarse a ver al doctor Alban con urgencia, aunque tuviera que aguantar su carácter de mierda.

33

Arancha
La venganza es un plato que se sirve en bits

—Bueno, vamos a ver, Lobo, ¿quieres decirnos de una puta vez qué es lo que tenemos, que se nos acaba el tiempo? —dijo, tensa como la cuerda de una guitarra.

Arancha se notaba diferente desde que había entrado en el FA. Todo le sentaba mal. Le caía mal todo el mundo —más de lo normal, en todo caso—. Y ahora, Leonor se ausentaba sin explicación y la dejaba con Elena, que eso también le parecía una mala idea. Y lo peor es que no sabía por qué, pero ni podía ni quería controlar ese mal genio. Por primera vez se sentía liberada y lo que le apetecía era generar bronca. Aunque, con Lola delante, intentaba por todos los medios disimularlo, al menos.

—A ver, entre Maik y yo... Bueno, saluda, Maik —dijo Lobo.

—Hola a todas. —Una voz se oyó desde uno de los ordenadores del departamento de Tecnología y un avatar con forma de perro animado los saludaba tímidamente a través de la pantalla.

—¿Veis? Ese es Maik. Es una agente enlace del departamento de Ingeniería Informática de SHEEP, nuestra agencia hermana británica. Le he tenido que pedir ayuda porque tuvieron mucha pericia con el incidente de Carroll, como bien sabréis, y…

—Lobo, resume, venga —le interrumpió Arancha, impaciente—. ¿Qué habéis conseguido?

—Voy, voy. Menudo genio te traes hoy. No sé qué mosca te ha picado… En fin. En RES tenemos un Elemento muy útil para destruir la credibilidad de las personas. No sé si os acordáis, pero conseguimos una primera edición de *Sabor a hiel*, ese libro que dijo una reina de la tele de las mañanas que había escrito ella misma, pero que, en realidad, se lo había hecho un escritor en la sombra que, además, había plagiado algunas partes de otros libros. Un despropósito total, vamos. Con una hoja del libro mezclada en la pasta del papel de cualquier periódico conseguiríamos que nadie se creyera lo que publicaran ese día en esa edición.

—Pero *Fetén Diario* es digital, mentecato —espetó Arancha cada vez más enfadada—. A ver cómo metes eso en un diario digital.

—Arancha, por favor, ten un poco de paciencia. Y de autocontrol —la reprendió Lola con cierta severidad. Elena asistía al espectáculo entre horrorizada y divertida—. Lobo, continúa, por favor.

—Para la segunda parte, nos hemos comido el coco mucho Maik y yo. Necesitábamos un Elemento que convirtiera lo físico en digital. Y por eso se me ocurrió llamar a alguien del país que, al fin y al cabo, inventó internet.

—Sí —continuó Maik—, pero aquí no tenemos nada de eso. He buscado en todos los archivos e informes. Aquí no disponemos de ningún *Circle*, como vosotros, pero lo llevamos bastante bien informatizado.

—Vamos, que el perro este no ha servido para nada —apuntó Arancha, quisquillosa.

—Pues no, listilla —respondió Lobo—, porque precisamente el apunte de Maik es el que me dio la idea de ir directo a la fuente. En concreto, me dijo: «Deberíais tener un Elemento para convertir las cosas en digital. Claro, como aquí estamos tan acostumbrados porque tenemos mil cosas de Tim Berners-Lee, el creador de internet...». Y lógicamente a mí se me quedó la mosca detrás de la oreja, así que le mandé un NutChat a Civi para que pensara ella en algo. Quién mejor que nuestro archivo para saber si teníamos algo similar. Y en cuatro segundos, *voilà!* —Y mostró una caja pequeña de madera.

—¿Y qué es exactamente eso, si puede saberse? —preguntó Arancha.

—Pues esto, muñe... Mi querida Arancha, esto es la respuesta que estábamos esperando. El exlibris de *Reina Roja,* de Juan Gómez-Jurado. El autor más vendido del país durante los últimos años y uno de los firmes defensores de la lectura digital. De hecho, se ha peleado con su editorial durante años para que los precios de sus ebooks no suban a más de cinco euros.

—Sí, ese lo conseguimos Belén y yo en la última Feria del Libro de Madrid mientras estaba despistado firmando ejemplares de *Rey Blanco*. Le dejamos una copia y ahí sigue, en la inopia. ¿Habéis averiguado su poder tan pronto?

—Sí, y eso es lo que mola. Juan ha sido uno de los grandes impulsores del libro digital en España, siempre luchando por mantenerlo a un precio justo. Y *Reina Roja* fue una novela revolucionaria en este sentido. Así que... el exlibris tenía que estar empapado de «digitalidad». No sabíamos bien qué haría, pero merecía la pena descubrirlo. Y así es, su exlibris tiene el poder de digitalizar cualquier documento físico. Ya lo hemos probado. Estampas el sello en un libro y, ¡zas!, se convierte en un USB con el libro digital para que lo leas en cualquier formato.

—Abrevia, Lobo, que se me está acabando la paciencia —dijo Arancha.

—¿Acabando, dices? Pues menos mal. En fin, que me desvío. Al tema. Cogiendo solo una hoja de *Sabor a hiel*, si no me equivoco... —Arrancó la primera página del libro y estampó en ella el intrincado dibujo en rojo del conocido escritor, que hizo que se convirtiera en una memoria flash de color negro—. Tenemos el virus perfecto. Y ahora, insertando este cacharrico aquí, le damos acceso a Wardog y que él haga su magia.

—Claro, para vosotros lo facilito y me llamáis a mí para todo lo peligroso.

—Wardog, no me toques las tetas y haz tu puto trabajo, que nos quedan dos minutos para que se despierte Gil y Mortes y se ponga a escribir sobre RES y se haga pública, hostia.

—A Arancha le costaba cada vez más disimular su mala leche.

—Vale, vaaale. Relaja un poco, chica. Voy. Entrando en los servidores de *Fetén Diario*. Introduciendo virus en su código. Cargando… Cargando… Pues parece que lo acepta. Hecho. A partir de hoy, nadie va a creerse una sola palabra de lo que aparezca en ese periodicucho.

—¿En todo el periódico? —preguntó Elena, que hasta ese momento había permanecido callada—. Vamos, que me acabo de quedar en el paro.

—En todo el periódico, Elena, guapísima —respondió Lobo—. De nada sirve que esperemos a que la noticia se haga pública. A alguien le daría tiempo a hacer una captura y nosotros ya seríamos una posibilidad, una duda, un misterio. RES tiene que permanecer en el más absoluto de los secretos. Me temo que la única manera es que *Fetén Diario* pierda toda credibilidad y que cualquiera de sus noticias se ponga en entredicho. Si no, siempre existiría el riesgo de que, en un futuro, escribieran más sobre esta Secretaría y que alguien tirara del hilo…

—Bueno, ¿me pongo con el Instagram de Gil y Mortes?

—preguntó Wardog mientras todos asimilaban la información que había proporcionado Lobo.

—¡Wardog, no! —exclamaron todos a la vez.

—Vale, vale. Qué manía con no dejarme hacer el mundo un poco más bonito. Bueno, si no me necesitáis, me voy.

—Lo mismo digo. Ha sido un placer trabajar con vosotros. Espero que no sea la última, Lobo —dijo el avatar de perro animado de M41K. Se dio la vuelta y se alejó trotando en el ciberespacio.

—¡Igualmente! —gritó Lobo mientras se alejaba—. Bueno, jefa. Con el tiempo justito, pero hemos conseguido lo que queríamos, ¿no?

—No dudaba de tus capacidades. Luego le daré las gracias a miss Mirren por la ayuda de Maik —dijo Lola—. Y ahora, Arancha, Elena… Vámonos con Leonor, que seguro que está investigando el porqué de tu mal humor, Arancha. Algo me dice que tiene todo que ver con lo que está pasando en UdP. Y no me gusta lo más mínimo.

34

Elena
Elementos por los aires

Ver trabajar a Lobo con los Elementos había dejado bastante sorprendida a Elena. De repente, su idea de para qué servía la Secretaría y lo que era capaz de hacer se había visto ampliada de manera sustancial. Era poderosa, aunque también potencialmente peligrosa, si caía en malas manos. También era cierto que todo lo que habían hecho tenía como única finalidad continuar manteniéndose en secreto —las consecuencias para *Fetén Diario* iban a ser nefastas, ya podía buscarse otro empleo a la que saliera de allí; si es que salía, claro—, pero Elena debía reconocer que el trabajo había sido impecable.

Del mismo modo, estaba asombrada con la existencia de SHEEP. Se preguntaba si habría más secretarías en otros países, y cuál sería su nombre en clave. También se había quedado con la duda de saber qué había pasado con el incidente de Lewis Carroll —y el dichoso «no cumpleaños»—, pero eran preguntas que tendrían que ser contestadas en otro momento, puesto que Lola y Arancha caminaban con bastante presteza hacia el departamento de Verificación de Elementos y le sacaban varios pasos de distancia ya. Las escuchaba con dificultad, así que aceleró la marcha.

—Que te digo que no me pasa nada, Lola —dijo Arancha—. Es solo que estoy harta de que el agente Lobo sea tan poco profesional.

—Pero Arancha, si ya sabes cómo es y llevas veinte años trabajando a su lado. No es propio de ti explotar de esa manera —dijo Lola—. Y lo sabes. Algo raro te está pasando. Y estoy segura de que Leonor se huele algo y está buscando una explicación. Por cierto, ¿qué Elemento encontrasteis donde Gil y Mortes? No habéis dicho nada aún.

—Pues, según el imbécil ese, pelos de la barba del presentador de *Náufragos*.

—¿Un Elemento regenerativo? ¡Hummm...! —Lola abrió su bolso y sacó un bote de gel hidroalcohólico y unas toallitas—. Lo primero, lávate las manos, Arancha. En profundidad. Seguramente has tocado la mesa en la que estaban esos pelos. Siendo de quien son, no descartaría que su poder fuera el de generar broncas y encabronar a quien siquiera los roce.

—Venga, por favor, Lola, ¿qué me estás contando? —dijo Arancha, pero haciendo caso a su jefa. De repente, tras frotarse las manos, notó cómo se disipaba el mal humor que venía acompañándola desde que había entrado en FA—. Bueno, pues quizá vas a tener razón y todo. Pero… ¿cómo es que no me había afectado hasta llegar aquí?

—No tienes puesta la rebequita que llevabas en el despacho —apuntó Elena, que acababa de llegar a la altura de las otras dos—. Te la has quitado en el coche, antes de llamar a Lobo. Y ahí es cuando has empezado a estar irritable.

—Bueno, más irritable de lo normal —apuntó Lola—. Por eso nos ha costado darnos cuenta. Asúmelo, querida, no tienes el mejor humor del mundo.

—No me toques las tetas, Lola. Si soy un encanto.

La conversación se terminó cuando llegaron al DVE y un bañador con estampado hawaiano aterrizó en la cabeza de Lola, que lo apartó con toda la elegancia que pudo.

35

Leonor
De nuevo, por los pelos

Leonor salió a hurtadillas del despacho de Lobo y se dirigió al DVE. Aunque cada vez estaba más convencida de que el doctor Alban era un imbécil y un subidito, tenía que trabajar con él para descubrir qué efecto tenían los pelos que llevaba guardados en la bolsa.

Había sido precavida al recoger los recortes de barba del presentador de televisión, por lo que creía que no había sufrido ninguno de sus efectos, pero seguro que Alban tenía algo que decir al respecto. «Es que seguro que me saca alguna puntillita, como siempre», pensó, imitando la voz del doctor en su cabeza. «Seguro que no te has puesto mascarilla y has inhalado algún pelo», ya le parecía escuchar.

Y entonces recordó que no se había puesto la mascarilla y

que podía haber inhalado algún pelo del director y presentador de *Náufragos*. Y corrió más hacia el DVE, con la preocupación por las nubes. Nada más llegar, y con la bolsa en la mano, gritó el nombre del doctor para que le prestara atención urgente.

—¡Alban, necesito que investigues ahora mismo las propiedades de este Elemento!

—Un poco de calma, Leonor, que aquí todo lleva un proceso —le contestó este, detrás del mostrador, con una tranquilidad que enfureció a Leonor.

—No lo entiendes, imbécil, esto necesita investigación inmediata. Está afectando a Arancha y estamos convencidos que también a la cúpula de Unión del Pueblo —afirmó, y dio un golpe encima del mostrador con la bolsa, con tal mala fortuna que esta se abrió y los pelos salieron disparados en todas direcciones. Unos cuantos se depositaron sobre varios de los miembros del departamento y el resto se quedó flotando en el aire como minúsculas partículas susceptibles de ser inhaladas por los que ahí se encontraban. Leonor la había liado parda.

De pronto, la media docena de miembros del DVE comenzaron, poco a poco, a enfadarse los unos con los otros por pequeños detalles, primero insignificantes, luego cada vez más grandes.

—Mira que te tengo dicho que no pongas tus mierdas en mi mesa —gritaba un señor de avanzada edad a una chica joven.

—Si no tuvieras el mostrador lleno de cachivaches, que

sabes que no funcionan para nada, no tendría que poner cosas en tu mesa, vejestorio —le respondía esta.

Detrás, dos agentes gemelas se tiraban del pelo mientras se gritaban que una le había robado el novio a la otra cuando tenían doce años. A su lado, dos agentes, que en circunstancias normales eran respetables y serios, se dedicaban a pintarrajearse la cara mientras se decían palabras más que fuertes.

Un caos formado de repente tras la inhalación de los pelos de la bolsa que llevaba Leonor.

El único que parecía no haber sido afectado por la vorágine de aquel desconcierto era el doctor Alban, que permanecía callado, observando. Sonreía de una manera enigmática, contemplando a Leonor, que le devolvía la mirada con auténtico terror. Sin embargo, sabía que tenía que solventar el tema. Por Arancha y por los miembros de UdP, que en aquellos momentos era bastante probable que ya estuvieran a punto de llegar a las manos.

—Alban —llamó Leonor reuniendo toda su fuerza para no insultarle—, ¿puedes ya comprender que investigar este Elemento es tremendamente importante?

—Lo comprendo, lo comprendo. Sobre todo, después de tu tremenda torpeza. Pero vamos, tampoco podemos esperar más de una agente a la que no dejan salir de RES si no hay otra en coma. Entiendo que Lola no tenía más opción que contar contigo, está claro. Pero ya has visto que tus capacidades son completamente nulas. Porque te has dado cuenta, ¿no?

—Bueno, Alban, tú tampoco es que salgas mucho a hacer

trabajo de campo —respondió Leonor mientras notaba que se enfurecía cada vez más—. Estás siempre aquí metido, en tu mostrador, que pareces un ferretero con ínfulas.

—Es posible, es posible. Pero mira, tienes que venir a mí para saber qué hace un simple Elemento. ¿No te parece que tengo un poquito más de sapiencia y de inteligencia que tú, querida? —dijo Alban con evidente sarcasmo.

En ese momento, Leonor sintió cómo la rabia la invadía y, aunque sabía interiormente que lo que estaba haciendo no tenía nada de racional, saltó por encima del mostrador del DVE y agarró por la bata al doctor Alban. Lo tiró al suelo y comenzó a darle golpes mientras le gritaba que era un soberbio y un prepotente. A su alrededor, todo el mundo discutía y se lanzaba objetos del archivo Ylenia, principalmente piezas de ropa interior y de baño que habían recuperado de varios *reality shows* y que no tenían propiedades.

Fue entonces cuando uno de los bañadores aterrizó en la cabeza de Lola y todos pararon de pelearse un instante. Al ver que la jefa se quitaba la pieza de baño de la cara y se quedaba callada, siguieron a lo suyo.

Lola, por su parte, se acercó al broche de bellota y llamó a Civi:

—Civi, querida, enciende los aspersores antiincendios de la zona del departamento de Verificación de Elementos. E incluye agua de Revilla, que no se te olvide.

—Sí, jefa —se oyó la voz de Civi, tanto por la bellota como por toda la planta.

—Arancha, Elena, dad tres pasos hacia atrás —indicó Lola.

Y justo cuando terminaron de apartarse las tres, comenzó una lluvia en todo el DVE que hizo que todos los miembros del departamento no solo se limpiaran los pelos, sino que, además, cayeran en un profundo sueño que duraría el rato suficiente para que pudieran pensar en cómo aplicar la misma solución en los miembros del partido Unión del Pueblo.

36

Arancha
Aquí hacen falta unas buenas explicaciones

En el despacho de Lola, esperando a que Leonor despertara, Arancha le daba vueltas a lo que había ocurrido en el departamento de Verificación de Elementos y cómo se habían vuelto los unos contra los otros de una forma tan vertiginosamente rápida. Esos recortes de barba eran muy peligrosos y parecía que, cuanto más tiempo pasaban pegados a la piel —o, lo que era más peligroso, dentro del sistema respiratorio—, más agresivos se volvían sus portadores.

De hecho, en la pantalla de televisión de Lola se sucedían imágenes de las reacciones en la sede principal de UdP. En aquellos momentos, el presidente nacional del partido hablaba de tomar acciones legales contra la presidenta de UdP en Madrid, Lucía Ortega Castro-Ardiles, por unas presuntas irregularidades en contratos de Sanidad junto con su hermano, de los que afirmaba que tenía pruebas pero que no podía mostrar porque temía que Castro-Ardiles le mandara sicarios para hacerle daño.

—Vamos a ver, Lola. Lo que está claro es que tenemos que hacer algo en Unión del Pueblo. Gil y Mortes ha convertido eso en un circo solo para poder conseguir titulares, pero se trata de un Elemento y no podemos consentir que siga afectándoles. ¡El partido está al borde del colapso! Aunque, bueno, no sé si eso es una buena o una mala noticia, siendo sincera…

—Es mala noticia, Arancha. RES existe para que los Elementos sean usados para el bien, no para esto. Así que, sintiéndolo mucho, vais a tener que ir Elena y tú a solventar este problema. Con la ayuda de Civi y de Wardog, pero vais a ser vosotras las que tendréis que llevar la voz cantante. Nunca mejor dicho, en el caso de Elena. —Elena sonrió, nerviosa.

—A ver, Lola. Y discúlpame, Elena, por lo que voy a decir, pero ¿qué perra te ha dado con ella, jefa? No la conocemos de nada. Porta un Elemento que no podemos quitarle. No es una agente preparada y le estás contando todos los secretos de la Secretaría como si fuera lo más normal del mundo. Ha ido a misiones y, de hecho, en una de ellas casi no lo cuenta Belén. ¿Qué te traes entre manos con ella, Lola? ¿Quién es Elena y por qué no eres sincera con nosotras? No lo entiendo, no nos has ocultado nunca nada, jefa…

—Oye, Arancha, ni que para mí esto estuviera siendo una fiesta —se quejó Elena—. Yo no he pedido que nadie me tatuara el clavel de Rocío Jurado en el antebrazo. Ni he pedido estar encerrada en estas instalaciones y salir siempre con una canguro a mi lado. Y te recuerdo que fui yo la que vio a Belén sangrando en el suelo, cosa que no es para nada agradable. Yo tampoco sé por qué Lola está haciendo lo que está haciendo conmigo, pero no me quejo. O intento no quejarme. Yo tenía una vida tranquila y normal. Era una periodista…

—Becaria —interrumpió Arancha con sorna.

—… becaria —continuó Elena mirando a Arancha con ojos asesinos—, que se fue de fiesta a quemar Madrid y, desde entonces, ha descubierto que existe una Secretaría de Recuperación de Elementos Susceptibles, con poderes imbuidos por los famosos, que lleva más de cuarenta años operando en secreto delante de nuestras narices. Que ni siquiera los cuadros de los museos más importantes de España son los auténticos. Que mi jefe me ha usado en un complot para conseguir clics y que tengo que controlar mi temperamento porque, si grito, igual destrozo *Las meninas* ahora mismo.

—Chicas, chicas —dijo Lola con dulzura—. Las cosas se entenderán a su debido tiempo. Arancha, si no te he contado nada de Elena es, sencillamente, porque no puedo adelantarme a los acontecimientos. Usé las gafas de Almodóvar antes de que llegarais con ella y, si te comento cualquier detalle, puedo alterar lo que las gafas han predicho. Sabes cómo funcionan. Desgraciadamente, solo yo puedo ir guiándoos para que se cumpla el futuro que sea más positivo para el desenlace que necesitamos.

Arancha estaba con la boca abierta. Si Lola había usado las gafas de Almodóvar y estaba siguiendo aquellos pasos era porque Elena tenía un papel bastante crucial en lo que tuviera que ocurrir. Y, aunque no se fiara completamente de la becaria, Lola sí lo hacía, así que tendría que tragar con ello.

—Y en cuanto a ti, Elena —continuó Lola—, voy a repetirte lo mismo que te dije cuando nos vimos la primera vez: tienes un Elemento introducido en tu cuerpo y, mientras no podamos quitártelo, debes permanecer con nosotras. Esto es algo que nunca había pasado. La única novedad que puedo ofrecerte, después de dar muchas vueltas a lo que nos contaste, es que estoy en condiciones de afirmar que ya sé cómo se te tatuó el clavel.

—¿Cómo, si no es mucho preguntar? —se le escapó a Elena.

—Se trata, como acabamos de ver con *Sabor a hiel* y el exlibris de *Reina Roja*, de un doble uso de Elementos: quien te dio el tatuaje llevaba la camiseta de Sergio Ramos, el jugador con el número 4 del Real Madrid. Es conocido por llevar el cuerpo lleno de tatuajes y, por tanto, me temo que el poder de su camiseta es el de transferir cualquier objeto que toquen dos personas al mismo tiempo en el cuerpo de la otra persona, como un tatuaje. Es por eso por lo que no recuerdas haber cargado con el clavel, porque, nada más dártelo, se te introdujo en la piel. Y también es muy probable que no lo recuerdes porque estabas de fiesta y habías bebido ya algunas copas.

Arancha vio la cara de Elena y notó que estaba tan estupefacta como ella. Desde luego, la argucia para insertar el clavel no era casual. Y, aunque Civi no hubiera dispuesto de la camiseta de Ramos nunca, la explicación era más que plausible. Los futbolistas tenían una gran cantidad de Elementos asociados a ellos y normalmente imbuían sus camisetas, que era lo que tenía más simbolismo para ellos.

Además, así se confirmaría mejor la sospecha de Elena de que había sido planeado por su jefe y, por tanto, le daba a Arancha un poco más de confianza en ella. La verdad era que la muchacha no había hecho nada malo. Era su tendencia a no creerse nada la que había hecho que a Arancha no le hubiera entrado por el ojo. Eso y Belén. Pero, desde luego, Elena no tenía ninguna culpa de lo que le había pasado a Belén.

—Entonces, jefa, aclarado más o menos este punto, ¿qué hacemos ahora? —preguntó Arancha, aún en shock por las noticias pero más animada porque empezaba a comprender que todo esto tenía algo de sentido.

—Tenemos que pensar en la manera de entrar en la sede de Unión del Pueblo antes de que el partido quede en una mera sombra de lo que era por culpa de ese Elemento. Creo que el agua de Revilla es la solución más sencilla, ya lo habéis visto en el DVE. Solo tendréis que introduciros en la zona de los depósitos de agua contraincendios, guiados por Civi, echar un vaso y dejar que Wardog haga el resto.

—Hala, para mí lo más difícil —se quejó la inteligencia artificial.

—Wardog, ¿estabas escuchando todo este tiempo? —preguntó Lola.

—Qué va, jefa, ¿cómo voy a estar yo escuchando todo el rato? ¿Quién se cree que soy, Alexa? —dijo Wardog con voz inocente.

—En fin —continuó Lola poniendo los ojos en blanco—. Manos a la obra. Id al departamento de Caracterización para que os preparen para entrar en la calle Génova y tratad de neutralizar el efecto de la barba del presentador de *Náufragos*. Es de vital importancia.

En aquel instante, Leonor comenzó a despertarse.

37

Belén
Civi se ablanda

—Anda, Civi, cuéntame algo de lo que está pasando en RES, por favor... No sé nada de Arancha y estoy preocupada. Te lo digo en serio.

—No insistas, corazón. Ya sabes que no puedo contarte nada del exterior. Pero no te preocupes por Arancha. Es una tía muy fuerte. Anda, tómate algo. ¿No te apetece un vermut?

—Estoy harta de vermuts, Civi. Y de canelones. Y de paellas. Y de cambiarme de ropa. No me entiendas mal, esto de comer y no engordar es un sueño, pero ya empieza a ser repetitivo. Y, además, tengo un tono lánguido que cada día parezco más un fantasma.

—Huy, eso se arregla con una sesión de playa. ¿Vamos a una?

—Que no, Civi, que no quiero playas. Quiero saber lo que está pasando ahí fuera.

—A ver, Belén, que yo no puedo decirte nada del exterior. Sí, Lola, los planos de UdP los tengo en mi base de datos. No, ¿para qué necesito yo a Wardog?

—¿UdP? ¿Qué está pasando en UdP?

—Nada, Belén, que les ha colado un Elemen... Ay, de verdad, ¿me tengo que salir fuera para que no me escuches? ¿No ves que no te puedo contar nada del exterior, guiño, guiño, codazo?

—Vale, me callo.

—Sí, Lola, estoy contigo. Perdona. Que sí, que tengo los planos. Los depósitos están en la terraza superior, sí. Ah, pues entonces claro que necesito a Wardog, sí. Encender el antiincendios le va a ser más fácil. ¿Arancha y Elena juntas? Chica, pues yo qué sé, lo mejor es que entren por la puerta principal vestidas de pijas y que se mezclen con la multitud. A la derecha tienen unas escaleras por las que subir y... No, ya, claro, son doce pisos. Pues el ascensor está más complicado, pero no tiene código de acceso, según veo. Está al fondo de la sala. Sí, me imagino que estarán todos de gresca. Normal. No, pues que insulten a cuatro de los jovencitos y tiren para adelante. Elena es la más indicada. Que lleve la rebequita, no te olvides. No tengamos un disgusto. Ya, ya sé que es una buena idea. Es mía, Lola. Vaaale, me callo. Pues eso, te dejo arriba una botella de agua de Revilla. ¿Que se ha despertado Leonor? ¿Y que está bien? Mira, mejor. Entonces los de

UdP se despertarán como siempre. Idiotas, vamos. Bueno, eso lo dirás tú. Ay, Lola, que ya me conoces, que siempre estoy de broma. Sí, un beso, chata. Hala, asunto arreglado. ¿Ahora te apetece un vermut, Belén?

—No, ahora me apetece que me cuentes lo que ha pasado.

—Pues reina, tendrás que imaginártelo, porque no te puedo contar nada de lo que no has escuchado. Y, que yo sepa, no he dicho nada de lo que está pasando ahí fuera, ¿no?

—No, no, claro. Tú y yo estamos aquí las dos, tan ricamente tomando vermuts al lado de ¿la piscina?

—Ay, pues mira, mejor, que la arena de la playa se me mete en todas partes. Y, por cierto, me encanta ese dos piezas blanco que has elegido.

—Muchas gracias, bombón.

—De nada, cielo.

38

Elena
En tu sede me planté

Elena se encontraba realmente incómoda, vestida acorde a la rebequita verde manzana —pantalón de pinza, bailarinas de charol y una camiseta de cuello redondo, aderezada con un collar de perlas de río—, pero se le fueron todos los males en cuanto vio entrar a Arancha con una especie de traje de chaqueta que le quedaba ancho por unos lados y estrecho por otros. No paraba de quejarse de los tacones que le habían obligado a ponerse. Elena disimulaba la risa todo lo que podía, pero era evidente que no lo suficiente.

—Mira, Canija, como sigas riéndote de mí no te van a quedar dientes del guantazo que te voy a arrear —soltó Arancha, entre indignada y de guasa—. Y ven a ayudarme a aguantar el equilibrio, que estos tacones serán muy de pija, pero me están matando.

—¿Insinúas, acaso, que el look pija no es el tuyo, Arancha? —preguntó Elena intentando no carcajearse.

—Noooooo, yo soy carne del barrio de Salamanca. Si se me ve a primera vista. Anda, no me toques las tetas y ayúdame a ponerme este dichoso zapato. De tacón tenía que ser. Lola, que voy a parecer un velocirraptor —se quejó Arancha mientras intentaba mantener el equilibrio en lo que ella denominaba unos «zancos de tortura».

—Tendrás que reconocer que el departamento de Caracterización ha hecho maravillas —se aventuró a decir Elena mientras Arancha se apoyaba en su hombro para ponerse el zapato—. Estás tan guapa que no pareces tú. —Justo en aquel momento, mientras sentía las uñas de Arancha clavarse sobre su omóplato, descubrió que no había sido la frase más correcta.

—Elena, la próxima vez que quieras hacer una apreciación de esas características, te coses la boca y te callas un mes, ¿vale? —dijo Arancha mientras reducía la fuerza sobre el hombro de Elena.

—Chicas, chicas. No os peleéis —las riñó Lola, con tono dulce, como de madre—. Los disfraces encajan perfectamente con el cometido al que están destinados. Parecéis, ambas, afiliadas a UdP, y eso es lo que importa. Así que, en lugar de quejaros, felicitad al departamento de Caracterización por su buen trabajo. Y tú, Arancha, ten cuidado con la peluca, que nos conocemos.

—Vale, Lola —respondieron ambas al unísono.

Y de aquella guisa salieron al aparcamiento, a la altura del despacho de Lola, donde les esperaba el FA, ya que ambas se habían negado a que les llevara el Dodge por miedo a vomitar encima de los trajes, que parecían caros.

El coche burdeos las esperaba con el motor en marcha y Civi las saludó alegremente, invitándolas a subir y preguntándoles si querían conducción automática o manual. Elena cedió el asiento del piloto a Arancha, pero le dejó caer que mejor sería la conducción automática para poder comentar el plan de acción una vez dentro de la sede de UdP. Arancha coincidió con ella, así que Civi, con alegría desmedida en opinión de Elena, comenzó el viaje a la velocidad de vértigo.

Mientras tanto, Elena y Arancha discutían cuál sería la mejor forma de entrar en el edificio de Génova sin ser vistas. Las opiniones de Civi amenizaban la conversación de vez en cuando mientras consultaba el mapa y conducía a más de quinientos kilómetros por hora.

Llegaron a la calle Génova en lo que pareció un instante, entre ideas cada vez más alocadas: «Podríamos descolgarnos por la ventana del último piso con alguno de los Elementos de Ibáñez, aunque quedaría muy Mortadelo y Filemón»; «No, mejor ponemos el agua de Revilla en pistolas de agua y entramos por la puerta disparando a los pijos, ¿te imaginas?». Todas las ocurrencias les hicieron reír, pero al final decidieron ceñirse al plan que habían establecido en RES y que, seguramente, era el que menos riesgo conllevaría.

Así que, Arancha por delante y Elena siguiéndola, llegaron a la entrada de UdP, donde un gran logo las esperaba en las puertas automáticas de cristal translúcido, que se abrieron a su paso para encontrarse en plena batalla campal, física y verbal, de los afiliados y simpatizantes del partido. Elena no podía creerse lo que estaban viendo. La gente usaba las banderolas de UdP y las de España como espadas; otras personas se perseguían con sillas en lo alto de la cabeza. Había señores mayores lanzándose puñetazos a diestro y siniestro.

Elena estaba tranquila puesto que, con la rebequita encima, nada podía afectarle, pero ¿y Arancha? Se giró y se sorprendió al verla con una mascarilla quirúrgica. Desde luego, otra cosa no, pero recursos no le faltaban a aquella mujer. Así que, como hacía tantísimo calor, le pidió otra mascarilla y se quitó la rebequita, que ya no sabía si era de algodón o de kevlar. No gastaban en aire acondicionado en la sede, no...

Continuaron recto, esquivando banderazos, patadas, puñetazos y gritos. Bueno, Arancha algún que otro guantazo aprovechó para dar, eso lo pudo atestiguar Elena, pero era muy discreta cuando quería y nadie supo que era ella. Llegaron a los ascensores y se introdujeron en el primero que abrió sus puertas.

Elena no podía evitar la sensación de que alguien las estaba siguiendo con los ojos. Sin embargo, por más que buscaba a quien le devolviera la mirada en el amplio hall de la sede, que recibía los rayos de luz solar a través de las puertas y la cristalera que seguía hacia arriba por toda la fachada, como recordaba, no consiguió dar con la persona que las estaba observando. «No seas paranoica, Elena», se dijo. Sin embargo, no pudo evitar dar un sonoro suspiro de alivio cuando ambas entraron en el ascensor.

—¿Qué te ocurre? —preguntó Arancha mientras se quitaba la mascarilla—. Pareces preocupada.

—No lo sé, Arancha. Serán cosas mías, pero siento que me persigue alguien con la mirada. Noto unos ojos clavados en la espalda que, además, no sé por qué pero me resultan conocidos...

—Anda, anda. No seas loca. Seguro que es por la tensión del ambiente. No desentonamos y todo el mundo está a lo suyo, gritando a otro o corriendo por los pasillos —dijo mientras sacaba su teléfono del bolsillo interior de la americana y pulsaba el icono de Civi—. Civi, corazón. Vamos a ver. Ya estamos en el ascensor. ¿Dónde vamos? Vale, al piso 11. Sí, lo pulso. Y, al salir, a la izquierda y la segunda puerta a la derecha. ¿Ahí están los depósitos? Perfecto. Pues cuando metamos los botes con el agua de Revilla, nos comunicamos con Wardog.

Nada más salir del ascensor, siguieron los pasos indicados por Civi mientras que Elena volvió a notar esa sensación de que la seguían. No que la seguían, no. Que le estaban clavando los ojos por la espalda, casi literalmente. Miró hacia atrás e, incluso, encendió la linterna de su bellota para iluminar el pasillo y ver el camino que habían recorrido, pero no encontró nada destacable.

Cuando llegaron a los depósitos, Arancha levantó un poco la tapa y Elena vació un bote de agua de Revilla en cada uno de ellos. Una vez terminada su faena, deshicieron el camino andado y, cuando estaban a punto de abandonar el edificio por las puertas correderas, Arancha dio la orden a Wardog de que en quince segundos, en cuanto ellas hubieran salido, encendiera los aspersores antiincendios y cerrara las puertas.

Fue en aquel momento cuando Elena se dio la vuelta para mirar de nuevo al interior del edificio y vio los ojos que había sentido durante todo el trabajo: Lucía Ortega Castro-Ardiles la observaba fijamente, sonriendo, como si supiera con exactitud quién era y lo que habían hecho. Llevaba un traje de chaqueta rojo y algo que le extrañó profundamente: una camisa negra muy vieja debajo de la chaqueta, como masculina.

Sin decir una palabra, se giró y se situó en el centro de la sala principal, miró hacia arriba y esperó a que el agua la mojara. Un segundo más tarde, cayó dormida sin perder la sonrisa de su cara.

SEGUNDA PARTE

39

Lucía
Hablemos de mí

Lo primero que tenéis que saber de mí, Lucía Ortega Castro-Ardiles, es que no he llegado donde estoy por ser buena persona. No quiero decir con eso que sea mala. Pero a Lucía Ortega Castro-Ardiles no se la pisotea. Eso que vaya por delante.

Lo segundo que tenéis que saber es que Lucía Ortega Castro-Ardiles se entera de todo. Tarde o temprano, pero siempre se entera. Y sí, sé de qué van esas cosas que dan poderes. Tengo algunas. Una, a la que aprecio mucho, la usé el día que vi que algo raro pasaba en UdP. Ay, mi Alejandro... Qué disgustos me has dado con tu música, pero qué bien me ha servido tu camisa para enterarme de muchas cosas...

Así que agua de Revilla. Le diré a Pablo Gil y Mortes que

se informe de eso. No tengo tiempo que perder. Lo que sí que tengo claro es que no pienso aguantar que dos tías entren disfrazadas de cayetanas en MI partido y yo no me entere. Normalmente se cuidan muy mucho de hablar mal de Lucía Ortega Castro-Ardiles en público, por lo que les pueda pasar. Otra cosa es lo que digan a mis espaldas. De momento. Hasta que consiga el objeto adecuado.

Por supuesto que sabía que un artefacto de esos estaba afectando a los miembros de UdP. Lo echó Pablito por la entrada del aire acondicionado. Mis amigos Gil y Mortes y Fede ya me van proporcionando cosas de esas de famosos para mis cositas —bueno, y para que les vaya consiguiendo privilegios por mi posición, que una no es tonta—, así que tarde o temprano encontrarán algo que me permita oír lo que se dice de Lucía Ortega Castro-Ardiles cuando no está presente.

De hecho, gracias la actuación de Pablo, me estoy librando del actual presidente y voy a poner a uno que sea más de mi cuerda. Que Lucía Ortega Castro-Ardiles está muy a gustito en Madrid, pero siempre que el partido esté dirigido por alguien que a Lucía Ortega Castro-Ardiles le sea beneficioso.

Que, por cierto, hablando de Gil y Mortes… No sé cómo lo han defenestrado ni quién lo ha logrado; bueno, seguro que esas dos impostoras han tenido algo que ver. El caso es que lleva cuatro días sin parar de llamarme para llorar. Con lo que odio a los llorones. A Lucía Ortega Castro-Ardiles no le gustan las personas flojas. Eso lo sabe todo el mundo. ¿Que nadie cree en tu periódico ya? Pues búscate otro trabajo. Renace de tus cenizas.

Lucía renació de las suyas. Lucía empezó siendo la gata de su predecesora en Twitter, por favor. Fifí. Lucía Ortega Castro-Ardiles, que había nacido para ser lo que ha llegado a ser, tuvo que rebajarse a ser una mascota en redes sociales para mantener un poquito su presencia en el partido. Para ganarse poco a poco el cariño de quienes tenían que dárselo. Para conseguir, pasito a pasito, un poco de poder. ¿Y lloró? No, queridos, Lucía Ortega Castro-Ardiles no lloró. Y miradme ahora, lideresa de la capital.

Y no piensa llorar ahora que sabe que la están persiguiendo. Lucía piensa continuar con su plan, aunque le cueste sangre y sudor. Porque a Lucía Ortega Castro-Ardiles no se la juega nadie. Ni unas tías disfrazadas de pijas del barrio de Salamanca ni quienes estén detrás de ellas. Espero que Fede sepa un poco más de esas arpías, porque otra cosa que no me gusta nada es no enterarme de quién me quiere hacer el mal.

Pienso ganar estas elecciones. Y si tengo que hacer que todo Madrid se vuelva medio turulo, pues así sea. Ea.

40

Leonor
Lo que me perdí mientras dormía

Se despertó en uno de los sofás del despacho de Lola un tanto aturdida. Miró a su alrededor sin entender muy bien dónde estaba. Lo último que recordaba era estar gritándole al doctor Alban y, de repente, se encontraba allí, en el despacho de la jefa, mientras ella la miraba desde su mesa, con una sonrisa y dos tazas de té humeantes en una bandeja de plata.

—Espero que la bella durmiente haya despertado bien de su pequeña siesta —dijo Lola con dulzura—. Menudo rato nos has hecho pasar. Menos mal que mezclar agua de Revilla en los aspersores contraincendios ha sido una solución al Elemento, porque si no, aún estaríais peleándoos en el departamento de Verificación de Elementos.

—Lo siento, Lola —se disculpó Leonor—. La verdad es

que no tengo excusa para mi falta de profesionalidad. Tenía una fuerte sospecha de lo que producía el Elemento y, aun así, convertí el DVE en un combate de boxeo.

—Nada, nos pudo pasar a cualquiera, agente Ceballos. No te culpes más de lo necesario. Seguro que en el futuro tendrás aún más cuidado con los Elementos. Además, los pelos de la barba de ese presentador solo hacen que exacerbar los sentimientos contrarios hacia una persona —susurró—, así que tenemos claro que el doctor Alban no es santo de tu devoción.

Leonor se puso roja. Siendo sincera, la verdad es que Alban siempre le había parecido un poco prepotente, aunque muy buen profesional. Pero le irritaban sus formas y esa sempiterna sonrisa con la que parecía que supiera siempre más que nadie y, al mismo tiempo, que nada le afectara ni le molestara. Quizá por eso, influida por el Elemento, su rabia fue directa contra él. En cualquier caso, se mantendría alejada del DVE durante un tiempo, aunque solo fuera por vergüenza propia.

El timbre del ascensor la sacó de sus pensamientos. Se giró para saber quién entraba en los dominios de Lola y vio que eran sus compañeras. Sonrió al verlas. Eso solo podía significar que la incursión en UdP había sido un éxito. Se levantó del sofá de un salto y se dirigió a la mesa de la jefa. Cogió una taza de té y esperó a que les contaran todo lo que había sucedido.

—Bueno, chicas, explicadnos qué tal en el partido. ¿Habéis conseguido arreglar el desaguisado de Gil y Mortes? —preguntó Leonor, ilusionada.

—Sí, la verdad es que ha sido un trabajo fácil. A pesar de estos tacones. Sinceramente, no sé cómo los aguanta Belén —se quejó Arancha mientras se quitaba los zapatos y soltaba un suspiro de satisfacción—. Lo único, aquí Elena, que me da que cree en fantasmas.

—¡Que no creo en fantasmas! —la riñó—. Estoy segura de que alguien nos estaba siguiendo. Podía sentir sus ojos en todo momento. Excepto en el ascensor. Y luego, cuando salimos a la calle, pude ver a la perfección cómo Lucía Ortega Castro-Ardiles me miraba fijamente mientras sonreía, justo antes de irse al hall principal un segundo antes de que se activaran los aspersores. Como si supiera de antemano lo que iba a suceder.

—¿Veis lo que os digo? —comentó Arancha—. Fantasmas, presidentas de la Comunidad de Madrid que nos vigilan y que están al tanto de nuestros pasos… Yo creo que se le ha ido la olla, Lola. Oye, ¿no tendrás una tacita de té de esas para mí? Tengo la garganta seca.

Lola sirvió dos tazas más con mirada preocupada. Arancha cogió la suya al momento y le dio un trago. Elena le agradeció la suya y sus miradas se quedaron fijas durante un instante. Leonor se dio cuenta, pero no quiso decir nada. A ella también le preocupaba lo que Elena había descrito. Si estuvieran hablando de una situación común, no le daría más vueltas. Pero aquello era la Secretaría RES y lo que explicaba Elena podría ser perfectamente algo relacionado con un Elemento. Y, por la mirada cruzada entre Lola y Elena, Leonor sabía que la jefa estaba escudriñándola por si advertía algún tipo de pista de que estuviera afectada por un Elemento.

De repente, Lola apartó la mirada y se dirigió a su broche dorado con forma de bellota:

—Civi, querida, dos cosas: ¿has averiguado ya cómo sacar el clavel del antebrazo de Elena? Y, por otro lado, ¿a ti te suena algún Elemento con el que se pueda ver por los ojos de alguien?

—Lola, jefa, ese es el cuadro de *Las meninas*.

—Ya, eso está claro. Pero me refiero a algo más permanente. Algo que quede enlazado a la otra persona. Con su mirada. Aunque sea cuando se está cerca.

—Pues… no se me ocurre nada. Eso sí, tengo el plumín de Vázquez. Creo que con eso podremos quitarle el clavel y traspasarlo, al menos, a un pañuelo de lino. O, mejor, a una hoja de papel. Ya veremos cómo reconvertirlo en real. Pero…

—Dime, Civi. ¿Qué pasa?

—No sé si decírtelo, jefa. No sé hasta qué punto…

—Venga, Civi, no es momento de ponerse tímida ahora.

—No, si no es timidez. Es que no sé si empezar con este tema…

—A ver, dilo de una vez, que no tenemos todo el día —replicó Arancha, intentando atajar las dudas de Civi.

—Pues el caso es que tengo a Belén aquí, y me está diciendo que ella cree que sabe cuál es el Elemento al que te refieres.

—¿Que Belén qué? —gritaron las tres a la vez.

41

Belén
Comunicación unilateral con el exterior no correspondida

Pero vamos a ver, Belén, ¿qué me estás contando? ¿Cómo vas a saber tú de un Elemento que yo desconozco? Que no es por nada, pero aquí la base de datos soy yo, no tú.

—Sí, Civi, pero tú eres la base de datos de los Elementos que hemos recogido. No tienes por qué conocer los Elementos que casi recogimos. Y hay uno que, por desgracia, a Arancha y a mí nos robaron en el último momento. A ver, tú dile a Lola que le diga a Arancha si se acuerda del concierto de *Más*, de Alejandro Sanz.

—¿Alejandro Sanz? Bueno, vale. Yo transcribo. A ver, Lola, que dice Belén que le digas a Arancha que si se acuerda del concierto de *Más*, el de Alejandro Sanz. Que dice que sí. Que qué tiene que ver eso con un Elemen... AY, ARANCHA, NO ME GRITES.

—¿Ves cómo se iba a acordar? Esa camisa negra de Alejandro se nos escapó. Estuvimos a punto de cogerla, pero al final nos la quitó una fan. Y teníamos una teoría sobre cuál era su poder, ¿sabes?

—Sí, me está contando Arancha, a la que agradecería que hablara como cuatro puntos más bajito, si fuera posible; me está contando, insisto, que ese disco, el mejor, según ella y según tú, dice...

—¡Sin duda alguna, vamos! Después de ese no ha hecho nada bueno. *Cuando nadie me ve puedo ser o no ser...* ¿Qué narices es eso, Alejandro? Y el rap, Alejandro. ¿No te das cuenta de que haces el ridículo?

—Bueno, centrémonos, Belén. Dice Arancha que vosotras siempre sospechasteis que, aunque las más famosas fueron, por supuesto, «Corazón partío» e «Y ¿si fuera ella?», la preferida de Alejandro era «Siempre es de noche».

—Exacto. Y por eso estábamos convencidas de que el poder de su camisa negra, la de la portada del disco, la de los conciertos, LA camisa que intentamos conseguir... iba a ser el de ver por los ojos de otro. Porque esa canción trata de un ciego a quien una persona le cuenta cómo es una puesta de sol. ¡Y es tan romántica!

—Ahora os escucho babear en estéreo. ¿De verdad tenéis un crush con Alejandro Sanz?

—Pero ¡que no! Lo que pasa es que, en ese momento, Alejandro Sanz era un cantautor maravilloso. Era... Era el Sabina del pop. Nos tenía loquitas a todas. Y Arancha y yo creíamos que ya era lo suficientemente famoso como para haber generado un Elemento. Y sabíamos que, de haberlo hecho, tenía que ser esa camisa. La que usó en la portada y la que usaba en sus conciertos. La que lanzó al aire al acabar el de Madrid. La que nos quitó esa fan enloquecida con pelo rizado, morena y con ojos claros de auténtica desquiciada.

—Me lo está confirmando Arancha por el otro lado. Sí, Arancha. Belén dice lo mismo. Ya sé que no la oyes. Y ya sé que no os he dicho nada de que estaba conmigo. Sí que te lo dije, oye. Te mandé un mensaje a tu bellota en cuanto terminaste la operación. Otra cosa es que no me entendieras.

—Ay, Civi, gracias. No lo sabía. Y yo pensando que me tenías encerrada.

—Sí, Lola. Claro, Lola. Pues no te sabría decir, Lola. Mira si Wardog puede recuperar fotos de ese concierto y a ver si Arancha la reconoce. ¿Sí? ¿Ya la ha reconocido?

—Diles que la envejezcan unos veinte años.

—Que dice Belén que Wardog la haga más vieja. Como unos veinte años. ¿A quién os recuerda? ¿A Lucía?

—¿Tú crees que es posible?

—¿Te importaría, Belén? Estoy hablando con la jefa. Sí, dime, Lola. No lo sé, sería algo que valdría la pena probar. No, Belén no puede hablar con vosotras. Es solo conciencia. Y no recuerda mucho de lo que pasó. Pero estamos trabajando en su memoria y pronto tendremos noticias. Por supuesto, el plumín ya lo tienes en el cajón de recogida de Elementos. ¿Un recipiente? Yo creo que mejor un folio. Vázquez era muy de folios en blanco. O un cheque, por detrás. Pero no sé si lo chuparía también, que ya sabes que Vázquez… Sí, te informo en cuanto sepa algo más. De momento, máxima alerta en Alcalá de Guadaíra, que Belén no sabe nada de lo que tramaban los tres Curros activados. Adiós, jefa.

—¿Qué pasa en el cementerio de Curros? Yo creo que el Despertador no andará por allí. Al fin y al cabo, ya les dio la espumilla de Luis del Olmo, de Radio Nacional.

—¿Y se te ocurre decírmelo ahora, Belén?

—Ay, chica, qué quieres que te diga. Pues cuando me he acordado.

42

Arancha
¿Dónde está Belén? ¿Aquí o allí?

La noticia de que Belén estaba con Civi había dejado completamente descolocada a Arancha. En su momento, no entendió muy bien el mensaje que había recibido. Creyó que se trataba de una forma de hablar, de tranquilizarla. Pero, al parecer, la conciencia de su compañera estaba, de alguna manera, en el mismo espacio en el que vivía Civi. Le dolía la cabeza solo de pensarlo.

El cuerpo inerte que estaba enchufado a cientos de aparatos en alguna sala de la planta 5 estaba vivo. Y, al menos, ella estaba consciente y acompañada por alguien. Aunque ese alguien fuera una mujer virtual superinteligente y de origen desconocido. Otra vez el dolor de cabeza. Mejor tomarse un calmante y no darle más vueltas. Belén estaba bien y eso era lo que importaba.

Salió de su ensimismamiento solo para ver que Lola, Elena y Leonor parecían igual de anonadadas que ella. Ninguna de las tres reaccionaba, más allá de lentos pestañeos y miradas entre ellas. Decidió que alguien debía romper el hielo y comenzó a hablar:

—Entonces… Belén está con Civi. No me imagino lo que pueden estar haciendo esas dos juntas —comentó Arancha, un poco por acabar con el silencio.

—Es algo que no me cabe en la cabeza, Arancha. Por más vueltas que le dé, nunca ha pasado algo así. Belén está en coma en una habitación de la planta 5, luchando por su vida. No comprendo cómo su conciencia, según las palabras de Civi, puede convivir con ella. —La que hablaba en aquel momento era Leonor, que, de todas, era la que se mostraba más sorprendida—. Además, ¿dónde conviven? Es más… ¿dónde existen?

—Hay muchísimo que desconocemos de Civi, Leonor —intentó calmarla Lola—. No puedes pretender saberlo todo. Lo único que tenemos claro es que Belén está bien y que nos ha dado una pista sobre un Elemento que desconocíamos. Gracias a la memoria de Belén y Arancha, puede que nos estemos acercando a un personaje que creíamos insustancial y que quizá sea mucho más peligroso de lo que nos imaginábamos.

—¿Lucía? —preguntó Elena—. A mí es una mujer que me da escalofríos solo de pensar en ella. Vosotros no la visteis cuando salimos. Es que se quedó mirándonos fijamente, con esa sonrisa… Y se lanzó a los chorros del agua del sistema antiincendios como si supiera perfectamente lo que iba a pasar.

—Si la teoría de la camisa de Alejandro Sanz es correcta, lo sabía —apuntó Lola—. La pregunta es… ¿desde cuándo? Porque tú llevabas la rebequita de la expresidenta.

—Eeeeeh… Bueeeno, me la quité porque hacía mucho calor dentro con todas las peleas y eso. Me dio Arancha una mascarilla. —Lola la fulminó con la mirada.

—Pero, aun así, ahí ya debía de haberte mirado para que el efecto tuviera sentido. ¿Tú la habías visto antes?

—No, no… Bueno, no sé si os acordáis, pero, cuando toqué *Las meninas*, me metí en los ojos de ese señor tan alto. ¿Eso cuenta? Porque yo miraba muy fijamente a los ojos de Lucía.

Lola se quedó pensativa. Leonor se quedó pensativa. Arancha se quedó pensativa. Al fin y al cabo, era un Elemento que desconocían. Pero conocían otros Elementos. ¿Acaso era posible fijar los ojos a través de otro Elemento? Se miraron. Leonor afirmó con la cabeza. Lola torció el gesto, pero también afirmó.

—Desde luego, sí que es posible —comentó la jefa—. Bueno, de hecho, lo hemos visto contigo y el clavel. ¡El clavel! Que no te he dicho que ya podemos quitártelo. Civi ha encontrado la solución.

—Pero entonces, eso significa que ya puedo irme y no tengo por qué quedarme aquí en RES —dijo Elena con voz ensombrecida.

—Bueno, eso ya es decisión tuya, claro —le respondió Lola—. Pero lo primero es deshacernos de ese Elemento y guardarlo en un papel para que no haga más daño. Al menos, para que no tengas que ir con la rebequita protegiéndote todo el rato, que, reconozcámoslo, no es excesivamente favorecedora.

—No, si eso está claro…

—Pues no se hable más. Bajemos a la planta 25 y arreglemos esto en un momento —la animó Lola—. Luego nos encargaremos de Alcalá de Guadaíra.

Lola dio por terminada la sesión y las dirigió a todas hacia el ascensor. Sin embargo, recibió un mensaje por la bellota de esos que solo ella podía escuchar, se paró en seco y dijo:

—Cambio de planes. Id las tres a la armería y corriendo al Dodge. Me temo que el problema de los Curros es mucho más urgente de lo que nos temíamos. Belén ha recordado qué es lo que le dio el Despertador a los Curros que la atacaron: la espumilla de Radio Nacional de Luis del Olmo.

—Pero ¡eso es imposible! —gritó Leonor—. Ese objeto está en Civi desde hace años.

—Al parecer, no. O tenemos un topo en la Secretaría o nos han dado gato por liebre. En cualquier caso, yo me quedo investigando. Vosotras, armaos bien y salid pitando hacia Alcalá de Guadaíra para ver qué está ocurriendo en el cementerio.

—Pero… ¿el Dodge? —se quejó Arancha—. ¿No podemos usar el FA?

—No me vengas con remilgos, agente Blasco —le recriminó Lola—. Sin Belén, el Dodge es más rápido en este caso y lo sabes. Así que sujétate las tripas y deja de quejarte. ¡Vamos, no tenemos toda la tarde!

43

Elena
La noche de los Curros vivientes

Elena no se enteró del paseo a la armería esta vez. Le dieron un par de armas y municiones, que aceptó con un «gracias», pero no supo exactamente qué le habían proporcionado. Tampoco se enteró del viaje en el Dodge. Todos sus pensamientos se centraban en qué pasaría después de que le quitaran el tatuaje del antebrazo. ¿Podría seguir trabajando en RES? ¿La mandarían a Madrid y la dejarían en la calle, después de todo lo que sabía? Y la pregunta más importante: ¿qué quería ella?

Tras pensarlo unos tres segundos, decidió que quería quedarse. Después de conocer a Arancha, a Belén —quien gracias a ella cabía la posibilidad de que volviera a la acción en algún momento—, a Leonor y a Lola —bueno, y un poco también al agente Lobo, que no sabía muy bien qué sentía por él, pero, desde luego, era algo—, lo que tenía claro era que no quería dejar RES de ninguna de las maneras.

Era un trabajo más emocionante, sin lugar a duda, que el de periodista. Y mucho más adrenalínico. Y se reconoció a sí misma que aquello era lo que más le gustaba. Así que se dijo que tenía que hablar con Lola en cuanto tuviera un minuto. El problema es que en aquella Secretaría no había ni un segundo siquiera libre. Por lo tanto, tendría que demostrar que el tatuaje era útil contra los Curros para que, si se lo quitaban, al menos le dejasen quedarse con el papel que lo contendría.

Llegaron al cementerio en cuestión de minutos —tenía razón Lola en que, en circunstancias normales, el Dodge era más rápido que el FA— y, después de los vómitos correspondientes de Arancha y Leonor —pensar en otras cosas le sirvió de antídoto a ella, al parecer—, se acercaron a la puerta, que estaba, como siempre, entreabierta.

El espectáculo era inenarrable. A Elena se le escapó la risa floja. Arancha estaba boquiabierta y Leonor no podía quedarse quieta. En el interior del cementerio, alrededor de un centenar de Curros se movían y corrían de un lado a otro: unos hablando entre ellos, otros conspirando en voz baja, los demás gritando alrededor de una hoguera hecha con los miembros de sus compañeros abatidos… Arancha fue la primera en hablar.

—Elena, tú quédate fuera.

—No —replicó esta—. Eso es lo que dijo Belén y mira cómo acabó. Además de que voy armada como cualquiera de vosotras, cuento con el clavel de Rocío, con lo que puedo tanto atraer como destrozar a unos cuantos Curros con un solo grito.

—A ver, visto así, Arancha, la chica tiene razón —apuntó Leonor—. Creo que puede ser un activo bastante útil.

—Tócame las tetas, Leonor. Tú tendrías que estar de mi parte. Bueno, Elena, haz lo que quieras. Pero no podemos hacernos cargo de ti. Tendrás que apañártelas tú solita —indicó Arancha—. Entonces nos dividiremos en tres flancos. Yo entraré por el centro. Leonor, tú por la parte izquierda. Elena, tú irás por el flanco derecho. Esta vez, no habrá preguntas. Disparar al arcoíris de la cabeza y desactivar a los Curros. Esa es la misión. ¿Queda claro?

—Queda claro —respondieron las otras dos a una.

—Pues pa' dentro. Voy a abrir la cancela y que sea lo que tenga que ser. Si me pasa algo, que alguien cuide de Mac y Fac.

Arancha cargó la primera, seguida por Leonor. Elena entró la última, temblorosa, pero con seguridad. Se dirigió a la derecha y se encontró con un grupo de Curros que le dieron la bienvenida intentando que se uniera a su Revolución de las sonrisas.

—Ven, querida, ven con nosotros a repartir sonrisas al mundo —dijo uno.

—Vamos a repartir sonrisas a todos los niños del mundo —continuó otro.

—Necesitamos a más gente para que nos ayude a llevar la ilusión de la Exposición Universal a todo el planeta —siguió un tercero.

Los demás Curros se acercaron y la rodearon con inocencia, intentando realizar un abrazo grupal a su alrededor. Elena esperó pacientemente a que todos estuvieran sobre ella, inmóvil, hasta que casi la hubieran cubierto por completo. Fue en aquel instante cuando, con toda la fuerza de sus pulmones, gritó:

—¡BASTA!

El estruendo fue grandioso. Miles de partes de Curros volaron por todos lados, hieráticos, destrozados. Un solo grito y Elena había acabado con casi una docena de los Curros. «Nada mal para ser una novata», se dijo. Fue entonces cuando escuchó una voz que le heló la sangre:

—Bueno, bueno, bueno. Pero ¿a quién tenemos aquí? Si es la asesina de mis compañeros Paco y Fran. A ti tenía yo ganas de verte.

Se giró para ver a Cisco, el Curro que había herido casi de muerte a Belén y que, no sabía cómo, había salido con vida del grito que pegó cuando escapó en su anterior visita al cementerio.

44

Leonor
¿Un topo en RES?

Leonor entró por el flanco izquierdo con una pregunta rondándole por la cabeza: ¿quién sería el topo de RES, de haberlo? Desde luego, las primeras sospechas irían a parar a ella. Era la que más relación tenía con Civi. Y, por tanto, la que más fácil lo tenía para poder pedirle Elementos. Pero estaba claro que Civi hablaría, con lo que su defensa era fácil. Además, no creía que Lola sospechara de ella después de tantos años de trabajo en la Secretaría. Disparó a un Curro que se le cruzó por delante, que cayó abatido al instante. Lo que la dejaba más intrigada es cómo había llegado, por tanto, la espumilla de Luis del Olmo a manos del Despertador. Y quién era ese famoso Despertador. Porque, si alguien estaba trabajando a espaldas de RES desde dentro, ella habría visto algo raro en el comportamiento de Civi, o esta le habría informado de algo. Pero eso no había ocurrido. Dos Curros intentaron abalanzarse sobre ella, pero estuvo atenta y les disparó entre la cabeza y el arcoíris de la cresta antes de que pudieran siquiera alcanzarla. Cayeron desactivados a su izquierda y derecha mientras ella seguía ensimismada en sus pensamientos.

Porque, claro, la relación entre Civi y ella era más personal que con cualquier otro agente. ¿O no? ¿Y si alguien se había ganado su confianza subrepticiamente? No, eso era imposible. Divisó a cuatro Curros de espaldas y no les dio tiempo a girarse. Cogió el rifle que llevaba al hombro y pegó cuatro tiros certeros con los que consiguió que cayeran hacia delante. No podía quitarse de la cabeza aquella disrupción en la seguridad de RES y, sobre todo, en el programa que ella misma había creado. Si de verdad había un topo, era un error del que solo ella era responsable y asumiría su culpa. Pero aquel no era el problema entonces. El tema estaba en solventar esa brecha de seguridad y que no volviera a suceder. Notó un pico por detrás, se giró y de un tiro dejó al Curro, que pretendía no sabía muy bien qué, tirado en el suelo. A este no lo había oído. Debía estar más atenta.

Pero no podía parar de pensar. ¿Topo? ¿Fallo de seguridad? En verdad, cualquier probabilidad todavía estaba abierta y, aunque no era el momento, no podía evitar que su mente intentara resolverlo. Aunque estuviera desactivando Curros a la vez. Ahora mismo, dos que estaban distraídos hablando entre ellos. Qué cansinos con la Revolución de las sonrisas. Parecían sacados de una película infantil. Y de las malas. Total, que ella apuntaba a un fallo de seguridad. O igual era un fallo del sistema. O... ¿Y si fuera de Civi? No, no podía ser. Civi era infalible. «¿Queréis dejarme pensar, malditos Curros? Hala, cinco menos. Es que sois muy cansinos, de verdad», se dijo. Bien era cierto que estaba muy orgullosa de su puntería. Cuando llegara a casa le contaría a Eli lo bien que atinaba. Aunque fuera con un videojuego. Debería contarle también la verdad... Pero no tenía valor. Además, no era el momento.

Estaba llegando al final de su lado del cementerio y no había logrado entender qué es lo que había podido pasar. Todo eran dudas. Y los puñeteros Curros. Que ya podrían dejarla estar. «Pum y pum. Hala, dos menos». Lo que más le preocupaba es que fuera un error de Civi. Porque eso complicaría más las cosas y le supondría revisarla tanto a ella como todo el sistema de comunicación. Porque no sabía qué tendría el problema. Y eso era más complicado. Pero bueno, no pasaba nada. En cuanto llegara a RES, lo averiguaría.

Salió de sus pensamientos cuando se dio de frente con Arancha, quien, con cara de pocos amigos y el pelo lleno de trocitos de los Curros desactivados, la saludó con pocas ganas.

45

Arancha
Y todo esto por no acabar con el cementerio

El pasillo central era el más poblado de Curros. Por ese motivo, Arancha consideró que debía ser su responsabilidad. Quizá, cuando sus compañeras hubieran terminado con sus correspondientes áreas, se acercarían a echarle una mano. O, si no, ya gritaría ayuda.

—Putos Curros —dijo en voz alta—. Si es que ya dije yo hace años que teníamos que haber quemado este sitio hasta los cimientos.

—Discúlpeme, señorita, pero ¿qué le hemos hecho nosotros para que nos tenga tanto rencor? —dijo uno de ellos, apareciendo de un recoveco entre las filas de cochecitos y cabinas—. No entiendo esta acritud, cuando nosotros solo queremos repartir sonrisas al mundo.

—Y una mierda queréis repartir sonrisas. Lo que estáis es anclados en 1992 y pretendéis revivir algo que pasó hace ya muchos años.

—Oh, no. Nuestro compañero Cisco nos ha puesto al día. Lo único que queremos es repartir sonrisas en Sevilla todos juntos. El Despertador nos ha dado ese encargo y lo vamos a realizar a la perfección. Aunque tengamos que armarnos hasta los dientes, porque gente como tú nos odia y quiere matarnos.

—¿Mataros, yo? —preguntó Arancha con toda la inocencia de la que fue capaz—. Yo no mataría ni una mosca.

—¡No mientas! Las mentiras son enemigas de las sonrisas. Y lo acabas de decir ahora mismo: querías quemar este lugar hace años ya. ¿Qué es eso si no matarn…?

No terminó la pregunta. Un tiro directo a la base del arcoíris y el Curro cayó al suelo a mitad de frase. Mala idea. El ruido del disparo hizo salir a media docena de sus congéneres, que estaban escondidos Arancha no supo muy bien dónde. Y, detrás de ellos, otra media docena. Y otra. Hasta que el pasillo central del cementerio de los Curros estuvo lleno de pájaros-elefante de colorines que, la verdad, daban tanta risa como miedo. «A la mierda. ¿Modo videojuego? Pues modo videojuego», pensó. Y así fue.

Arancha empezó a correr con sus dos pistolas desenfundadas, tiroteando a los Curros que venían por sus flancos izquierdo y derecho. De vez en cuando, daba una voltereta para, cuando estaba bocabajo, disparar a los que intentaban abalanzarse sobre ella. Cambiaba los cargadores con tal velocidad y maestría que parecía una militar entrenada. O, más bien, recordaba que sacó las mejores puntuaciones durante sus entrenamientos tanto en la Policía Nacional como en RES. Estaba centrada. Estaba dispuesta a todo. Estaba en zapatillas, algo que le proporcionaba también una comodidad mucho mayor que los taconazos de la visita a UdP. No había Curro que se le resistiera. Algunos incluso intentaban huir de ella, pero Arancha estaba furiosa. Uno de aquellos Curros había dejado en coma a su amiga y no se iba a parar a preguntar cuál. Avanzaba por el pasillo sin dejar Curro con arcoíris. De hecho, muchos trozos se le incrustaban en el pelo. Daba lo mismo, ya habría tiempo para limpiarlos más adelante.

De repente, había llegado al final del pasillo. Miró hacia atrás y observó una alfombra de bultos blancos con trozos de colorines. Volvió la cabeza hacia delante y casi se pega un susto de muerte.

—Veo que tú también has llegado hasta el final, Leonor. ¿O tenemos que volver por tu lado a seguir desactivando Curros?

—No me tomes por novata, querida. ¿Te has parado a pensar en quién puede ser el topo?

—Tú, está claro —bromeó Arancha. Leonor le dio un golpe en el hombro—. Está bien, está bien. No tengo ni idea. Pero no me había parado a pensarlo. Ya tendremos tiempo. Además, puede que no haya ningún topo y simplemente te estés rayando.

En ese momento, oyeron a lo lejos: «Cisco, ¡no! ¡Aléjate!».

—¡Elena! —gritaron las dos al unísono.

Y corrieron hacia donde estaba su compañera, que, por lo que parecía, estaba en apuros con un Curro con el que Arancha tenía una cuenta pendiente.

46

Lucía
Ay, qué pesado, qué pesado

De verdad, esto de lidiar con gente que lo ha perdido todo y que vienen a ti para que les des un carguito hasta que todo se arregle es un auténtico peñazo. Sí, ya lo sé, Lucía Ortega Castro-Ardiles es la presidenta de la Comunidad Autónoma de Madrid. Y, además, después de lo que ha pasado en UdP en los últimos días, he conseguido que se carguen al presidente y al secretario general. Pero ¡a qué precio!

¡Que se piensan que voy a ser la próxima presidenta nacional! Y mira, yo no quiero ser la lideresa. Todavía no, al menos. Primero me tengo que pulir al gallego. Que se estrelle él, ahora que está tan subidito, y luego ya me lo pienso. Yo quiero seguir siendo la presidenta de Madrid. Que Madrid, al fin y al cabo... Que Madrid es España.

Total, que ha venido Gil y Mortes. El pobre. Su periódico se ha vuelto el hazmerreír de las redes. No vale ni para envolver sardinas. Bueno, claro, principalmente porque es digital. ¡Ja, ja, ja, qué ingeniosa soy! Algo han hecho esas tipas que se colaron en UdP y ahora es más creíble *El Mundo Today* que *Fetén Diario*. Que a mí qué me cuenta Pablito, si la culpa es suya por dejarse engatusar. A Lucía Ortega Castro-Ardiles no le habría pasado eso. De hecho, mira, no me ha pasado. Aquí sigo, después de todo lo que sucedió el otro día en el partido: más fuerte que nunca. Y con más estilazo, todo hay que decirlo.

El caso es que Pablito —me encanta llamarle así, sobre todo a la cara, para que se sepa quién manda y quién es el currela— me ha venido a ver por si le daba un puesto de algo. Que si ha tenido que despedir a la mitad de la plantilla, que si lo ha perdido casi todo en el IBEX 35, que si... Y claro, que si le doy un carguito. Sí, hombre, la Oficina del Español te voy a dar. Si a mí me viene estupendo que no tengas trabajo, Pablito. Que así estás más a mi disposición.

Ya le he dicho que lo que tiene que hacer es reinventarse. Buscarse un socio y estar en la sombra. Como Fede conmigo. Federico Paso. El hombre. El promotor. El dueño del mayor equipo de fútbol de Madrid. Trabajando juntos somos un *dream team*. No es porque lo diga yo, es que Lucía Ortega Castro-Ardiles con cualquier persona con un poquito de influencia es la fórmula del éxito. Y Fede tiene mucha influencia. Y ahora que me ha dado lo que necesito para mi objetivo

—bueno, uno de mis objetivos—, que es el de volver a ganar las elecciones con mayoría absoluta, me siento con una fuerza sobrehumana.

Si no fuera por esas dos chicas, que pueden tirar abajo todos mis planes… Necesito saber dónde trabajan y para quién. Oye, Lucía, me pregunto si no sería un buen trabajo para Pablo, ahora que no tiene nada que hacer…

47

Arancha, Leonor y Elena
Cisco y el modernismo

Arancha y Leonor corrieron hacia donde creían por los gritos que se encontraba su compañera. De vez en cuando se topaban con algún Curro que no había terminado de ser desactivado y una de las dos le daba el tiro de gracia. Es más, Arancha, harta del lugar, disparaba incluso a los Curros que no habían sido activados. Solución preventiva, argumentaba ella. «Total, de esta ya cierran por fin el cementerio», se decía.

La situación era realmente peligrosa. Elena solo podía mantener alejados a los Curros que se le acercaban constantemente por medio de gritos. De alguna manera, había perdido sus armas. Y, justo enfrente de ella, se encontraba precisamente Cisco, el Curro que había llevado a Belén al hospital y al que parecía no afectarle el poder de Elena.

—Puedes seguir gritando, Elenita. Como ya te he dicho, me he hecho algunas mejoras para que no vuelvas a sacarme volando. Que la anterior vez casi no lo cuento —advirtió Cisco.

—Por favor, ¿no podemos hablar como personas civilizadas? O, bueno, como persona y Curro. Pero civilizados —intentaba calmarlo Elena, sin mucho éxito.

—¡No hay nada de qué hablar! ¿Acaso tú hablaste con mis compañeros antes de matarlos? Aunque, bueno, ya has visto que he conseguido un montón de amigos nuevos con los que cumplir lo que nos pidió el Despertador.

—¿Y qué es eso que os pidió el Despertador y que es tan importante para ti?

—A ti te lo voy a contar, que trabajas para el enemigo. Y que, además, eres una asesina. ¡Asesina! Que he visto cómo matabas a más de una docena de mis congéneres a propósito.

—Pero, Cisco, ellos me estaban atacando. Me estaba asfixiando ahí dentro. Tienes que entenderlo. —Elena vio a Arancha y a Leonor y les indicó con los ojos que rodearan a Cisco. O eso creyó que les dijo, no lo sabía muy bien. Estaba aterrorizada. Cisco dio dos pasos hacia adelante, poniéndose casi a distancia de sus alas armadas.

—¡Mentirosa! Solo querían compartir contigo la Revolución de las sonrisas. Estaban a punto de unirse a mí y al Despertador en nuestro plan. ¡Y tú los has matado! —De repente, Cisco se giró y vio a Leonor—. ¡Maldita! ¿Qué haces tú aquí? ¿También vienes a matarnos?

—Huy, si yo te contara —comentó Leonor con voz exagerada—. He acabado con todo el lado izquierdo del parque. Y sin inmutarme, ¿eh? Así, pum, pum, catapum. Nada, no he dejado ni uno vivo. Y si he dejado por casualidad uno con vida, no creo que tenga muchas ganas ni de sonrisas ni, muy probablemente, de seguir con ningún plan. —Cisco caminó en su dirección. Fue entonces cuando Leonor vio que había pegado a sus patas largos trozos de otros Curros con forma afilada, igual que en sus alas, con lo que, al dar un paso, se clavaba bien hasta el fondo en el suelo de tierra. Una manera inteligente de evitar salir volando con un grito de Elena y contrarrestar así el poder del clavel—. ¿Qué, vienes a que termine también contigo? Mira que este —dijo señalando su rifle— ha disparado poco.

—No serás más rápida que yo con mis alas. Mira lo que le pasó a tu amiguita. Por cierto, ¿sobrevivió o ha acabado como mis congéneres?

Aquella fue su sentencia de muerte. Arancha, que se encontraba a su espalda, gritó un «grandísimo hijo de la gran puta» y se acercó hasta él, poniéndole el cañón de su revólver en el arcoíris.

—¿Tienes alguna última palabra, Cisco? —preguntó Arancha con toda la rabia de la que era capaz—. Porque si no me dices en diez segundos el plan del Despertador, te voy a matar aquí mismo, antes de que puedas darte la vuelta. ¡Leonor, apúntale tú también, para que no pueda ni moverse! Bueno, ¿empezamos la cuenta atrás? Diez, nueve, ocho…

—No me mates, el Despertador no nos ha contado el plan. Solo nos dijo que teníamos que ir a Sevilla por la noche y que, entonces, lo entenderíamos todo.

—No me mientas, Cisquín. No estoy para aguantar bromas. Elena, mantén a raya a los que queden cantando. Siete, seis...

—Te lo juro, Arancha. Es más, el Despertador está ahí, detrás de esa caseta. Se lo puedes preguntar tú misma.

—Ya, y querrás que me lo crea. Cinco, cuatro, tres...

—¡Que no miento! —La voz de Cisco sonaba realmente resquebrajada, a punto de llorar, como si los Curros pudieran hacer tal cosa.

—Bueno, pues si no me lo cuentas, no me dejas otra alternativa, Cisco. La cuenta atrás termina en dos, uno...

—¡Despertador, por favor, ayúdame! —suplicó el Curro, mirando a una especie de cobertizo que se encontraba detrás de Elena y al que, muy probablemente, ella había intentado acercarse para esconderse.

Cisco quedó de pie y solo cayó su arcoíris al suelo. Arancha lo empujó con fuerza y rabia, vengando de alguna manera el ataque de su compañera y amiga.

El resto de los Curros fueron abatidos enseguida. Era una media docena y entre Leonor y Arancha se hicieron cargo de ellos. Sin embargo, antes de irse, a Arancha le entró la curiosidad de saber si Cisco había sido sincero y el Despertador había estado allí todo aquel tiempo.

Así que, con paso lento y cansado, se acercó a la caseta de

entrada del cementerio. La rodeó y lo que encontró allí le puso los pelos de punta: en la pared trasera de la caseta vio lo que antes había sido una puerta, ahora tapiada por ladrillos y con unos dibujos modernistas, tremendamente intrincados, a su alrededor. Otra vez aquella puerta inaccesible con aquellos motivos retorcidos que se encontró cuando perseguía a aquel ladrón al que se había enfrentado hacía más de veinte años, cuando era detective.

¿Cómo podía ser que apareciera aquello ahí después de tantísimo tiempo? Le hizo una foto con su bellota y se la mandó directamente a Lola con un mensaje: «Tenemos que hablar». Justo a su lado, encontró la espumilla del micrófono de Luis del Olmo con el logo antiguo de Radio Nacional de España. La recogió, la guardó en el bolsillo de su chaqueta y se unió a sus compañeras.

—Vaya nochecita, ¿eh? —dijo Leonor—. Necesito una ducha de las que no sabes cuándo has entrado.

—Así que esto es ser agente de RES —comentó Elena—. Pues tengo serias dudas de si quiero o no meterme en este meollo. Porque si esto es el día a día...

—Mira, Canija, estoy muy cansada, tengo demasiados trozos de Curro en el pelo y es demasiado tarde para soltarte una barbaridad —apuntó Arancha—. Fíjate lo que te digo, solo estoy deseando que llegue el Dodge para que nos lleve a casa y dormir un mes. Pero si quieres ser agente, vete acostumbrando, porque emociones fuertes no faltan en este trabajo.

—Bueno, antes de que duermas ese mes, contéstame a una pregunta… Cementerio de Cobis no hay, ¿no? —Leonor y Arancha se miraron, exhaustas, y soltaron una sonorísima carcajada. Elena se unió a ellas, en parte por lo contagiosas que eran sus risas, en parte porque estaba muy cansada. Sin embargo, en el fondo de su cabeza se quedó con la duda y esperaba que no hubiera que repetir aquello…

48

Leonor
Habrá que contar la verdad

—Entonces, me estás diciendo que trabajas para una secretaría oculta del Estado —dijo Eli con toda la calma que pudo.

—Sí, RES —respondió Leonor.

—Y que me has estado mintiendo todo este tiempo, básicamente.

—Bueno… No del todo. Trabajo en el departamento de Traducciones… Más o menos. Es solo que no trabajo traduciendo textos. Traduzco a un ente que no sabemos de dónde ha venido.

—Civi.

—Exacto, Civi.

—Que es una mujer virtual que seduce a los hombres para intentar convertirse en una mujer física.

—Eso creemos, sí.

Eli dio otro sorbo a su copa de vino. Se quedó pensativa, mirando por la ventana.

Leonor había llegado a casa muy cansada, pero con la determinación de contarle a Elisa la verdad. No podía dejar pasar un día más. Entre la duda del topo, la pelea con los Curros, en la que podía haber muerto por su inconsciencia, y el lío en el que estaban metidas, creía que el amor de su vida debía saber la verdad. Por si le sucedía algo.

Por eso había pasado por uno de los supermercados gourmet que tanto les gustaba a ambas y había improvisado una pequeña cena de picoteo con una buena botella de vino tinto, y la secreta esperanza de que su pareja no se enfadara mucho cuando supiera la verdad. Al completo. Así que, cuando llegó Eli, Leonor la estaba esperando —recién duchada, con ropa cómoda pero sexy y con la mejor de sus sonrisas— para que, durante lo que sería una cena romántica, sincerarse y que se acabaran los secretos entre ambas.

—Pero… di algo, cariño, por favor —susurró Leonor, en tono de súplica—. No me dejes así.

—Leo, mi amor… Tengo mucho en qué pensar ahora mismo. Me estás dando una cantidad de información que debo asimilar. Objetos con poderes mágicos, una organización estatal secreta, coches que vuelan… ¿Tú te estás oyendo?

—Hacen parábolas —la corrigió.

—Bueno, hacen parábolas —repitió Eli con retintín—. También tenéis un sistema de comunicación que todo el planeta cree que es una copia de unos chinos, Leonor. No me vengas por ahí, que son bastantes cosas que recordar. Y en Gúdar. Pero ¿cómo te vas a Gúdar tú todas las mañanas?

—Me espera uno de los coches en una calle poco concurrida y me lleva. El Dodge tarda unos veinte minutos. El FA, dependiendo del tráfico, puede llegar a tardar treinta. Excepto si conduce Belén, pero ese es otro tema.

—Ah, claro. De lo más normal. Ah, y me dices que te acabas de pegar con todos los Curros que estaban guardados de la Expo de 1992. Y que los has matado.

—Desactivado.

—Llámalo como quieras, Leonor, pero les has pegado un tiro. O varios. Vamos, no me fastidies.

—Ya, bueno, pero queda mejor lo otro. En nuestro trabajo, las palabras son muy importantes, cielo.

—Ya me figuro. Por eso te contratarían a ti, supongo, que eres filóloga. Aunque, por lo que me acabo de enterar, también eres una pistolera profesional.

—Es el entrenamiento estándar de la Secretaría, cariño. Tuve que aprender. Pero yo casi nunca salgo. Lo que pasa es que una de las agentes está en coma y...

—¿¡Que está en coma!? —gritó Eli—. Me dejas mucho más tranquila.

—No, a ver, cariño. Que lo normal es que no pase nada. Últimamente estamos en un caso un poco particular y, claro, están ocurriendo algunas cosas peculiares. Pero te puedo garantizar que, por lo general, mi trabajo es muy tranquilo.

Hablo con la jefa, saco Elementos de Civi, lidio con ella y poco más.

Eli se levantó sin decir una palabra y se acercó a una caja de color granate que estaba en la estantería. La abrió y cogió un cigarrillo y un mechero. No fumaba excepto cuando estaba extremadamente nerviosa. Quizá no había sido una buena decisión contarle todo aquello de golpe, pero Leonor no podía guardárselo por más tiempo. Así que decidió callarse para ver si el cigarrillo la tranquilizaba un poco y podían seguir con la conversación, o la terminaban y se iban a dormir abrazadas, que era lo que más le apetecía en aquel momento.

—Prométeme que no te vas a volver a meter en líos como el de los Curros, ni aunque sea estrictamente necesario —dijo de repente.

—No puedo prometerte eso, Eli —dijo Leonor—. Es mi trabajo, aunque no sea la parte más común.

—Bueno, prométeme, al menos, que no te ofrecerás voluntaria.

—Eso sí te lo puedo prometer.

—Y prométeme que no me vas a volver a mentir.

—Prometido.

—Y prométeme que conoceré a tus compañeras.

—También.

—Y prométeme que vas a venir a darme un beso, aunque sepa a cenicero.

Leonor sonrió y se acercó a ella. La tomó por la cintura y

la besó. Si hubiera sabido que era el penúltimo, se habría esforzado más. Pero no lo sabía.

—Prometo besarte cada vez que te vea. De esta promesa sí que puedes fiarte al cien por cien.

—Ah, ¿de las otras no?

—Eso tendrás que preguntárselo a Lola cuando venga. Anda, vamos a la cama.

Recogieron la mesa y dejaron los platos sucios en el fregadero. Se lavaron los dientes sonriendo y mirándose como hacía tiempo que no se miraban. La sinceridad siempre produce eso en una pareja, un renovado momento de enamoramiento en el que todo parece nuevo y, a la vez, todo es igual. Se desvistieron mirándose a los ojos, se pusieron el pijama —Eli un camisón de seda, Leonor un pijama de algodón— y se metieron juntas y abrazadas en la cama. Justo antes de dormir, Leonor le dio, aquel sí, el último beso.

A la mañana siguiente, se despertó sola. Extrañada, se levantó de la cama y fue a la cocina. No había café recién hecho ni tostadas. No se oía nada. En la encimera que daba al salón, una nota, manuscrita, solo decía:

Os tenemos

Leonor soltó un grito ahogado.

49

Arancha y Elena
La historia se repite

Elena había descansado profundamente la noche anterior, aunque el sofá no fuera el más cómodo del mundo —ni tan siquiera estaba en el top cien, de hecho—. Se la veía fresca y con una sonrisa. Estaba orgullosa de su reciente aventura en Dos Hermanas y se le notaba. Arancha, sin embargo, mostraba en el rostro evidentes signos de haberse pasado toda la noche dándole vueltas a algo.

Sentadas en el despacho de Lola, que tenía preparado en su mesa un frugal desayuno —un poco de té, café, leche y alguna pieza de bollería y fruta—, esperaban a que llegara Leonor para comenzar la reunión. Era inusual que se retrasara, así que Arancha tenía otro motivo más de preocupación en la cabeza.

—Ay, Lola, qué aventura más loca la de ayer. ¡Jamás pensé que podría verme envuelta en una situación tan extraña y, a la vez, tan excitante! —exclamó Elena para romper el hielo.

—Creo que deberíamos esperar a Leonor para tratar el tema de lo ocurrido en Alcalá de Guadaíra, Elena —dijo Lola, serena—. Aunque me alegro de que fuera una aventura para ti. Eso sí, no te creas que todos los días en RES son así. La mayoría de las veces nuestro trabajo es el de recuperar Elementos Susceptibles, y todo se arregla con un despiste o con estar en el momento indicado en el lugar preciso.

—Ya, bueno… —comenzó a decir Elena—. Pero el clavel fue muy importante para esta operación, eso sí tengo que decírtelo.

—Bueno, como ya te he dicho, esperemos a Leonor para tratar el tema de Sevilla que, por lo que me figuro, podemos dar por concluido.

—Y tan concluido —espetó Arancha—. Como que, si se levanta un Curro de ahí, me meto a monja.

—Por experiencia, querida Arancha, yo no haría apuestas sobre los Elementos —comentó Lola con una media sonrisa—. Ya sabes lo que le pasó al agente Bonilla con el Meyba de Landa. Pero bueno, vamos a cambiar de tema —continuó—. De lo que sí podemos hablar es de esos dibujos modernistas. Bueno, si no te importa que Elena lo oiga, claro, Arancha: ¿qué viste antes de subir al Dodge?

—No, no. Elena ya es una más, lo has dejado más que claro, jefa —dijo Arancha con un puntito casi imperceptible de sarcasmo—. A ver, Canija, te cuento: antes de entrar en RES, cuando tú no estabas ni el pensamiento de tus padres, yo era policía nacional. Detective, para más señas.

—Y una de las mejores, he de añadir —apuntó Lola—. O no nos habríamos fijado en ella.

—Gracias. El tema es que estábamos investigando una serie de robos ciertamente extraños. No teníamos ni idea de por dónde entraban o por dónde salían los atracadores. De hecho, no sabíamos ni cuántos eran. La única pista eran unos dibujos muy enrevesados, llenos de espirales y círculos, como raíces haciendo formas geométricas imposibles, que quedaban en las fachadas y en los interiores de los locales asaltados. ¿Has visto esas entradas de algunos edificios que son como muy intrincadas pero lo que es el acceso está tapiado con ladrillos?

—Sí, claro. Están por todo Madrid, Barcelona, Valencia… —respondió Elena.

—Bueno, pues igual, pero con un estilo definido: el modernismo de Gaudí. Si no fuera porque no se conoce ningún edificio del arquitecto catalán en Madrid, todo el mundo hubiera dado por hecho que eran puertas suyas. Y eso a mí no me dejaba dormir. Nunca cogimos al culpable y el caso, pese a mis intentos fallidos, se cerró por falta de pruebas.

—Y ahí es donde entro yo —dijo Lola—. Fui a verla y la encontré melancólica, rabiosa porque no había encontrado al culpable de un delito. Intentaba, por todos los medios, buscarle la lógica a un rompecabezas que no podría solventar, porque le faltaba la pieza más importante.

—¿El culpable? —preguntó Elena, inocente.

—No, esta Secretaría —aclaró Lola—. Sin conocer los Elementos, nunca iba a saber que ese robo podía ser posible. Porque sin un Elemento, el lápiz de Gaudí, Arancha no podía saber cómo entraba y salía el ladrón. Y de esta manera fue como Arancha entró en RES con el compromiso de que algún día encontraríamos al portador de ese lápiz.

—¿Y qué tiene que ver eso con Sevilla? —volvió a preguntar Elena, extrañada.

—Pues tiene que ver, Canija, con que ayer me encontré la misma puerta sin acceso, junto con la espumilla de Luis del Olmo de cuando presentaba y dirigía uno de los primeros magacines en Radio Nacional, que luego sería *Protagonistas*. Allí, en la caseta de entrada del cementerio de los Curros. Tiene que ver con que quien estaba detrás de esos robos está ahora detrás de esto. Tiene que ver con que tengo una cuenta pendiente de más de veinte años con esa persona, y no pienso parar hasta encontrarla.

En aquel instante, sonó el aviso de llegada del ascensor. De allí salió Leonor, muy afectada y pálida. Las tres se giraron a verla. Todo lo que pudieron oír fue: «Han raptado a Eli».

50

Belén
Civi y las cuentas

—Oye, Civi, ¿qué es esto?

¿El qué, cariño?

—Pues esto. Este agujerito que hay aquí abajo.

—A ver que me acerque... Huy, pues no tengo ni idea. No lo había visto en mi vida.

—¿No lo controlas todo tú aquí?

—Pues se supone que sí, pero digamos que, estando tú aquí, me da que tiene que ver con algo del software que me permite comunicarme con vosotras en el exterior, así que debe de ser algo también de Leonor. El caso es que no puedo taparlo. Ahora se lo comentaré a Leo, a ver qué me dice.

—Civi, me da muy mal rollo.

—Huy, qué raro, no contesta.

—Pues no sé qué quieres que te diga, pero a mí no me gusta un pelo. Parece, además, como si aspirara o algo así. ¿No lo notas? Me está tirando levemente de la pernera del pantalón. Es una sensación muy suave, pero se nota.

—Hummm… pues eso ya sí que me gusta menos. ¿A ver? No, pues a mí no me aspira nada. Bueno, claro, a mí qué me va a aspirar, si yo soy esto. Pues voy a poner una caja ahí encima y que lo tape, por lo menos.

—Buena idea. Pero habrá que hablar con Leonor y a ver si lo arregláis entre las dos.

—Ya, pero no me coge la bellota. Espera, que me llama Lola. Sí, jefa, ¿qué quieres? ¿Cómo que se ha desmayado? Pues ahora mismo os dejo la espumilla de Luis del Olmo en el estand y la cogéis, que eso despierta fetén. ¿Qué me dices? ¿Que la tenéis vosotras? No, pero si la tengo aquí yo desmaterializada. ¿Cómo, que haga recuento? Pues 194.348. No, espera. 194.346. No puede ser. ¿A ver? 194.342. Esto no puede ser, Lola. Déjame un segundo. Si yo tenía 194.348 y me salen 194.342… ¿Yo no os he dejado ningún Elemento? No, el de Belén no lo había contabilizado aún.

—¡Hala, es verdad! ¡Si lo tengo en el traje!

—Belén, no es el momento, de verdad. Espera un segundo. Sí, jefa, Belén sigue aquí. Entonces, que me entere yo. El agua de Revilla no cuenta porque hay litros. Y la rebequita la tenemos fuera siempre. Y los Elementos del *Fetén* me los devolvisteis. Pues yo debería tener… 194.348. Pero si vosotros tenéis la espumilla de Luis… A ver, que me concentro. Pues nada, Lola, tenemos un problema. A mí me salen ahora 194.342. Han desaparecido seis. Cinco, si no contamos la espumilla.

—Igual el agujerito tiene algo que ver, Civi.

—Tenéis que despertar a Leo en cuanto podáis. Tengo que hablar con ella. Bajad a la planta 25 y reuníos todas allí. Me temo que tengo una fuga. ¿Que han secuestrado a quién? Pues apañadas vamos.

—¿A quién han secuestrado?

—A Eli... Digo, Belén, que no puedes saber nada de fuera, por favor, no me preguntes. Sí, Lola. Bajad y hablamos. A ver si puedo ayudaros. No, no uséis el Velázquez. Ahora ya es tarde para eso.

—Hay que adelantarse a los planes de quien sea que esté detrás de esto. Sabemos que Lucía es una de ellos. Y Pablo Gil y Mortes. Pero... ¿quién es el tercero?

—Belén, por favor, no puedes intervenir, ya lo sabes. Nada, Lola. Belén, que dice que tiene que haber un tercero. Que ¿por qué lo sabe? Pues ni idea, chica.

—Porque es lógico. Porque Lucía es demasiado joven para ser la persona que perseguía Arancha hace veinte años y Pablo no es lo bastante listo como para ser un ladrón de guante blanco. Ergo, hay alguien más.

—De verdad, Belén, qué rabia me da que seas tan lista. En fin, lo dicho, Lola, ahora nos hablamos y te cuento. Y, por favor, decidme que Leonor está bien. Sí, gracias. Chaíto.

51

Lucía
Ineptos, que son unos ineptos

Si es que ya no se puede confiar en nadie. Todo lo tengo que hacer yo. Son unos ineptos. El Pablito y el «señorito» Paso. De verdad, qué dos inútiles, por favor. Me tienen harta. Y lo que no saben es que cuando Lucía Ortega Castro-Ardiles se harta, Lucía Ortega Castro-Ardiles se harta de verdad. Como la española cuando besa. Que también beso como una verdadera española. Faltaría más.

El ataque de los Curros ha sido un desastre. De verdad, Federico, para una cosa que tenías que hacer y lo mal que te ha salido. Que solo tenían que ir a la plaza de las Setas, en Sevilla, y hubiéramos conseguido nuestro propósito.

Habríamos desenmascarado a esas dos que se colaron en la sede de UdP y, seguro, a la organización a la que pertenecen. A RES, o como asegure Pablo que se llaman.

Además, que eran tres contra un centenar largo de bichos. Y nada, han conseguido acabar con todos. To-dos. Y tú, porque tienes ese lápiz mágico que me lo vas a dar en cuanto nos volvamos a reunir. Porque si no llega a ser por eso, te pillan. Tanto dinero, tanto poder, tantos contactos… ¿Para esto? En fin.

Menos mal que Gil y Mortes ha conseguido raptar a la novia. Porque claro, de todas, la única que tenía una relación era la bollera. Es que ni una puede ser normal. Y, con su periodicucho inhabilitado, ¿de qué le iba a servir a Lucía Ortega Castro-Ardiles ese ordinario aparte de para matón? Al menos, en eso es bueno. Y silencioso.

Bueno, tenemos a la novia y tenemos la puerta de atrás de la organización. No sabemos los artefactos que van a salir de ahí, pero bien que nos ha venido encontrarla. ¿Quién se iba a imaginar, de todos los lugares del mundo, que estaría en una fuente de un pueblo de Teruel? Pero eso ha sido gracias a mis fieles jovencitos de las generaciones pueblerinas de UdP. Cuánto les gusto. Madrid será completamente mío dentro de poco. Y ¿quién sabe? Puede que, después, el país. Pero primero, que se meta el hostión el gallego.

En fin. Ahora solo hay que esperar. Quedan pocos días para las elecciones y pienso ganarlas. Y tengo ya en mi haber lo único que necesito para que todos los votantes de Madrid sigan al pie de la letra lo que yo les diga por televisión y radio un día antes del fin de la campaña. Solo tengo que llegar al Canal de Isabel II y meterlo dentro.

¿Quién me iba a decir a mí que unas perlas podrían tener tanto poder?

52

Leonor
Entre lo urgente y lo importante

—Han raptado a Elisa —fue lo primero que dijo Leonor al despertarse gracias a la espumilla de Luis del Olmo—. Esta mañana, cuando me he levantado, estaba sola en la cama. He ido a la cocina para ver si estaba preparando el desayuno, como cada mañana, con su café nuevo y nuestras tazas, pero solo he encontrado una nota que decía: «Os tenemos». Nada más. Sin firma, sin amenazas, sin nada. —Estaba nerviosa, agitada. Si algo le pasaba a Eli…

—Cálmate, por favor, Leonor —dijo Lola en tono tranquilizador—. Ahora mismo no podemos hacer nada más que intentar adelantarnos a sus movimientos. Si tienen a una de nosotras, y cualquier persona que sea de vuestra familia es una de nosotras, tenemos que actuar rápido y con certeza. Sé que no es el momento más fácil para ti, pero Civi nos ha dicho que bajemos a la planta 25 con urgencia. Tiene algo que explicarnos y necesita de tu presencia. ¿Crees que podrás ayudarla?

—Sí, creo que sí. Pero, Lola, tenemos que hacer lo que sea por salvar a Eli. Anoche se lo conté todo. Sabe lo que es RES y sabe a lo que me dedico. Incluso conoce la existencia de Civi. Si quien sea que está haciendo esto le hace daño… Eli no es como nosotras. No es una agente. No quiero ni pensar en lo que pueden hacer para dañarla y para… No puedo ni pensarlo, Lola. Por favor, tenemos que ayudarla.

—Y eso haremos, Leonor. Te doy mi palabra. Pero para eso, tenemos que ir paso por paso y pensar. ¿Qué personas están detrás de todo esto? Sabemos que Lucía Ortega Castro-Ardiles es una de ellas. Pero esto no puede ser cosa de un solo individuo.

—Yo apostaría por Pablo Gil y Mortes —dijo Elena, de repente, haciendo que todas giraran la mirada hacia ella—. ¿Qué? Le hemos dejado *Fetén Diario* con menos fiabilidad que una revista de ovnis. Además, intentó meterme dentro de RES con argucias bastante evidentes —dijo señalándose el clavel que aún se mantenía en su antebrazo—, y de todos es sabido que es de la cuerda de UdP y no ha hecho más que hacerles la pelota. En realidad, lo que no comprendo es por qué hizo lo que hizo con los pelos de la barba del presentador de *Náufragos*. ¿No sería un favor para Lucía?

—Es una sospecha razonable, Lola —apuntó Arancha—.

Además, no me ha parecido trigo limpio desde que lo vi por primera vez. Por otro lado, estoy segura de que nos la tiene jurada. Y sabe, porque se nos escapó a Leonor y a mí, que existe RES. Aunque no tenga claro qué es RES. Pero sabe que hay algo llamado RES y que tiene que ver con los Elementos. Son demasiados votos como para que no esté en el ajo.

—Cierto es —confirmó Lola—. Pero seguimos sin saber quién posee el lápiz de Gaudí. Y esa es la pieza fundamental del grupo. Estoy segura de que es la cabeza pensante. No veo a Pablo ideando un plan tan retorcido como el de despertar a más de cien Curros de golpe. Y Lucía estaba en Madrid, según las informaciones de los diarios y las televisiones. Además, desaparecer dejando atrás un Elemento... Es como si los utilizara de usar y tirar. Se trata de alguien que no los valora lo suficiente como para guardarlos. Y Lucía ya hemos visto que guarda Elementos como la camisa de Alejandro Sanz desde hace como veinte años.

—A excepción del lápiz de Gaudí —recordó Arancha—. El tipo sigue guardando el puto lápiz de Gaudí.

—Porque aún le es de utilidad —apuntó Lola—. Ten en cuenta que sigue escapándose. Más de dos décadas huyendo. Amasando una buena fortuna con sus robos.

—O sea, que podemos decir que es alguien rico, inteligente y bien posicionado, si se codea con periodistas y políticos de alto nivel —murmuró Elena, más para sí que en voz alta.

—¿Se te está ocurriendo alguien en particular? —preguntó Arancha, que la oyó.

—No olvides que he sido becaria de *Fetén Diario* durante tres años, Arancha. Y, con esas características, el único que me cuadra y que ha pasado con frecuencia por la redacción es el mismísimo Federico Paso.

—¿Federico Paso? —preguntó Leonor, que volvió a la realidad en aquel momento, incrédula—. No parece que el magnate, constructor y dueño del equipo de fútbol más importante de la capital tenga ningún interés en participar en un lío tan extraño como este, ¿no creéis?

—No te creas, Leonor. Al fin y al cabo, es, como bien ha dicho siempre, «un hombre hecho a sí mismo» —dijo Arancha con bastante mala leche—. Y ¿qué forma más fácil de hacerse a uno mismo que robando? Dinero, objetos imposibles de encontrar o deseados por gente importante… No veo un método mejor de conseguir dinero e influencia.

—Arancha, no sé si estás queriendo encajar tu caso de hace más de dos décadas en este o es que me está cuadrando mucho lo que dices —afirmó Lola, pensativa—. Pero ¿qué hace un tío como él paseándose asiduamente por las oficinas de un periódico? Sin duda, Elena ha dado con la persona que más encaja en todo esto. Y ahora, queridas, ¿bajamos a la planta 25?

Las tres afirmaron con la cabeza. Cogieron el ascensor en dirección a la planta de Civi. Sin saber que, al bajar, ya no volverían al despacho hasta pasado mucho tiempo.

53

Elena
Y dale con el clavel

El descenso a la planta 25 se le hizo eterno. Después de la excitación, porque había sido ella quien había conseguido la pieza final del puzle de enemigos, algo tan anodino como bajar en un ascensor se le hacía largo y tedioso. Estaba convencida de que estaba cada vez más dentro de RES, y así se lo hacían ver sus «compañeras». ¡Si hasta Arancha le había puesto un mote!

«Canija». No es que fuera el más bonito de los motes, pero la hacía sentirse dentro del grupo. Estaba más que extasiada de haber encontrado un sitio en el que se la valorara por cómo era. Y no solo por el clavel de su antebrazo. De hecho, iba a intentar una cosa, a ver qué le parecía a Lola, la jefa. Podría ser una buena idea para conseguir dar un pasito más y convertirse en una agente de la Secretaría.

Cuando llegaron a la planta 25, ya se había hecho todos los castillos en el aire posibles. Se veía, incluso, dirigiendo RES en unos años. Estaba tan ilusionada que no oyó la llamada de Lola hasta que esta se refirió a ella por tercera vez.

—Elena, ¿estás bien? —preguntó la jefa, un tanto preocupada.

—Sí, sí —respondió enseguida—. Estaba con la cabeza en otra parte.

—Pues vuelve a la Tierra, Canija, que tenemos mucho de lo que ocuparnos y muy poco tiempo —la regañó Arancha con una sonrisa. A Elena cada día le caía mejor y estaba segura de que, por fin, se había ganado su confianza.

—Bueno, ya estamos aquí, Civi —comentó Leonor, que era la que más trato tenía con el Círculo Vicioso—. ¿Qué está ocurriendo?

—En primer lugar —dijo la voz tanto delante de ellas como por toda la planta—, buenas a todas. Tengo que contaros que quizá Belén haya encontrado una puerta trasera en mí, o en mi programación, aún no está claro esto, que yo desconocía. O puede que se haya formado precisamente por tener a Belén aquí. No lo sé. Estoy un tanto desconcertada. Y no es algo que me pase mucho, así que no estoy muy acostumbrada.

—Vamos a ver, Civi, sé un poco más explícita —instó Leonor—. ¿Cómo que una puerta trasera?

—No lo sé, Leo, corazón. Es un agujerito que, de momento, hemos tapado con una caja, pero que parece expulsar cosas hacia afuera. Me figuro que saldrán en algún sitio cercano, en los alrededores de la sede de RES. Pero no puedo confirmarlo. Puede que aparezcan en Palencia, donde me encontrasteis, vete tú a saber. El caso es que el inventario no cuadra.

—O sea, que no hay un topo, lo que tú tienes es un agujero... —musitó Leonor para sí. Y siguiendo en voz más alta, comentó—: Bueno, es un alivio y un problema al mismo tiempo. Pero, por lo menos, podemos descartar que haya un topo en RES. Y eso me tranquiliza.

—¿Un topo? —preguntó, extrañada, Lola—. ¿Cuándo has pensado que había un topo, Leonor?

—En el cementerio de los Curros. Estaba preocupada cuando sabíamos que el Despertador tenía la espumilla de Luis del Olmo, que debería estar aquí. Pero ahora ya he descartado la hipótesis. Y menos mal, porque me daba un dolor de cabeza que...

—Bueno. Entonces, Civi, ¿qué hacemos con los más de 194.000 Elementos que tienes ahora mismo dentro? —preguntó Lola un tanto asustada.

—De momento, creo que lo mejor es dejarlos aquí. Los siento casi todos y, aunque sé que han desaparecido unos pocos, que ahora mismo desconozco cuáles son, dentro de poco podré proporcionaros más información. Lo que sí que os recomiendo es que me pidáis lo que necesitéis lo antes posible, porque, aunque parece que hemos detenido la puerta trasera, no sé cuánto durará esto.

—Bueno —se apresuró a decir Elena—, yo tengo algo que pedirte, Civi, si no te es mucha molestia.

—No, para nada, reina. Pide por esa boquita.

—Pues me gustaría que nos dejaras el plumín de Vázquez. —Y añadió, dirigiéndose a Lola—: Creo que ha llegado el momento de que, al menos físicamente, el clavel de Rocío Jurado y yo nos separemos. Luego te propondré una cosa, a ver qué te parece. Pero creo que, si queréis que siga colaborando con vosotras, lo primero es quitarme este clavel de encima y que me queráis por mí, no por el valor que este tatuaje tenga.

—Me parece una fantástica idea, Elena —afirmó Lola.

—Al final vas a ser una agente de RES y todo, Canija —apuntó Arancha con una sonrisa.

El plumín de Vázquez apareció en el cajón de los Elementos de Civi, junto a un trozo de papel bastante antiguo. Leonor cogió ambos Elementos y los colocó encima de una mesa, a la derecha de la consola.

—¿Para qué es el papel, Civi? —preguntó con curiosidad.

—Mujer, digo yo que querréis dejar el clavel en algún sitio. Este es un papel sacado de las mismas dependencias de Emilia Pardo Bazán, que ya sabéis lo bien que se conservan sus escritos a mano. Y por escritos a mano, me refiero a sus cartas pícaras con cierto escritor. Con este papel puedo garantizaros que el clavel no se borrará. Recordad que aún tenemos que encontrar la forma de rematerializarlo...

—Has tenido una buenísima idea, Civi —dijo Elena con entusiasmo—. De hecho, Lola, era de esto de lo que quería hablarte: me gustaría conservar el clavel, si no os importa. Conozco sus poderes y los he ido dominando estos días. Creo que, para lo que tenga que venir, nos irá bien. Pero no quería ser esclava de él, sino poder usarlo a voluntad, como cualquier otro Elemento.

—Me parece una decisión muy responsable, Elena —admitió Lola—. Pero, como todo, tiene su lado negativo. No puedes depender nunca de un Elemento. Y tienes que entender que tú eres el capital más importante. Los Elementos son apoyos puntuales, pero los y las agentes son quienes tienen que hacer el trabajo. Su mente y su destreza son los que permiten que cada situación se solvente. ¿Me explico?

—Estoy de acuerdo contigo, Lola —intervino Leonor—. Pero también está la vida de Eli en juego y ese clavel es un factor importante para prácticamente todo lo que tengamos que hacer para recuperarla. Así que, por favor, ya que vamos a necesitar a Elena en esta misión, te pido que le dejes conservar el clavel. —Lola se quedó pensativa unos segundos y, al final, afirmó con la cabeza—. Ven, Elena, vamos a quitarte ese tatuaje horrendo del antebrazo.

Elena se sentó en la mesa con Leonor, que tenía el plumín de Vázquez en la mano. Esta le contó que, así como su dueño aprovechaba todo lo que podía para vivir lo mejor posible —vamos, que era un vividor y un poco caradura—, el plumín absorbía la tinta de donde fuera y podía traspasarla a otro material. Si a esto, además, le unían el papel de Pardo Bazán, el clavel estaría en un lugar seguro, al menos por el momento.

Una vez explicado el procedimiento, Leonor colocó con delicadeza el plumín sobre el final del tallo del clavel y empezó, lentamente, a mover la palanca con la que se recogía la tinta. Elena sintió una mezcla de frío y como si le estuvieran sacando sangre. Era una sensación extraña y, a la vez, satisfactoria. En menos de un minuto, el clavel había desaparecido de su piel.

Con un pulso impecable, Leonor continuó con la operación de traslación del clavel. Sin dejar que se cayera una gota, presionó suavemente sobre el papel de Emilia y soltó, poco a poco, toda la tinta que había recogido del antebrazo de Elena. De manera casi mágica, el tatuaje fue formándose de manera exacta a como estaba en su lugar anterior con la salvedad de que, al tratarse de un papel amarillento, parecía un dibujo hecho por la gran Pardo Bazán en una de sus misivas amorosas.

—Bueno, pues ya está —dijo Leonor, satisfecha—. ¿Podríamos ahora dedicarnos a…?

«Atención, por favor, ¿podrían las agentes Blasco y Ceballos, la jefa Lola y Elena, cuando les sea posible, sin mucha prisa, que no es que sea urgente ni nada por el estilo, ni les vaya a explotar la cabeza cuando lo vean ni esas cosas… podrían, insisto, acercarse a los dominios del agente Lobo?». Wardog imitaba el tono de la megafonía de una conocida cadena de grandes almacenes.

—Mira que te gusta hacer el tonto, Wardog —se quejó Arancha.

—Y mira que te gusta que lo haga, Arancha —replicó

Wardog—. Anda, subid rapidito, que tenemos una cosa que os va a encantar. Además del agente Lobo.

—No me toques las tetas, Wardog.

—¿Te das cuenta de que estás diciéndole eso a una inteligencia artificial, corazón?

—Una inteligencia artificial que sabe que sé dónde tiene el enchufe para apagarla, te recuerdo.

—Vaaale, vale. Ya me callo. Venga, subid. ¡Hasta ahora!

—Lola, ¿tú por qué permitiste que Lobo le pusiera personalidad a Wardog? —preguntó Arancha, entre indignada y curiosa.

—Porque sabía que me daría muy buenos momentos de risa contigo —respondió.

54

Arancha
Ni loca me subo yo ahí

De nuevo en el ascensor, Arancha comenzó a pensar en las ganas que tenía de salir de RES y respirar aire puro. Sí, era cierto que los filtros de la Secretaría eran los mejores y que aprovechaban el aire natural de la sierra de Javalambre, pero no era lo mismo. En cualquier caso, todo era mejor que el DVE y volver a ver al agente Lobo. Esa sensación de atracción y repulsión que le producía le tocaba las tetas. No le gustaba no sentir el control de sus emociones. Y con Lobo era imposible. A veces lo mataría y otras, en cambio, se lo quería comer.

Se libró de aquellos pensamientos en cuanto se abrieron las puertas. La iluminación de la planta del DVE era tan deslumbrante, impresionante y extravagante que cualquier otra disquisición era imposible de mantener. Salieron todas del ascensor en dirección al departamento de Verificación de Elementos, donde las esperaban el doctor Alban, con quien Leonor se reencontraba por primera vez después de su trifulca, y el agente Lobo, que sacaba a Arancha de quicio. Total, que no iba a ser una reunión fácil, dedujo.

Desde luego, lo que no se esperaba, para nada, es lo que vieron nada más llegar. Tanto Lobo como Alban estaban sonrientes y delante de una... Vespino. Una Vespino de los años ochenta. Roja. Hecha polvo. Llena de arañazos, desconchones, con el asiento mordido por varias partes... Vamos, un cuadro de Vespino. Y, sin embargo, ahí estaban Alban y Lobo, ambos sonriendo como si estuvieran ante la moto más fantástica del mundo. Arancha miraba, incrédula, la motocicleta y a sus compañeras. Y a su jefa que, contra todo pronóstico, también sonreía con semblante orgulloso ante el esperpento que tenían delante.

—Bueno, ¿qué? ¿Qué os parece nuestra última maravilla? —preguntó Alban con la sonrisa tatuada en la cara.

—Pues ¿qué quieres que te diga, doctor? Así, a simple vista, parece la moto del Vaquilla —respondió Arancha, poco impresionada—. Pero la del Vaquilla después de librarse de una persecución policial y de haberla dejado en un descampado tres días.

—¡Cómo me gusta tu sinceridad, Arancha! Es que me pone... —dijo Lobo mirándola por encima de las gafas de pasta negra.

—No digas chorradas, Lobo. ¿De dónde habéis sacado semejante cacharro, de un desguace de Soria?

—Pues no, lista —apuntó Alban con retintín—. El desguace estaba en Cuenca. Pero eso es lo de menos. Lo importante es lo que lleva dentro.

—Sí, queridas mías. Lo importante es que, gracias a las agentes Vicens, León y Torreblanca, este «cacharro», como muy elegantemente lo ha descrito Arancha, es el vehículo más rápido del que disponemos. Por encima del FA y el Dodge, por mucho —añadió Lobo, orgulloso de su nuevo juguetito—. Esta preciosidad, disfrazada de una Vespino hecha polvo para que nadie se fije en ella y la podáis dejar tirada en caso de persecución, lleva en su interior el carburador, el tubo de escape y el depósito de aceite de las motos de Ángel Nieto, Marc Márquez y Jorge Lorenzo. Vamos, como diría la famosa periodista, «va como un pepino».

—Vamos, una Vespino con cosas —se mofó Arancha.

—Voy a pasar por alto tu comentario porque todavía no has probado las maravillas de esta pedazo de moto, Arancha —dijo Alban, altivo—. Pero estamos hablando de un vehículo que puede transportar a dos personas con mayor rapidez que el FA y el Dodge, con mayor facilidad para aparcar y con mejor comunicación con Civi, Wardog y vuestras compañeras.

—Efectivamente. Porque todavía no habéis visto los cascos, nenas —continuó Lobo—. Ultimísima generación. Civi, completamente integrada. Manos libres, llamadas por voz y contacto directo con Wardog para que os vaya guiando por el camino más corto. Además, la Vespino viene con las mismas prestaciones que el FA: imposible de detectar por los radares, ruedas antipinchazos... Y otras nuevas, como un estabilizador para que sea prácticamente imposible caerse. Estamos ante el futuro del transporte en RES. Porque anda que no tenemos ganadores de Moto GP en España...

Arancha y Elena se cruzaron una mirada que mezclaba la sorpresa y el horror. Lola, que estaba encantada con el nuevo vehículo, vio aquel intercambio visual con un poco de tristeza. Leonor se encontraba distraída, como atendiendo al techo mientras se mordía compulsivamente las uñas.

—Bueno, ¿qué os parece? —preguntó Lola, intentando animar la conversación.

—Pues no sé muy bien qué decirte, Lola —comentó Elena—. Nunca me han gustado las motos. Me parecen muy inseguras. Y una moto que va a ochocientos kilómetros por hora... Pues imagínate la hostia cómo puede ser.

—A ver, es muy segura. El estabilizador hace que sea prácticamente imposible caerse —interrumpió Lobo—. Es una de las cosas de las que me siento más orgulloso.

—Sí, pero no dices «totalmente imposible», Lobo. Yo ahí no me subo ni loca —sentenció Arancha.

—Bueno, Leonor, ¿y tú qué opinas? —preguntó Lola.

—Que me parece estupendo que tengamos un nuevo vehículo en RES y todo lo que queráis, pero... ¿Podríamos preocuparnos ahora de averiguar los planes de Lucía y el resto de los cabrones que han raptado a mi novia, si no es mucha molestia?

55

Leonor
Se hace necesaria una estrategia

«Es que basta ya de tanta tontería», se dijo Leonor. Había llegado hacía ya horas a RES, diciendo que habían secuestrado a Eli, y parecía que a nadie le importaba. En el fondo, muy en el fondo, su yo racional le decía que no, que Arancha, Elena y Lola estaban casi igual de preocupadas que ella, pero que, sin un plan de acción, poco se podía hacer.

Y, sin embargo, no podía dejar de pensar que, entre el *brainstorming* de quién podría ser el tercero en concordia con Lucía y Pablo, unido a la Vespino más rápida del mundo, todo parecía más importante que su querida Elisa. Así que, durante el camino hacia el ascensor, prefirió quedarse en silencio mientras ellas hablaban sobre dónde deberían ir a continuación. Decidieron dirigirse a la habitación donde descansaba

Belén, en la planta 5. Leonor supuso que la cercanía con su compañera ayudaría a Arancha a pensar con mayor claridad acerca de cómo terminar de una vez con los planes de la Castro-Ardiles.

El trayecto fue bastante incómodo, al menos para ella, que se sentía un poco culpable por haber gritado a sus compañeras —y a su jefa— de aquella manera. Por suerte, el silencio que reinó mientras subían duró poco. Una vez en la habitación donde descansaba Belén, el ambiente cambió. Ver a su compañera le produjo una sensación desoladora. Sabía que, de alguna manera, se encontraba con Civi. Y sin embargo, contemplar su cuerpo tumbado bocarriba en aquella camilla, intubado, lleno de goteros y de máquinas que monitorizaban su actividad vital, le recordaba que, en la realidad, seguía luchando por permanecer en este mundo.

—Qué tranquila se la ve —dijo Arancha, rompiendo así el silencio de la sala—. Con lo mal que lo tiene que estar pasando.

—No puedo ni siquiera empezar a imaginar lo que debes de estar sufriendo ahora mismo, Arancha —afirmó Lola—. Pero os he traído aquí con un propósito muy claro: quiero que recordéis por lo que estamos luchando. Por quién estamos luchando. Es muy importante que lo tengáis, lo tengamos, mejor dicho, todas claro. Y ahora, pongamos nuestras mentes a pensar y encontremos el lugar donde se va a producir lo que quiera que se va a producir. Salvemos a Eli y evitemos lo que sea que Lucía pretende hacer en Madrid.

—Lola —la interrumpió Leonor—, se me está ocurriendo una idea que, quizá, podría ayudarnos a arrojar un poco de luz en todo esto.

—Cuéntanos, entonces.

—¿Recuerdas el vestido de Julia Otero en el primer *Telepasión*? Si no se le ha escapado a Civi, ya sabes cuáles son sus poderes...

—¡Claro! Civi —llamó pulsando levemente sobre la bellota—, ¿tienes...?

—Ya lo he escuchado, jefa —se oyó la voz de Civi en la habitación—. Estoy en modo escucha activa. En estos momentos, lo que menos necesitáis es pillarme desprevenida. Y sí, lo tengo. Está rematerializándose ahora mismo en la planta 25.

—Dile a la agente Torreblanca que lo traiga a la habitación de Belén, querida, si eres tan amable.

—Sin problemas, Lola. Va de camino en dos minutos.

—Perdonad, pero ¿qué tiene que ver Julia Otero con todo esto? —preguntó Elena, confusa, como era habitual cuando hablaban de Elementos.

—A ver, Canija —le explicó Arancha, paciente—. Julia Otero se encargó de dirigir el primer *Telepasión*, el resumen anual de lo que se había emitido en Televisión Española aquel año. Se pasó varios meses revisando uno por uno los vídeos de todos los programas de la cadena, seleccionando los detalles más interesantes. El poder de ese vestido es el de analizar con precisión los recuerdos. En el momento en que te lo pongas, recordarás hasta el más mínimo detalle de lo que quieras.

En concreto, queremos que pienses en lo que viste al tocar el cuadro de Velázquez. Y bueno, además te vamos a ver vestida de largo, con un traje de noche monísimo que te va a hacer juego con las zapatillas de deporte comidas de mierda que llevas. *Win-win*, lo llamo yo.

—Tenías que meter la puntilla, claro —respondió Elena, sarcástica.

—Veo que empiezas a conocerme, Canija —dijo Arancha guiñándole el ojo.

Esperaron en silencio a que la agente Torreblanca llegara con el vestido. Leonor notaba la tensión en el ambiente que, sin embargo, era distinta a la que había en el ascensor y de camino a la habitación de Belén. Era una tensión expectante. Una tensión positiva. Una tensión de esperanza, la que todas habían depositado en poder adelantarse, por una vez, a quienes les llevaban dos pasos de ventaja desde hacía días.

La agente Torreblanca, Nuria, llegó con el vestido de la Otero al cabo de lo que les pareció una hora y que, en realidad, habían sido unos minutos —el mínimo tiempo de subir de la planta 25 a la 5—. Entró en la habitación y se acercó a Lola.

—Jefa, aquí lo tienes. Me ha dicho Civi que te recuerde que quien se lo ponga tiene que cerrar la cremallera hasta arriba o no funcionará. Y que se concentre en la imagen que quiere ver.

El interés de todas las presentes se centró en cómo Elena se enfundaba el vestido, por lo que la agente recién llegada tuvo que reclamar la atención de Lola intentando no ofenderla.

—¿Puedo irme, jefa? —preguntó Torreblanca—. Lobo me necesita para que consiga más piezas para la Vespino. Quiere ver si puede conseguir que vaya más rápido aún. Y como tenemos ganadores de GP a capazos...

—Claro, Nuria. Muchas gracias por hacernos llegar el vestido y mucha suerte consiguiendo esas piezas. Tengo la intuición de que esa Vespino va a darnos muchas alegrías.

Torreblanca se dio la vuelta, con un volteo de su larga melena rubia, y se alejó pisando fuerte con sus tacones altos y finos.

56

Elena
El vestido, como un guante

Elena se sentía ridícula. Metida dentro del vestido de Julia Otero, avergonzada y, por qué no decirlo, un poco nerviosa por tener a todas sus compañeras —y a su, aún no lo tenía del todo claro, jefa— mirándola. Porque, por supuesto, estaba aquel tema al que no paraba de dar vueltas en la cabeza. ¿Era una agente de RES o no? ¿Seguía siendo una becaria de un periódico que ella misma había ayudado a destruir? ¿Tenía trabajo? ¿No? Si por ella fuera, se quedaba en RES. Pero claro, en firme no le habían dicho nada.

Los dos últimos días habían sido una vorágine, y en aquel momento, deslumbrante como estaba en un vestido *vintage* divino, se le agolpaban todas esas preguntas al tiempo que tenía que ponerse a recordar una imagen que, la última vez, le había producido casi hasta vómitos. No era una situación ideal, la verdad. Así que intentó retrasarlo lo máximo posible.

—Y contadme, ¿cómo conseguisteis este vestido tan fabuloso? —preguntó de la manera más inocente que pudo.

—Pues la verdad es que no fue cosa fácil —contestó Arancha—. Julia guardaba este vestido entre sus pertenencias personales. En su casa, vamos. Tuvimos que hacer varios intentos hasta conseguir entrar y sustituirlo por una copia exacta. Belén fue la que tenía en la cabeza que podía ser un Elemento potente. Ay, Belén, siempre tuvo ese sexto sentido para detectar el potencial de los objetos corrientes de los famosos... —Y paró de hablar, mirando hacia la cama de su compañera.

Mientras, Leonor y Lola colocaban una silla detrás de Elena y dejaban espacio a su alrededor para cuando se concentrara. Sabían cómo funcionaba el Elemento y no querían dejar nada al azar. Elena las miraba con curiosidad y, sabiendo que su estrategia de alargar la espera no daba más de sí, respiró hondo y preguntó:

—¿Cuándo quieres que empiece, Lola?

—Danos un minuto más, querida, y acuérdate de cerrar los ojos mientras recuerdas.

—OK —fue su respuesta.

Elena estaba nerviosa, aunque no sabía muy bien por qué. Lo único que debía recordar era el momento en que Lucía Ortega Castro-Ardiles se había encontrado con el hombre misterioso y, quizá, gracias al vestido de Julia Otero, pudiera apreciar más detalles de aquel instante. Pero ¿y si no los conseguía ver? La responsabilidad que le habían otorgado sus compañeras era muy alta y no quería decepcionarlas, pero desconocía los poderes del vestido, de modo que no estaba del todo segura de lo que podría lograr. En cualquier caso, sí creía en ellas, y en Lola, así que eso le proporcionaba la seguridad para hacer lo que le dijeran que tenía que hacer.

—Ya estamos preparadas, Elena —dijo Lola, interrumpiendo sus pensamientos—. Cuando quieras, cierra los ojos, respira profundamente y busca la imagen de la visión en tu mente.

No había terminado de cerrar los ojos cuando las piernas empezaron a flojearle. Leonor la sentó en la silla que habían previsto a tal efecto y la calmó. Fue entonces cuando comenzó a rememorar la escena con todo lujo de detalles.

—Veo a Lucía de frente. Con una sonrisa de depredador. Da miedo. Y de espaldas, un hombre un poco más alto que ella. Con un traje impoluto. Pero no puedo ver quién es. Está de espaldas.

—Elena —dijo Lola con voz calmada—, tienes el vestido de Julia puesto; ahora puedes fijarte en los detalles. Hacer *zoom*, por decirlo de alguna manera. Fíjate en algo a tu alrededor que refleje. Quizá un espejo. O una vasija. Cualquier cosa metálica. O un cristal.

Elena observó a su alrededor en el recuerdo. Era como estar mirando un vídeo en una tableta. Podía acercarse y alejarse a voluntad. De hecho, aprovechó para curiosear dentro del despacho y determinar que la decoración era un poco hortera. «Pero eso no es lo importante», se dijo. Buscó y encontró un jarrón metálico —alguna copa o algún trofeo de Lucía, supuso— que, con un poco de distorsión, mostraba, sin lugar a duda, el rostro de Federico Paso. Aquello confirmaba las sospechas que ya tenían todas.

—Es Federico Paso, seguro —corroboró Elena—. Lo acabo de ver reflejado en un jarrón, o un trofeo. Podemos confirmar que es el tercero del grupo.

—Eso es bueno, Elena —dijo Arancha—. ¿Qué más puedes ver? ¿Puedes ver el objeto que le da?

—No tengas prisa, tía. Esto no es el CSI.

—Vale, Canija. Tampoco te pongas borde.

Elena siguió observando. Desde la posición del jarrón veía a Federico, pero la espalda de la Castro-Ardiles le tapaba el Elemento. Intentó moverse por la habitación, pero era imposible. Al parecer, el vestido te dejaba mirar con detalle, pero no hacía milagros tridimensionales. Así que intentó centrarse en otro sitio. Buscó rápidamente a izquierda y derecha de los dos participantes, pero no encontró nada más que maderas y cuadros ostentosos. Malditos políticos y su gusto por el lujo y la pompa.

Sin embargo, sabía que se le estaba pasando algo por alto. Intentó pensar en superficies reflectantes, como le había propuesto Lola. ¿Ventanas? No, demasiado a sus espaldas. ¿El techo? No, madera y pan de oro. Y, entonces, le vino a la cabeza. Un hombre de negocios siempre lleva un buen reloj. Un reloj con una esfera bien grande. Y con la orientación justa, un cristal se convierte en un perfecto espejo. Miró a las muñecas de Federico y rezó para que fuera zurdo. Eureka, lo era. El reloj estaba en su derecha y, por tanto, reflejaba perfectamente el paquete que Lucía había abierto. Eran unas bolas blancas, brillantes, engarzadas las unas con a las otras. Un collar. Un collar de…

—¡Perlas! —gritó abruptamente, saliendo del trance—. ¡Un collar de perlas! Federico Paso le dio a Lucía un collar de perlas.

—¿Un collar de pelas? —preguntó Arancha—. ¿Qué buscaba, ronearla?

—Me temo que no, Arancha —dijo Lola con una preocupación notable en su voz—. Si hablamos de un Elemento y es un collar de perlas, nos enfrentamos a un tema bastante gordo.

—Jefa, me estás preocupando —apuntó Leonor, que conocía casi a la perfección todos los Elementos que tenía Civi en su interior—. No existe un collar de perlas en RES, ni nunca ha existido. ¿Cómo sabes de lo que estamos hablando?

—Porque, cuando yo era una agente rasa, intentamos conseguirlo, y conocíamos sus efectos. Porque sabíamos que los Elementos tampoco afectan a los descendientes directos de los dueños de estos. Porque, desgraciadamente, fue uno de mis pocos pero mayores fallos. Y porque no conseguimos el collar de perlas de Carmen Polo, alias «la Collares».

—¿Me estás diciendo que Lucía se ha hecho con el collar de perlas de la mujer de Franco? —preguntó Arancha, entre alucinada y preocupada.

—¿Y qué poder tiene ese collar? —preguntó a su vez Leonor.

—Pues os recuerdo que la última frase que dijo la Castro-Ardiles fue algo relacionado con ir ella misma al Canal —apuntó Elena, que aún recordaba a la perfección la escena que había visto al tocar el cuadro de Velázquez.

—Os respondo a una tras otra: sí, lo tiene; su poder es el de hacer que toda persona haga su voluntad; y sí, lo sé, Elena. Y, con respecto a lo segundo, o mucho me equivoco o creo que donde va Lucía es al Canal de Isabel II. Y diría que va a ir hoy mismo.

Todas miraron a Lola con los ojos abiertos. No lo comprendían mucho, pero tenían claro que la que se iba a liar era mayúscula.

57

Lucía
Si es que tengo que hacerlo yo todo

Pues al final, Lucía Ortega Castro-Ardiles tiene que encargarse de todo. Si es que no puedo confiar en nadie. Por su puesto que Fede y Pablo van a venir conmigo. Necesito su fuerza bruta y la poca inteligencia que me han demostrado tener —sobre todo Pablito— para que hagan lo que yo les diga, por si la cosa se pone chunga.

Pero la lección final es que si quieres que se haga algo bien, hazlo tú. Y Lucía Ortega Castro-Ardiles tiene muy clara esa lección. Así que, esta noche, visita al Canal de Isabel II para dejar el collar en el agua. Que para eso UdP se ha pasado años recomendando el agua de Madrid para que los madrileños beban y beban del grifo. ¡Qué lista fue la primera presidenta de Madrid! ¡Cuánto le debo a su figura y su gracia!

En teoría, es muy sencillo: voy, meto el collar en el suministro principal y las perlas cumplirán con su misión. Como salen de mi mano, harán lo que yo quiera. Eso y los anuncios de campaña de UdP, que también harán su trabajo. Y la mayoría absoluta será mía. No tendré que compartir el poder con nadie. Sencillamente, Lucía Ortega Castro-Ardiles será la presidenta de nuevo. Y, a partir de ese momento, cualquier cosa que diga por la tele, por estúpida y descacharrante que sea, la acogerán de buen grado. ¿Por qué? Porque los collares seguirán ahí, haciendo que cualquier madrileño o madrileña que beba del agua de Madrid haga mi voluntad.

Sí, por supuesto que habrá algunos hípsters que beben agua embotellada y que no me votarán, pero así no se notará tanto. Malasaña, para los rojos. Cuento con ello. También es cierto que quedaría muy raro que Lucía Ortega Castro-Ardiles ganara unas elecciones con un cien por cien de los votos, me parece a mí.

Y después de Madrid… ¿quién sabe? Que, chica, yo no quiero nada más que la Comunidad de Madrid, pero, siendo sincera, ahora el gallego ya me está molestando un poco más de la cuenta. Y se merece un golpe en el hocico. Como cuando un perro se mea en un lugar donde no le toca. Y el gallego está levantando la patita en Madrid, y Madrid es de Lucía Ortega Castro-Ardiles.

No sabe Federico Paso el regalo que me ha hecho. Y no sabe, tampoco, que no le voy a devolver el favor nunca, porque estará a mis pies en cuanto beba un vasito de agua del Canal, que yo misma le ofreceré para brindar.

A Lucía Ortega Castro-Ardiles no se le dice «me debes un favor». Esa no es forma de tratar a una dama. Habrase visto.

58

Belén
Parpadeos

—Vamos a ver, Civi, que las oigo.

—Pero ¿cómo las vas a oír, criaturita? Estás aquí, conmigo.

—Pues qué quieres que te diga, chica. Las estoy oyendo. Están hablando de lo importante que es lo que están haciendo y que están en mi habitación por mí.

—Bueno, a ver, tampoco es que sea yo una experta, pero… ¿tú has escuchado a las enfermeras cambiarte los goteros, o a los doctores examinarte? ¿Algo de lo que suele pasar en las series de médicos?

—¿Qué dices de series de médicos?

—Qué quieres que te diga, chica. Estoy enganchadísima a *Anatomía de Grey*. Cuando no me llamáis más de doce personas a la vez, me la pongo y soy muy de McSteamy. Es que me la veo en versión original, ¿sabes? Adoro el doblaje, pero el acento de McDreamy es taaan bonito...

—Mira, Civi, de verdad. Que te gusten algunos agentes de RES lo veo un poco normal. Pero ya que te excites con personajes de ficción de la tele...

—Pero vamos a ver, Belén, ¿a ti no te pasa?

—Sí, claro. Ponme a Henry Cavill delante y no respondo.

—Pues yo soy igual. Es solo que me falta un cuerpo. Bueno, para todos menos para ti. Tú me estás viendo. ¿Qué te hace falta para creer que soy una mujer de verdad?

—Nada, sinceramente. Eres una mujer de verdad. Y, sin embargo, fuera eres un círculo. La verdad es que no lo entiendo. Pero te puedo garantizar que voy a luchar por conseguir que salgas de aquí. Porque eres una persona. Eres una persona superdotada y multidireccional, pero eres una persona. Con esa nariz chata y esa sonrisa perpetua. Y esos rizos perfectos. ¿Te puedo hacer una pregunta?

—Sí, claro, perla. Dispara.

—¿Cómo querrías que te llamaran si fueras humana?

—Ah, lo tengo clarísimo: Raquel.

—Pues, Civi, a partir de ahora te llamaré así: Raquel.

—Jo, pues gracias, Belén.

—Y, dime, Raquel, ¿qué me está pasando? Porque estoy aquí, pero ahora mismo me siento que estoy como saliendo.

—¿Qué dices?

—Sí. Juraría que he movido un meñique en la habitación.

—Vamos a ver, Belén, ¿lo crees o estás segura?

—Pues yo diría que estoy se…

—¿Belén?

—… gura, Raquel.

—Uh, esto no me gusta nada. Has parpadeado.

—Y… ¿eso es bueno?

—Mujer, malo no es, creo. Lo que está claro es que vas a desaparecer de aquí. Y eso puede significar dos cosas: que te vas al otro barrio o que vuelves al mundo de los vivos, chata.

—Civ… digo, Raquel, ¿por qué te inclinas tú?

—Pues moviendo un meñique y escuchando a tus compañeras, yo me inclino por lo de volver al mundo de los vivos. Pero, eso sí, médica no soy. En cualquier caso, te echaré de menos. Y, si me permites un consejo, nada más te vistas, sube a ver a Lobo.

—¿A Lobo?

—Hazme caso.

—Por supuesto, Raquel.

—Gracias. Eso sí, llámame Civi fuera o te tratarán de loca.

—Hecho.

—Y gracias por la compañía.

—Gracias a ti por las Mirind…

—Jopé, ya me he vuelto a quedar sola. Lo bueno es que este lugar puede volver a ser nudista. Hala, tetas al aire, Raquel.

59

Arancha
Elementémonos

Arancha tenía claro lo que necesitaba: la bata de Ramón y Cajal. E iba a pedírsela la primera para lo que fuera que se avecinaba. Pocos sabían que el doctor era, además de un genio, vigoréxico, así que su bata tenía dos funciones: abrochada, te concedía conocimientos médicos y así había podido salvarle la vida a Belén, pero, simplemente con ponértela abierta, te proporcionaba un subidón de fuerza, de energía. Y si algo necesitaba Arancha en aquellos momentos era fuerza bruta. «Hulk Smash», resonaba en su cabeza.

También tenía claro, y así se lo diría a Lola nada más llegaran a la planta 25, que Leonor debería llevar la rebequita verde de la expresidenta. Era la que tenía menos bagaje en el campo de batalla y, aunque había ejecutado perfectamente su labor en el cementerio de los Curros, no podían arriesgarse a perderla. Además, la vida de Eli estaba en juego y, por tanto, cualquier protección era poca para el estado de nervios en el que se encontraba y se encontraría en el futuro.

Por otro lado, Arancha tenía claro que Elena podía bastarse y sobrarse con el clavel de Rocío Jurado. Una vez que se lo habían quitado de la piel, era un Elemento con una evidente potencia y que ella conocía sobradamente. Sin embargo, dejaría a Leonor y a Civi que decidieran qué más se podían llevar para tener toda la ventaja posible en lo que fuera que se avecinaba.

Cuando se acercaron a Civi, aquello parecía un puesto del Rastro más que el cuadro de mandos aséptico que solía ser. Multitud de Elementos se amontonaban en el centro de rematerialización, tantos que, de hecho, habían caído de la mesa y se amontonaban en el suelo: ropa, gafas, relojes, bolígrafos… Era un caos.

—Civi, ¿qué está ocurriendo, querida? —preguntó Leonor con tono preocupado.

—Estoy rematerializando lo que se me ocurre que os puede ser útil —respondió con tono nervioso—. Para eso venís, ¿no? Arancha, debajo del montón encontrarás la bata de Ramon y Cajal. Me da que es tu elección principal. Elena, tú tienes el clavel, pero Leonor te dará algún objeto más para que te ayude. Leo, cielo, ¿reconoces algo de lo que estoy sacando?

—Civi, querida, ¿no te olvidas de una cosa? —dijo Lola con tono serio.

—No sé a qué te refieres, jefa —respondió y, al pronunciar la última palabra, se paró en seco y cambió el tono—. Ah, bueno, sí. Lola, claro. Me he permitido ir adelantando el trabajo para las instrucciones que, obviamente, tú tienes que dar.

Lola cambió el gesto. Mientras tanto, Leonor se agachó a echarle un ojo a los Elementos que Civi había ido sacando en modo automático y los miraba con curiosidad.

Arancha observó que Leonor metía un par de Elementos en el interior de su chaqueta, pero no dijo nada. Estaba segura de que si Leonor se guardaba algo era porque lo iban a necesitar muy pronto.

La tensión se notaba en el ambiente. Todas estaban preocupadas, expectantes y sin saber muy bien si tomar la iniciativa o esperar a las órdenes de Lola. Lo que Arancha tenía muy claro era que cada minuto iba a ser decisivo, por lo que se decidió a hablar para intentar, con sus palabras, conocer el estado real de sus compañeras y su jefa.

—Pues, la verdad, Civi, es que me has leído el pensamiento. La bata de Ramón y Cajal era precisamente lo que te iba a pedir para irnos al Canal. Aunque también se me había ocurrido algo un poco más… peliagudo.

—¿A qué te refieres, Arancha? —preguntó Lola, intrigada.

—Con tu permiso, jefa, querría hacer uso de las bolas del *Telecupón* de Carmen Sevilla, si fuera posible.

—¿Las bolas del *Telecupón*? —preguntó Elena, visiblemente sorprendida—. ¿Para qué pueden servir unas pelotas de gomaespuma de hace décadas?

—Ay, querida Elena. Cuánto te falta por aprender…
—exclamó Lola con una sonrisa cómplice hacia Arancha—.
Las bolas del *Telecupón* son Elementos de distracción. Eres
muy joven para recordar a Carmen Sevilla en la tele, pero era
tan adorablemente despistada… Y esas «pelotas de gomaespuma», como las llamas, son Elementos bastante poderosos.
Consiguen un efecto de confusión en quien las roza. Tenemos las cincuenta, pero creo que con diez, Arancha, tendrás
suficiente.

—Sí, Lola —respondió Arancha—. Diez bolas y cualquier Elemento que permita la recuperación, y tendré para
toda la lucha. Aunque igual deberíamos dárselas a Leonor.
Yo, con la bata, creo que puedo ser bastante competente.

Leonor torció el gesto.

—¿Por qué yo? —preguntó, visiblemente molesta—. Sabéis que no me gusta usar Elementos de ataque. A mí dejad-
me bien defendida y con la posibilidad de salvar a Eli lo antes
posible.

—Pero, Leonor, las bolas del *Telecupón* van a permitir
que te evites enfrentamientos —explicó Arancha—. Simplemente, con un poco de buena puntería, tendrás el camino libre para llegar a Eli. Ese es tu cometido. Salvarla. Del resto
nos encargamos nosotras.

—¿Me estás incluyendo? —apuntó con timidez Elena.

—Pues claro que sí, Canija. Ahora mismo eres una más,
¿no?

—A ver, yo, no sé… Lo que me digáis.

—De verdad, niña, eres a veces insufrible —dijo Arancha, poniendo los ojos en blanco—. ¿Quieres aceptar que eres parte de RES, aunque sea por el momento? No tendrías el clavel si no fuera por eso.

—Ya, bueno, visto así… —dijo Elena, más para sus adentros que participando en la conversación.

—Además, que te lo digo yo, Elena. Hoy eres una agente más. Toda ayuda es poca —apuntó Lola, firme—. Ya has conseguido la confianza de tus compañeras.

—Bueno, la mía la tiene al 98,8 % —apuntó Arancha, guiñándole un ojo a Elena—. Pero eso es mucho.

Continuaron agenciándose distintos Elementos en silencio, con el brillo de Civi como única distracción. El ambiente, aunque amable, continuaba cargado de tensión. Arancha no tenía muy claro cuál iba a ser el plan.

Y no le gustaba ir a una batalla de esa manera.

60

Belén
Que sí, que no, que nunca te decides

—Pero, Raquel, ¿qué haces en pelotas?

—Huy, Belén, pensaba que te habías ido. Espera, que me tapo.

—No, si no me importa, pero me has dejado totalmente sorprendida. ¿Eres nudista?

—Soy una mujer que no tiene cuerpo, corazón. Imagínate lo que me molesta la ropa. Aunque sea virtual. Pero vamos a lo importante: ¿qué haces aquí? ¿No te habías ido?

—Pues la verdad es que no sé muy bien lo que ha pasado. Un momento estaba aquí y al otro estaba no me preguntes dónde.

—A ver, siéntate, reina. Toma, una Mirinda.

—Cómo me cuidas, Civi.

—No tengo mucho más que hacer. Están todas preparándose para lo que sea que va a pasar.

—Y supongo que no me podrás contar nada del tema, claro.

—Pues ¿qué quieres que te diga, chica? Ha llegado un momento en el que no tengo ya ni idea de si puedo o no, o si debo o yo qué sé. Resumiendo: Lucía va a intentar algo en el Canal de Isabel II, y Arancha, Elena y Leonor procurarán evitarlo. He oído algo de un collar de perlas, pero no lo tengo en mi inventario.

—¿Cómo? ¿Que no sabes qué Elemento es?

—Pues ni idea, amor.

—Bueno, pues si no me equivoco, y me equivoco poco en estos temas, y pensando en cómo lo podría hacer Lucía… Yo lo tengo más que claro.

—¿Y a qué estás esperando para contármelo? Toma, unas aceitunas. Aprovechemos que aquí no engorda nada.

—Veamos cómo te lo explico. ¿Tú sabes quién era Franco?

—Belén, que soy nueva pero sé de historia de España.

—Pues ese collar va a ser uno de los de su mujer.

—¿Carmen Polo?

—Exacto. La Collares, como era conocida.

—¿Y para qué sirve eso?

—Arancha y yo siempre hemos tenido una teoría: ese collar tiene el poder de doblegar voluntades. Carmen Polo iba a cualquier sitio y hacía lo que venía en gana: si quería una joya, la cogía; si se le antojaba un abrigo, se lo llevaba. Y siempre decía que luego irían a pagar, pero casi nunca ocurría. Pero ¿quién le iba a decir que no a la mujer de Franco?

—No, claro, a ver quién era el guapo que se atrevía.

—Siempre quisimos recuperarlo para RES, pero su nieta guarda todas las joyas de su abuela celosamente.

—Pero ¿no ha usado ella ninguna para hacer lo que le venga en gana?

—En primer lugar, no le ha hecho falta. Y, en segundo lugar, en la agencia estamos convencidas, aunque no tenemos la certeza completa, de que los Elementos tampoco funcionan con familiares directos de aquellos que los han imbuido. Es por ello por lo que los Iglesias entonan regular, pese a ser los hijos de uno de los cantantes más reconocidos del mundo.

—Ay, mi Julito…

—No te hacía yo de ese tipo de música.

—Hay muchas cosas que no sabes de mí, Belén. Ya irás conociéndome.

—Es cierto que te conozco poco, pero te hacía más de…

—¿Belén? Nada, ya se ha vuelto a ir. Y me he quedado sin saber el final de la historia. Con la rabia que me da a mí quedarme a medias.

61

Lucía
Vamos, que nos vamos

Vaya viajecito me espera hasta el Canal. Acompañada del tonto de los bulos y de Federico, que no hace más que pedirme cosas para cuando gane las elecciones. «Que sí, que Lucía Ortega Castro-Ardiles te dará todo lo que quieres», le digo. «Bueno, te daré lo que quiera yo de lo que me pides», pienso por dentro. Pero primero vete haciéndome tú a mí el favor. Que, si esto es la mafia, aquí Corleone soy yo.

Y encima, sin poder usar el coche oficial. Porque ¿qué pintaría la Castro-Ardiles en el Canal de Isabel II sin una convocatoria de prensa? Total, que aquí vamos, dentro de un Alfa Romeo negro con las lunas tintadas, yo en la parte de detrás —se tienen que notar las clases— y estos dos en la parte delantera. El coche lo ha escogido el conductor, Pablo, que tiene unos gustos un poco horteras, pero, desde luego, hay que reconocerle que nadie se va a imaginar que en su interior vamos el hombre más rico de Madrid, el director de un periódico en horas bajas y la presidenta autonómica. Bueno, y la secuestrada en el maletero, que no se nos olvide, porque el efecto dramático es importante para lo que vamos a hacer.

A Pablo se le ha ocurrido mandar a Isco y Francis en dos patinetes eléctricos para que lleguen antes y aseguren el perímetro. No es que dos Curros vestidos de porteros de discoteca sean muy discretos, pero ¡yo qué sé! Igual pasan por una *performance* del aniversario de la Expo 92. Si se han creído lo de las meninas vestidas de la Guardia Civil, a los madrileños les podemos colar cualquier cosa.

¡Uf! Y encima este coche huele a ambientador de coco, que no hay cosa que me guste menos. Con decir que dejé de comprar en Oysho porque se me quedaban las bragas con ese olor dulzón y pegajoso... De verdad, Gil y Mortes, qué poquito gusto tienes. Aunque, bueno, ya has cumplido tu cometido más de lo que me imaginaba, así que te lo voy a pasar por esta vez... Pero me está dando un dolor de cabeza que no te lo puedes ni imaginar.

A ver, Lucía, ¿dónde has puesto las pastillas para la migraña? Mierda, me las he dejado en el otro Vuitton. Y no puedo bajar la ventanilla porque me va a dejar el pelo como para tener que volver a la pelu, y ya fui hace tres días. Y siempre que voy, me pillan saliendo del coche oficial. Que ya ves tú, estar guapa es una de las ne-ce-si-da-des que conlleva ser la presidenta de Madrid. ¿Qué más da que vaya en coche oficial o en taxi, si lo pagan los ciudadanos igualmente?

62

Leonor
Civi sospecha algo

Mientras sus compañeras se iban preparando y armándose de Elementos, Leonor se excusó un instante para ir al baño. Lo que tenía que hacer no podía esperar o el Elemento no tendría valor. Y era imprescindible para salvar a Eli. O, al menos, esa era la excusa que se había dado a sí misma para haberse quedado a escondidas con las gafas de Almodóvar cuando estaba rebuscando entre todos los Elementos que había soltado Civi.

Nada más entrar en el baño, miró por debajo de las puertas de los cubículos. «Parezco la prota de una comedia romántica tonta de los 2000», pensó. Cuando se aseguró de que estaba sola, entró en uno de los habitáculos, pasó el cerrojo y se sacó las gafas del bolsillo interior de la chaqueta.

«Bueno, allá vamos», se dijo. Tardó unos segundos en decidir si se las ponía o no. No estaba del todo segura de si debía o no saber lo que iba a ocurrir. Al menos, de esta forma tan... confusa. Sin embargo, tenía la certeza de que toda ayuda era poca para salvar a Eli. Y Eli era su prioridad. Eli era la razón por la que ella iba en aquella misión. El resto era secundario.

Se colocó las gafas y apoyó las manos en las paredes del cubículo. Instantes después, un poco mareada, se las quitó y cerró los ojos para retener un poco más en su cabeza las imágenes que acababa de ver. Definitivamente, sabía lo que tenía que hacer. Y no le gustaba nada.

Salió del baño y se dirigió hacia Civi. Depositó las gafas en el cajón de las rematerializaciones, disimuladamente. Creyó que, en medio del caos que había en la planta, nadie lo notaría. Sin embargo, oyó una voz, disimulada, que le decía:

—¿Qué es lo que estás tramando, Leo?

—No es de tu incumbencia, Civi —le espetó de malos modos.

—No lo es, pero tampoco es para ponerse así de borde. Creo que, sea lo que sea, deberías compartirlo con tus compañeras.

—No... No lo entenderían. Esta operación es muy importante. Aunque es diferente para ellas que para mí. He de asegurarme de que Eli esté bien.

—Y lo estará si confías en las demás.

—No puedo saberlo.

—Bueno, en cualquier caso, gracias por hacerlo en mí.

—No se lo digas a nadie, ¿vale?

—Tranquila, ni que yo fuera una cotilla.

—Civi, que nos conocemos.

—Palabrita que no diré nada.

—Gracias, Civi.

—Pero sigo pensando que no me gusta.

Y, dicho esto, Leonor fue a unirse a las demás, que la estaban esperando cada una en un coche. Decidieron separarse —ella y Elena irían en el Dodge; Arancha correría en el FA— para cubrir las dos entradas a los depósitos del Canal de Isabel II. Quizá, de esta manera, conseguirían pillar por sorpresa a los que tenían presa a Eli.

63

Arancha
Lucía está loca, no hay otra explicación

¿Para qué narices querría Lucía Ortega Castro-Ardiles un collar de perlas de Carmen Polo en el Canal de Isabel II? Aquella era la pregunta que Arancha no podía contestar. Mientras Civi conducía el FA, ella se devanaba los sesos intentando responderla. Porque, si conseguía dar con aquella clave, tendrían muy fácil acabar con sus planes. O, bueno, lo tendrían más fácil. Un poco. Aunque fuera.

No debía ser una respuesta muy difícil. Al fin y al cabo, la Castro-Ardiles era una megalómana. Y política. A pocos días de la reelección. Con un collar que hacía que se acatara su voluntad. En el depósito de agua que servía a toda la ciudad de Madrid. Lo único que se le ocurría era... Pero no podía ser tan simple... Cogió su bellota y marcó el 1.

—Lola, lo tengo.

—¿Qué tienes? —preguntó Lola, sorprendida.

—Tengo el motivo por el que Lucía está en el Canal.

—Quiere usar el collar para que todos los que beban agua del grifo en Madrid obedezcan su voluntad y la voten.

—Entonces, ¿ya lo sabías? —preguntó Arancha, desconcertada.

—Creía que era obvio.

—Tócame las tetas, Lola.

—Arancha, esa boca.

—No, a ver, es que no era tan obvio. Ninguna de las tres teníamos ni idea.

—Ah, pues yo creía que no había ni que mencionarlo.

—Pues la próxima vez, hazlo. —Y colgó, enfadada.

Con lo que le había costado llegar a aquella conclusión y la jefa iba y la sabía desde el primer momento. No había derecho. Aunque, bueno, por eso era la jefa. En fin, pensó, por lo menos ya tenían el motivo por el que iban al Canal y qué tenían que evitar. Además de salvar a Eli. Que, para Arancha, era uno de los motivos principales y que de seguro iba a ser una de las cosas más difíciles de conseguir. Pero para eso llevaba puesta la bata de Ramón y Cajal, y abierta. No se esperaban la que les estaba llegando…

Arancha vio que el Dodge aterrizaba en el margen derecho del canal al mismo tiempo que el FA aparcaba en el izquierdo, justo detrás de un Alfa Romeo con las lunas tintadas. «Qué extraño», pensó. No esperaba a nadie en los alrededores. Lola se había hecho cargo de que todos los trabajadores estuvieran fuera de las instalaciones con la excusa de una pequeña fuga de algo que no había llegado a escuchar, de modo que aquel coche solo podía significar que sus rivales estaban ya dentro.

Salió del FA, cogió la bolsa con los Elementos y su revólver reglamentario y se dirigió con mucho sigilo a la entrada.

64

Elena
El ruido del agua

Elena seguía a Leonor por los pasillos del Canal. Parecía que era la decisión más acertada, puesto que ella era la de mayor rango, por así decirlo. Además, aparentaba saber por dónde se estaba moviendo. De hecho, avanzaba como si conociera perfectamente el camino, como si ya hubiera estado allí. Giraba por los pasillos con tanta seguridad que cualquiera diría que era la primera vez que pisaba aquel lugar. Que, por la información que tenía, así era. Aunque igual, quién sabe, había estudiado los planos o algo así. Elena no estaba familiarizada con la forma de trabajar de Leonor y le parecía una mujer muy meticulosa, nada que ver con Arancha.

Lo que notaba era un ruido constante que le molestaba profundamente. Era el agua, fluyendo por las tuberías en grandes cantidades. Era como un estruendo sordo, más bien ensordecedor, que a Elena le ponía los pelos de punta.

Continuaron caminando hasta que comenzaron a oír unas voces a lo lejos. Eran, sin duda, las de Lucía, Federico y Pablo. Leonor se giró para señalarle que se mantuviera en silencio. Ella afirmó con la cabeza. Cuando llegaron al punto en que los pasillos se abrían a la gran sala donde estaban los tres, Leonor buscó con la mirada a Eli, que se encontraba en medio de una gran plataforma custodiada por los Curros, vestidos con elegantes trajes negros. El corazón se le aceleró tanto a Leonor que hasta Elena lo notó. Parecía que se le estuviera rompiendo en mil pedazos. Quizá era lo que estaba ocurriendo.

Elena miró en otra dirección, intentando localizar a Arancha, que debería haber llegado a la misma sala por el otro flanco. Un par de segundos después, la vio y ambas se sonrieron.

Mantuvieron su posición, escondidas, intentando averiguar qué estaba pasando y cuáles eran los planes de Lucía antes de actuar. Necesitaban comunicarse con Arancha lo antes posible, pero para ello tendrían que descubrir su posición y Elena no consideraba que fuera, por el momento, la mejor opción. En su opinión, lo mejor era escuchar lo que tramaban en la plataforma central.

—Escúchame, Lucía, ¿estás segura de lo que quieres hacer? —preguntó Pablo—. Mira que a mí me salió el tiro por la culata y ahora me he quedado sin *Fetén Diario* para siempre.

Como se enteren en RES de lo que estamos haciendo, vas a perderlo todo.

—Bueno, Pablo, para empezar, yo no soy tan estúpida como tú —respondió Lucía—, y no usé un Elemento en una sede política. Que pareces tonto, hijo. Además, en RES no tienen conocimiento de este Elemento. Federico se lo robó a la Nietísima sin que ella se diera cuenta y nunca lo han registrado. ¿No es así, Fede?

—Así es, querida Ortega Castro-Ardiles —aseguró el aludido—. No es como la espumilla de Luis del Olmo, que la encontré por casualidad en la fuente de Gúdar cuando buscaba la ubicación de la dichosa Secretaría. El collar de la Collares fue una obra de arte, en mi opinión, de seducción y robo de guante blanco. De hecho, la historia es bastante curiosa. Fue en una de las fiestas de la Nietísima, que dio hace un par de meses, a la que fui invitado con honores y a la que acudí con la idea de...

—No hace falta que entremos en detalles, Federico —le interrumpió Lucía—. El caso es que lo robaste, lo tenemos aquí y, en cuanto lo consiga colocar en la tubería central del agua, todos los madrileños estarán a mi merced. Cómo me gusta la idea.

—Y bueno, luego me recalificarás esos terrenitos que no puedo utilizar... —apuntó Paso.

—Que sí, pesado —dijo Lucía con hastío.

—Y a mí me harás jefe de Gabinete, recuerda —apuntó Gil y Mortes.

—Cómo olvidarlo —respondió Castro-Ardiles, poniendo los ojos en blanco—. Pero, primero, ayudadme a colocar el collar dentro de esta tubería y que no se mueva de ahí.

Mientras Lucía, Federico y Pablo se dirigían a la tubería, Arancha miró a Elena y le indicó con la mirada —y la cabeza— que se acercaran en su dirección. Un pasillo metálico las unía por encima de la plataforma central, por lo que, con todo el sigilo del que fueron capaces, se dirigieron hacia donde se encontraba Arancha. Una vez reunidas, comentaron entre susurros el plan de acción, ya que, una vez dentro de las instalaciones del Canal, las cosas eran bastante distintas a lo que se habían imaginado en la sede de la Secretaría.

—¿La loca de Lucía quiere convertir a todos los madrileños en sus marionetas o me lo ha parecido a mí? —preguntó Elena con los ojos muy abiertos.

—Menos mal que tú tampoco te lo habías figurado —respondió Arancha—. Al parecer, Lola lo tenía clarísimo desde el primer momento.

—Toma, y yo. No había otra explicación —mintió Leonor, que se había enterado al ponerse las gafas de Almodóvar.

—Mira, tía, qué rabia me das —respondió Arancha—. Pero bueno, a lo que vamos. Hay que conseguir, como sea, que Lucía no introduzca el collar en la tubería. También, como sea, hay que quitarle el lápiz de Gaudí a Federico.

—Y salvar a Eli —apuntó Elena.

—Y salvar a Eli, por supuesto —repitió Arancha—. Pero, para eso, tenemos que quitarnos de encima a los dos Curros sin formar mucho jaleo. No sé muy bien cómo los han traído hasta aquí, pero parece que les hayan hecho volver desde 1992. Lo que es muy peligroso.

—Me parece que las bolas del *Telecupón* ayudarán —comentó Leonor—. Además, creo que debo ser yo quien se encargue de Eli.

—Me parece una buena idea. Pero recuerda, tendrás que quitarte la rebequita para que las bolas hagan efecto —le recordó Elena, que conocía muy bien el funcionamiento de la prenda.

—Gracias, se me había ido de la cabeza completamente. Hazle caso, Leo. Iremos por dos flancos. Leonor, tú por la derecha; Elena y yo, por la izquierda. Vamos, no tenemos tiempo que perder.

Se separaron todo lo sigilosamente que pudieron. El entorno, completamente metálico, no era el más apropiado para pasar inadvertidas, aunque, poco a poco y casi arrastrando el calzado, consiguieron moverse sin apenas hacer ruido.

No podían ayudarse con las múltiples tuberías que recorrían ambos lados del pasillo, por lo que tenían que apoyarse con suavidad en una fina barandilla, también metálica, que temblaba con cada presión. En un descuido imperdonable, Elena golpeó sin querer el canto de uno de los pasamanos. Fue un golpe suave, pero resonó por toda la planta y, aunque el ruido constante del agua fluyendo amortiguó casi todo el sonido, no fue suficiente y uno de los Curros miró hacia arriba, descubriendo su posición.

—Jefa, jefa, hay unas mujeres allí arriba —dijo.

—¿Qué dices, Isco? —preguntó Lucía, algo desconcertada.

—¡Mire! —exclamó señalando con el ala derecha en la dirección en que se encontraban las tres.

—¡Mierda! —espetó—. Federico, Pablo, Isco, Francis. Encargaos de ellas.

Arancha, Elena y Leonor se quedaron paralizadas. Tocaba pelearse. Menos mal que iban preparadas.

65

Leonor
Lo siento mucho, chicas

No estaba preparada. Por más que las gafas le hubieran dicho que era la única opción posible, no estaba preparada. Y, sin embargo, tenía que hacerlo. Era la única opción viable. Leonor intentaba autoconvencerse. Era la única opción de éxito. No podía ser de otra manera.

Así que corrió hacia el lado opuesto a sus compañeras mientras se quitaba la rebequita de la expresidenta. Bajó las escaleras a toda prisa y se acercó a la plataforma central. Afortunadamente, Isco y Francis habían ido a por Arancha y Elena, con lo que Eli estaba desatendida. Subió a la plataforma y se acercó a su novia. Le quitó la mordaza y la besó. Algo tan simple como eso hizo que Eli se tranquilizara automáticamente.

—¿Estás bien? —preguntó Leonor con una media sonrisa.

—Ahora sí —fue la respuesta de Eli.

—Te voy a sacar de aquí, lo prometo. Solo tienes que confiar en mí.

—De acuerdo. Pero ten cuidado.

Leonor volvió a besarla, esta vez con más intensidad. Le cortó las bridas que le ataban las manos y se giró hacia donde se encontraba Lucía. Desde allí, gritó:

—¡Lucía! ¿Quieres que esto que estás haciendo salga bien? Pues creo que vas a necesitar mi ayuda.

Leonor advirtió la sorpresa en los ojos de Arancha y Elena, que en aquel momento estaban a punto de enfrentarse a Isco y Francis. Tal fue el impacto del pequeño discurso de Leonor que Arancha se llevó un buen alazo de Isco y casi se cae al suelo, aunque en el último momento se agarró a la barandilla.

—Bueno, bueno, bueno. Veo que alguien, por fin, tiene un poco de sentido común en esta agencia secreta o lo que sea que seáis, y se viene al bando ganador —dijo Lucía con una sonrisa triunfal—. Qué bonito es el amor. Lo gana todo. Ya sabía yo que Elisa sería un buen activo para conseguir que vinieras al lado correcto de esta historia, Leonor. Pero dime, ¿cómo vas a ayudarme?

Leonor se quedó callada un momento. Miró a sus compañeras con cara de disculpa, intentando hacerles ver que aquella era la única opción para salvar a Eli, con la esperanza de que la comprendieran. Mientras, ellas le devolvieron miradas de incredulidad al tiempo que luchaban contra dos Curros que, a todas luces, habían sido entrenados en algún tipo de lucha cuerpo a cuerpo.

Por el momento, parecía que se iban defendiendo, pero detrás estaban Federico y Pablo con cara de pavor por si les tocaba enfrentarse a aquellas dos mujeres que, sin duda alguna, estaban mucho mejor preparadas para el contacto físico.

—¿Tú crees que nos vamos a tener que liar a puñetazos, Fede? —preguntó Pablo con miedo palpable en la voz.

—Pues espero que no, porque estas manos no están hechas para pelear —respondió el otro, mirando a Arancha y Elena con una expresión que mezclaba asco y miedo.

Y entonces, Leonor habló. Habló todo lo que pudo, para dar información que a Lucía le pudiera parecer útil. Aunque no estaba segura de que lo fuera. Pero tenía que hacer lo posible para que creyera que estaba de su parte.

—Lucía. Perdón, señorita Ortega Castro-Ardiles —dijo intentando ganar seguridad en sí misma—. Su plan parece muy sólido, pero tiene un problema. No tiene dónde agarrar el collar para que no se vaya por la corriente de la tubería general. Por lo que, sin algo que sirva de agarradera de las perlas, no va a durar mucho el poder de Carmen Polo, me temo.

—Pero, Leonor, ¿qué estás haciendo? —gritó Arancha desde la distancia mientras le pegaba con la fuerza de Ramón y Cajal a uno de los Curros.

—No les hagas caso, Leonor —dijo Lucía quitándole importancia a las palabras de Arancha—. Sigue, por favor. ¿Cómo puedo solucionar este pequeño imprevisto? Porque ni Federico ni Pablo me han servido para nada en este aspecto. Una brida no tiene la suficiente fuerza para aguantar. La presión del agua es muy fuerte.

—Bueno, una de mis compañeras, mejor dicho, excompañeras, tiene un trozo de cuerda de Calleja. Ya sabe, el aventurero de la tele. La tiene escondida, claro. No sé dónde, no las he visto armarse —mintió—, pero estoy convencida de que con ese Elemento seremos capaces de atar el collar a la tapa de la tubería principal y que aguante todo el tiempo que quiera, señorita Ortega Castro-Ardiles.

Lucía se puso en modo pensativo. La idea le parecía buena. Pero también consideraba cuando menos curioso que apareciera tan de repente, tan fácilmente. ¿Para qué querían la cuerda en aquella batalla? «Aunque, bueno, si era un amarre tan fuerte, sin duda lo piensan usar como esposas —pensó—. Sí, seguro que es para eso». Y, si servía para aquello, sería perfecto para el collar.

—Isco, Francis, dejaos de hacer el tonto y capturad a esas dos *ipso facto* —ordenó con tono serio.

—Eso intentamos, doña —replicó Francis—, pero no se crea que es tan fácil. Una grita que da miedo. Y la otra pega hostias como panes.

De repente, un ruido de motor inundó toda la sala. Empezó como algo muy sutil y fue creciendo a una velocidad pasmosa hasta que se reveló: una Vespino de los ochenta frenó en el borde de las escaleras opuestas a donde Elena y Arancha se peleaban con Isco y Francis.

Del ciclomotor bajó una mujer con un traje de chaqueta gris perla impoluto y unos tacones que daba vértigo mirarlos. Se quitó el casco y todas pudieron ver a Belén, que dijo:

—Bueno, ¿necesitáis ayuda o me vuelvo para la Secretaría?

66

Belén
Volver

—Raffaella Carrà, no me preguntes por qué.

Belén miró a su alrededor. No estaba donde Civi. Se encontraba en una sala de hospital, con una bata horrenda, un gotero y todos los aparatos propios de un hospital. Vamos, que estaba en un hospital. O un lugar que se le parecía, porque sabía que estaba en RES.

Se quitó el oxígeno de la nariz, buscó algo con lo que tapar la vía antes de arrancársela con cuidado y se deshizo del pulsioxímetro del dedo. Todos los aparatos empezaron a pitar, pero nadie se acercó. Cuando la herida de la vía se hubo cerrado, se apartó el trozo de sábana que había arrancado para taponarla y vio, afortunadamente, su traje de chaqueta gris colgado en una percha, aún dentro de la bolsa de la tintorería.

Intentó levantarse, pero le dolía todo. «¿Qué hago ahora? —pensó—. Tengo que ponerme en pie como sea». Miró a su alrededor y, en la mesilla de su derecha, encontró un walkman con una nota pegada con celo. Era de Arancha. Su letra era inconfundible. «Dale al play cuando te despiertes. Necesitarás fuerzas». Sonrió, pensando en su amiga y compañera, que siempre estaba ahí para ella.

Se colocó los auriculares de diadema, con las espumillas viejas y desgastadas, y puso en marcha el reproductor. Empezó a sonar una música que le era de sobra conocida. «Resistiré», del Dúo Dinámico. La maqueta original. «Qué jodidamente lista eres, Arancha», dijo en voz alta. Un Elemento muy simple, pero tanto como efectivo. Conforme escuchaba las palabras de Manuel de la Calva y Ramón Arcusa, notaba cómo recuperaba la fuerza. Aquel era su poder: la recuperación de los agentes, o de cualquier persona, tras sufrir un accidente.

Cuando terminó la canción, se deshizo del walkman, se desnudó y vio las heridas de su abdomen. Entonces recordó el ataque del Curro del demonio. Lo recordó todo. Incluso cómo Arancha había intentado salvarle la vida. Fue entonces cuando comprendió que había estado en coma todo aquel tiempo. No entendió muy bien qué pintaba Civi, o Raquel, en todo aquello, pero agradeció su compañía mentalmente. Luego la llamaría para charlar un rato. Ya la echaba de menos.

Cogió el traje, perfectamente lavado y planchado. Se vistió y se puso los zapatos. Ahora sí era ella de nuevo. Dio las gracias al inventor de los tacones de aguja y se dirigió directamente a la planta de I+D+i. Necesitaba un vehículo, el que fuera, para ir a ayudar a sus compañeras.

Una vez delante del agente Lobo, y tras los diez segundos de rigor en los que este permaneció completamente ojiplático, le preguntó:

—Lobo, ¿te importaría dejar de hacer el idiota y conseguirme un vehículo en condiciones? No tengo mucho tiempo.

—A ver, preciosa. Es que no me puedo creer que estés en pie. Te hacíamos... ¿cómo decirlo?

—¿Muerta?

—No, no tanto. Pero más p'allá que p'acá, no sé si me entiendes.

—Bueno, si te sirve, he estado con Civi todo este tiempo —le dijo Belén solo para dejarle un poco más atónito—. Así que coo que acabas de decir se ajusta bastante a lo que me ha pasado. Pero vamos, entiendo que el Dodge y el FA están ocupados. He escuchado cómo salían Leonor, Elena y Arancha de mi habitación hacia el Canal. Y yo necesito algo con lo que desplazarme hasta allí. Dime lo que tienes.

—Pues, a decir verdad...

Lobo se fue a su trastienda y le sacó la Vespino. Volvía un poco cabizbajo tras la acogida que había tenido con Arancha, Elena y Leonor. Sin embargo, a Belén se le iluminó la cara.

—Dime que es lo que creo que es.

—Bueno, es la moto más rápida del mundo.

—Tiene partes de ganadores españoles de Moto GP.

—De momento, de tres —comentó Lobo ya más animado.

—¿Cuánto alcanza?

—Que hayamos probado, ochocientos kilómetros por hora.

—A ver si la puedo poner a nueve.

—Belén, que acabas de salir de un coma.

—Ah, sí, se me olvidaba. Por cierto, ¿podrías decirle a Lola que voy a ayudar a las chicas?

—¿No se lo has dicho a la jefa?

—No he tenido tiempo, Lobito. ¿Me harías ese favor? —le preguntó con carita de pena.

—Sabes que no me puedo resistir a esos ojitos —le contestó—. Anda, tira.

Belén se puso el casco y salió por el lateral hacia la rampa del aparcamiento. En menos de treinta minutos llegaba al Canal de Isabel II. Casi literalmente, voló con la Vespino. Desde luego, estaba ganando muchos puntos frente al FA, hasta aquel momento su vehículo preferido de RES.

Entró a toda prisa en las instalaciones, cuya puerta estaba abierta seguramente por culpa de Arancha, que era una dejada en esos temas. Fue cruzando los pasillos con la Vespino, girando hacia el lugar en que escuchaba que se encontraba la acción. Justo antes de llegar a las escaleras, que podría haber bajado perfectamente con el ciclomotor, decidió pararse para ver a sus compañeras, y lo que vio no le gustó demasiado.

Leonor se encontraba cerca de Lucía. Demasiado cerca.

Y sin protecciones. Y Arancha y Elena demasiado cerca de cuatro enemigos que estaban peleándose con ellas y tenían las de perder.

Así que lo primero que hizo fue buscar en el interior de su chaqueta para ver si encontraba lo que le había dado Lola al principio de esta aventura. Premio. Sacó de la caja una muñequera y se la puso en la mano izquierda. Con ella, se dirigió al lugar donde estaban Arancha y Elena para equilibrar la pelea.

—Pero ¿qué coño haces aquí, Belén? —preguntó Arancha entre sorprendida y extremadamente contenta.

—Pues no creo que sea el momento de contártelo, la verdad —contestó Belén mientras le propinaba un puñetazo a ciento noventa kilómetros por hora a uno de los Curros, que le hizo caerse para atrás con el morro hecho añicos.

—¿Y qué llevas en la muñeca?

—Un regalo de Lola. La muñequera de Nadal. Tú llevas la bata de Ramón y Cajal. Siempre te han gustado los clásicos. ¿Y tú, Elena?

—Yo, el clavel, que ya me lo han quitado del brazo. Pero parece que no les hace mucho efecto. Tengo miedo de que os dañe a vosotras también. ¡Aaaaah! —gritó intentando concentrar el sonido hacia adelante para empujar a los cuatro escaleras abajo. Poco a poco iban ganado terreno.

—¡Muy bien, Elena! —la animó Arancha.

—Venga, chicas, solo tres escalones más y estaremos abajo —apuntó Belén mientras intentaba dar un golpe a Isco en el arcoíris para desactivarlo, aunque este lo esquivó. Lo único que había olvidado era su arma reglamentaria. Lo que tenían las prisas.

Mientras tanto, Leonor y Lucía conversaban abajo, en la plataforma, junto a una Elisa que no podía creer lo que estaba oyendo.

—Entonces, con la cuerda de Calleja conseguiré que el collar se quede fijado y que pase toda el agua del Canal a través de él, haciendo que se cumpla mi voluntad, la voluntad de Lucía Ortega Castro-Ardiles.

—Efectivamente. Con esa cuerda todo quedará perfecto. Pero, ya te digo, no la tengo yo. A mí me han dejado con esta rebequita —dijo y se la puso—, porque, como habitualmente no salgo mucho en operaciones, pues así voy un poco más protegida. Pero nada más.

—Ah, vaya. Así que tú eres la rata de biblioteca, vamos.

—Me gusta más el concepto de investigadora interna, pero vamos, como quiera llamarme, señorita Ortega Castro-Ardiles.

—Y dices que la lleva una de ellas. No será la nueva, claro. Porque me lo has dicho antes de que viniera. Por cierto, ¿quién es la nueva? ¿No la había matado uno de los Curros? Cisco, creo recordar —preguntó Lucía sin comprender del todo lo que estaba pasando.

—No, no. Estaba en coma. Pero creíamos que no se iba a recuperar. Al parecer, sí lo ha hecho. La verdad, estoy tan sorprendida como usted.

—Bueno, si vamos a ser cómplices, Leonor, creo que puedes tutearme —afirmó Lucía.

—Gracias, Lucía. Pues eso, que estoy tan sorprendida como tú. Esto iguala un poco las fuerzas y creo que deberíamos apresurarnos a atraparlas.

—Opino lo mismo —dijo. Y, elevando la voz, añadió—: ¡Isco, Francis! ¡Venga, un poco más de brío, que son tres chicas!

—¡Pero no veas cómo pegan, jefa! ¡Que llevan Elementos de dar hostias!

—¡Bah! ¡Excusas! —dijo Lucía por toda contestación.

67

Lucía
Si es que todo lo tengo que hacer yo

Es que estoy harta, la verdad. ¿Para qué me he traído yo a este par de ineptos al Canal? Porque me dices los Curros, que tienen el cerebro de un pájaro, y lo entiendo. Pero ¿Pablo y Federico?

Mira, de verdad. Yo con dos frases ya me he traído a una de las chicas a mi bando. Leonor ya es mía. Y me ha dado la idea perfecta para colgar el collar sin que se vaya por ahí y me fastidie el plan. Si es que lo que no consiga Lucía Ortega Castro-Ardiles...

Pero no adelantemos acontecimientos. Que las otras tres están dando guerra. Y pensar que la idea de darle el clavel fue mía. Que pensé que se asustaría y se escondería. Maldita niñata...

A ver cómo arreglamos este desastre, porque si hay algo que no le gusta a Lucía Ortega Castro-Ardiles es perder. Y en este momento, aunque no esté perdiendo, no estoy ganando. Y lo segundo que menos me gusta es no ganar. Necesito ganar. Mi reelección depende de que este plan salga bien.

En este momento, mi reelección depende de conseguir la puñetera cuerda del puñetero Calleja.

68

Arancha
Escapismo modernista

Arancha estaba muy contenta de haber recuperado a su compañera. Canija era Canija. Le había cogido mucho cariño, y existía entre ellas una complicidad que no había conseguido desde que conoció a Belén. Pero, claro, Belén era Belén. La Rubia. Y no se esperaba haberla recuperado de aquella manera y en aquel momento. Así que estaba encantada.

Sin embargo, también estaba muy preocupada. La pelea en las escaleras no era fácil. Elena hacía lo que podía para echarlos hacia abajo. Y Belén aprovechaba la muñequera de Nadal para empujarlos. Ella hacía lo propio con la bata de Ramón y Cajal. Pero eran cuatro contra tres, aunque Pablo y Federico, por el momento, solo hicieran bulto. Además, el cansancio empezaba a hacer mella en ellas y los Curros no acusaban la fatiga.

De repente, se fijó en Federico. No se había fijado antes en él, porque estaba detrás de los muñecos de la Expo 92. Federico Paso. Federico, aquel ladrón de hacía tantos años, el que había supuesto su único caso sin resolver. El que ahora mismo estaba sacando el arma con la que había perpetrado todos aquellos saqueos. La rabia se apoderó de ella y le limpió el cansancio de un plumazo.

—Federico, no te atreverás… —amenazó.

—¿A qué, a no pegarme contigo? —preguntó con tono chulesco—. Permíteme que te lo explique, nena. Soy un hombre de poca agresividad. Prefiero irme cuando aún estoy impoluto. No me gusta mancharme las manos. Para eso ya están… otros.

Y, en un gesto rápido, preciso, con experiencia, dibujó un rectángulo en la pared. Este se convirtió en una puerta modernista acristalada con unos detalles maravillosos de frutas en vidrieras de colores. Federico empujó a Pablo, Isco y Francis para que la cruzaran rápidamente. Él fue el último en salir. Arancha intentó agarrar el pomo en el último instante, pero fue demasiado tarde. Se deshizo en sus manos, y de aquella puerta tan elaborada solo quedaron los ladrillos y unas molduras enrevesadas llenas de curvas.

Instantes después, otra puerta se dibujó encima de la plataforma y por ella aparecieron los cuatro, uno a uno, para después cerrarse y repetirse la escena.

—¿Lo ves, querida? —dijo Federico—. No te lo tomes a mal, pero no me gustan las peleas. Además, empezaba a ver que teníais las de ganar. Y eso lo llevo aún peor. Lucía, querida, ¿qué es lo que ha dicho esta chica que necesitabas?

—Una cuerda de Calleja. Pero no sabe muy bien quién la tiene de las dos.

—Pues lo primero que vamos a hacer es que se quiten esos Elementos tan feos que llevan puestos y que no les pegan nada con su outfit, ¿verdad? —dijo Federico—. Y, una vez que hayan hecho esto, Isco y Francis se encargarán de registrarlas para… encontrar ese trozo de cuerda.

Arancha, Elena y Belén se miraron aterrorizadas. Ahora sí que habían perdido la partida. Derrotadas, hicieron todo lo que Federico les pedía. Eso sí, jamás le perdonarían a Leonor la traición a la que se habían visto sometidas. Desde luego, ya se vengarían, ya. Si salían con vida de ahí, que tampoco las tenían todas consigo.

69

Leonor
Almodóvar, no me falles

Leonor vio cómo Arancha se deshacía de la bata de Ramón y Cajal y la dejaba en el suelo, cómo Elena lanzaba el papel con el clavel y cómo Belén se quitaba la muñequera. Las tres, mirándola con rabia y odio. No las culpaba. Pero se concentró en que era la única manera de salvar a Eli. No había otra. Y, por lo menos, Eli estaba a su lado, sentada y aterrorizada, sí, pero con ella.

Mientras Federico, Lucía y Pablo miraban expectantes cómo Isco y Francis se acercaban a sus compañeras, ella se quitó la rebequita y se la lanzó a Eli mientras le susurraba «póntela». La obedeció sin rechistar. La miró con cara de no tener ni idea de para qué servía, pero no era el momento de preguntar. Ni de explicaciones.

Leonor se dirigió a un extremo de la plataforma y sacó dos de las pelotas del *Telecupón*. No tenía mucho tiempo y necesitaba que no le temblara el pulso. Algo que, en aquellas circunstancias, no le estaba resultando fácil. En un instante, lanzó las dos bolas a los Curros, que perdieron la noción de lo que estaban haciendo. Aquello sirvió para que unas sorprendidas Arancha, Elena y Belén recuperaran los Elementos del suelo, al azar, y volvieran al ataque.

—¡Leonor! Pero ¿qué has hecho? —dijo Lucía girándose hacia ella—. Creía que éramos amigas.

—¿Cómo voy a ser yo amiga de una megalómana como tú? —preguntó Leonor y, sin esperar respuesta, le lanzó una de las pelotas del *Telecupón*, que la presidenta agarró instintivamente, con lo que el efecto aturdidor fue mucho mayor.

Con Lucía fuera de juego y los Curros recuperando el sentido, solo quedaban Pablo y Federico. Y todas sabían que Arancha le tenía muchas ganas a uno de ellos, así que el resto se dirigieron hacia Pablo, que hizo lo posible por cubrirse mientras Belén le gritaba con el clavel en la mano y Elena le golpeaba con la bata de Ramón y Cajal puesta. Leonor, por su parte, le metió una bola del *Telecupón* en la boca, con lo que quedó completamente KO en menos de diez segundos.

Federico corrió a una de las paredes para intentar dibujar una puerta por la que escaparse, pero se encontró con una Arancha sonriente enfrente que, simplemente, le dijo:

—Esto es por llamarme «querida».

Y le golpeó en la cara con la muñequera de Nadal, haciendo que cayera de espaldas, desmayado, soltando el lápiz de Gaudí, que rodó a los pies de Lucía. La presidenta empezaba a recobrar el sentido.

Eli, que había estado pendiente todo el rato de la escena, se levantó y se acercó por detrás. Mientras Lucía se agachaba para recoger el lápiz, le quitó el collar que llevaba en el bolsillo izquierdo de la chaqueta y se lo guardó en su sujetador. Para cuando se diera cuenta de que no lo llevaba, sería demasiado tarde.

Leonor lanzó dos bolas más a los Curros, y Belén y Arancha se encargaron de desactivarlos de sendos puñetazos. Después, redujeron a Federico y a Pablo sin la cuerda de Calleja que, por supuesto, Leonor se había inventado. Ninguna de ellas la había traído. Aunque reconocieron después que habría sido una buenísima idea.

Desgraciadamente, cuando fueron a arrestar a Lucía, lo único que descubrieron fue una puerta de ladrillos con intrincados dibujos modernistas en los bordes.

—Mierda, con las ganas que tenía yo de hacerme con ese lápiz —maldijo Arancha.

—Lo peor es que no podemos hacer nada con ella. Por el momento. Lo mejor, que hemos impedido que gane las elecciones haciendo trampas —dijo Belén intentando consolarla.

—Chicas, tengo que pediros perdón. Yo… —empezó a decir Leonor.

—Tú estabas siguiendo las directrices de las gafas de Almodóvar —se oyó la voz de Lola por detrás—. Y eso, siempre, requiere guardar silencio. Como me ha pasado a mí todo este tiempo. Lo importante es que estáis todas bien. Como me predijeron a mí las gafas.

—Perdona, Lola, ¿sabías que todo esto iba a pasar? —preguntó Elena, desconcertada.

—Bueno, la verdad es que lo de Belén me ha pillado por sorpresa. Pero me alegro de verte, querida. He traído a un montón de agentes para que se lleven a estos dos y limpien la escena. No podemos dejar a dos Curros aquí tirados. Mientras tanto... ¿nos vamos nosotras al despacho y hablamos?

TERCERA PARTE

70

Marcial
El reparto de las 5.30 h

Marcial se consideraba una persona trabajadora y eficiente. Y, sobre todo, puntual. Llevaba trabajando de reponedor de máquinas de vending desde que abrió la empresa y nunca había faltado un día a trabajar. Siempre que se ponía enfermo, era en fin de semana. Y todas las empresas de su ruta solo tenían buenas palabras para referirse a él. Y eso le ponía contento.

A punto de jubilarse, solo había una de las empresas que le seguía pareciendo un misterio. Llevaba más de cuarenta años, eficiente y puntual, acudiendo a un punto en Gúdar, Teruel, y dejando siempre las mismas cajas, los mismos productos para reponer las mismas máquinas de vending, en un prado con cien ovejas. Un enigma total.

Nunca había visto a nadie recogerlas ni se había cruzado con una persona. Sencillamente las dejaba y se iba. Y a la semana siguiente, volvía a dejar las mismas cajas —jamás se había cambiado el pedido— y ocurría lo mismo. La calle, vacía, como siempre. Dejaba las cajas y se iba. Y a la semana siguiente, lo mismo.

Aquella vez, por casualidades de la vida, se había adelantado ocho minutos. Así que, como hasta las 5.30 h no tenía que hacer el reparto, apagó el motor y abrió su libro. Estaba enganchado a la última de Bárbara Montes. No sabía por qué, pero siempre se identificaba con uno de sus personajes. Aunque fuera por un pequeño detalle, siempre había algo en alguno de ellos que hacía que se sintiera como el protagonista de la novela. Era casi magia.

Fue por aquel motivo por el que creyó que había soñado que un coche blanco llegaba volando y aparcaba detrás, a la izquierda, a pocos metros de él. Siguió con la lectura y hubiera jurado que otros dos vehículos, esta vez un coche de color berenjena y un ciclomotor bastante cascado, aparecían a cuatrocientos kilómetros por hora, como haciendo una carrera para ver cuál de los dos llegaba antes, y frenaban en seco cerca de su furgoneta. Y, al mismo tiempo, justo delante de él, aterrizaba una señora con un paraguas. Pero aquello era imposible. Todo era imposible.

Intentó concentrarse en el libro cuando la señora llamó con el mango de su paraguas —un loro, si no había visto mal— en la ventanilla del copiloto.

—¿Sí, señora? —preguntó.

—Marcial, ¿verdad?

—Para servirle a Dios y a usted.

—Ha venido hoy un poco pronto, ¿no?

—Sí, bueno, es que había poco tráfico. Pero como me dicen que hasta las 5.30 no puedo dejar las cajas, estoy haciendo tiempo.

—Puede usted descargarlas ya mismo. En unos minutos diré que suban a por ellas.

—De acuerdo, señora…

—Lola, puede llamarme Lola.

—De acuerdo, señora Lola.

—No, no. Solo Lola —apuntó sonriente.

—De acuerdo, Lola —respondió Marcial—. Una cosa, ¿puedo preguntarle a qué se dedican en este prado?

—Oh, claro que puede preguntarlo. Pero es un secreto, Marcial. No puedo decírselo. —Y volvió a sonreírle mientras se giraba, dando por terminada la conversación.

Marcial se quedó más confundido de lo que nunca había estado. Apagó el motor de su furgón, bajó las cajas, las dejó sobre la acera, subió de nuevo al vehículo, encendió el motor y se alejó. Y, por un momento, creyó ver por el retrovisor cómo cinco mujeres se juntaban alrededor de una de las ovejas y le rascaban la oreja izquierda.

71

Lola
Por fin puedo contaros las cosas

—Bueno, chicas, sentaos. ¿Queréis un té? ¿Un café? ¿Algo más fuerte? Servíos, por favor. Lo que os voy a contar ya lo habéis vivido, pero quiero que entendáis por qué no os he podido explicar antes lo que ya conocía más o menos.

»Lo primero que quiero que sepáis es que no quería poneros a ninguna de vosotras en peligro. Ni lo que le pasó a Belén estaba previsto, ni lo que pasó con Eli. Ni, por descontado, los problemas que habéis tenido por el camino.

»Cuando ocurrió el incidente de la Puerta del Sol, le consulté a Civi qué debíamos hacer. Y fue ella la que me propuso que usara las gafas de Almodóvar. A mí ni siquiera se me habría ocurrido. No me gusta ver el futuro. Es más, detesto conocer el futuro. Y, además, el que te indican las gafas es bastante inestable. No puedes contárselo a nadie —de ahí lo que pasó con Leonor en el Canal— y, sobre todo, no debes interferir.

»Y no debes interferir porque cualquier interferencia puede suponer un cambio en las líneas que te proponen las gafas, que son tres y, conforme vas viendo lo que va ocurriendo, esas líneas se van separando y, al final, solo una es la real. ¿Me estoy explicando bien? Bueno, pues sigo.

»El caso es que yo tenía una cosa clara: Elena era esencial para esta misión. De ella dependía el éxito o el fracaso. De hecho, fue ella quien nos puso sobre la pista del tercer personaje misterioso, y también ella tenía acceso a *Fetén Diario*. Por eso supe, desde el primer momento, que acabaría siendo una de vosotras.

»Por desgracia, mis conocimientos del futuro se detuvieron cuando otra persona se puso las gafas. Esa fuiste tú, Leonor. No entendí entonces por qué no me dejaban ver más allá. No te estoy culpando, por descontado. Es solo que he estado tremendamente nerviosa hasta que he podido conocer el desenlace a través de vuestras bellotas. Civi os puso en modo escucha a través de la mía y oí todo lo que ocurría en el Canal.

»Fue en ese momento cuando comprendí que Leonor se había puesto las gafas, porque no entendía su comportamiento errático. Y, sin embargo, fueron tus palabras a Eli, ese "solo tienes que confiar en mí", lo que me hizo respirar tranquila. Estabas actuando. Y muy bien, he de añadir. Ah, por cierto, a partir de ahora, el trozo de cuerda de Calleja será un Elemento básico en cualquier salida, tomad nota.

»Finalmente, creo que solo me queda una cosa por decir. Y es por eso por lo que, en el fondo, os he reunido a todas. Sé que es algo poco ortodoxo. De hecho, creo que nunca lo hemos hecho así. Pero, por otro lado, tampoco hemos tenido una experiencia como esta en la vida.

»Así que quiero contar con vuestro beneplácito. Leonor, Belén, Arancha, creo firmemente que deberíamos incluir a Elena como agente de pleno derecho en la Secretaría RES. ¿Qué opinas tú, Elena?

72

Elena
¿Qué está pasando aquí?

Todas las miradas estaban puestas en ella. Se sentía tremendamente incómoda. Claro que quería formar parte de RES. Era el sueño que nunca había sabido que quería tener. Pero, por otro lado, estaba sorprendida de que Lola se lo preguntara así, tan a bocajarro.

Se quedó petrificada unos instantes. ¿Debía aceptar el trabajo? Su actual puesto de becaria era inviable. Ella misma se había cargado *Fetén Diario* con dos Elementos. Y vaya, quería aceptar la oferta. Entonces, ¿por qué no decía que sí directamente? El síndrome del impostor le hacía pensar que no valía para aquello. Pero se había enfrentado a los Curros, a una presidenta de la Comunidad de Madrid que no estaba bien de la cabeza, a un partido político infectado y a varias cosas que, en otras circunstancias, jamás habría creído posible. ¡Hasta había volado en un coche!

—Bueno, Elena, ¿qué respondes? —preguntó Lola con una de sus más cálidas sonrisas.

—Eso, eso, ¿qué dices, Canija? ¿Te quedas con nosotras? —la instaba Arancha.

—Pues el caso es que... —Elena intentaba alargar la decisión todo lo posible, aunque, en el fondo, conocía la respuesta.

Se quedó muda unos segundos. Lo valoró todo. Quería ser una más. Se sentía ya una más. Y, por otro lado, no sabía muy bien qué sería de ella en caso de no aceptar. No es que una pueda salir de RES y volver a la «vida corriente» así como así. Además, estaban Arancha, Belén, Leonor y, sobre todo, Lola. Tenía la intuición de que Lola aún le guardaba alguna sorpresa, y no estaba por la labor de perdérsela. Así que respiró hondo, se aseguró mentalmente de su decisión y, simplemente, dijo:

—El caso es que sí, quiero quedarme con vosotras.

Las cuatro mujeres se pusieron a gritar de alegría. Leonor, tras una mirada de aprobación de Lola, abrió una botella de cava de la pequeña nevera del despacho, y Belén cogió cinco copas de flauta para brindar.

—¡Por Elena, la nueva incorporación a RES! —brindó Belén dándole la bienvenida oficialmente.

—¡Por Elena! —respondió el resto.

Se sintió un poco embriagada por tanta emoción. Y por la

acogida tan calurosa que estaba recibiendo de todas. Incluida Belén, con la que, al haber pasado la mitad de su incursión en RES en coma, no había tenido tiempo de congeniar mucho. Sin embargo, parecía la que más se alegraba por su llegada a la Secretaría.

Se alejó un poco de todas, pensativa. Se sentó en uno de los sillones que decoraban el despacho de Lola. Se fijó en que Arancha sacaba un papel del interior de su chaqueta y lo rompía en trocitos muy pequeños para lanzarlos en una papelera, sin llamar la atención. Instantes después, Belén se acercó y se sentó a su lado.

—No he tenido ocasión de darte las gracias, Elena —le dijo con una sonrisa que parecía sincera.

—¿Por qué? Si yo no he hecho nada —respondió, sorprendida.

—Por cuidar de Arancha —le dijo esta vez con tono serio—. La conozco y sé que, de no haber estado tú, habría caído en un pozo muy oscuro tras mi operación. Pero no la dejaste sola ni un instante. Estoy segura de que te trató como si fueras un grano en el culo, pero ella es así. Te aseguro que fuiste su salvavidas en ese momento. Y no sabes cuánto te lo agradezco. Es mi mejor amiga y yo no podía estar para ella. Por razones obvias, claro.

—No tienes por qué darlas, Belén. Arancha me acogió desde que era una sospechosa, incluso. De hecho, hasta confió en mí cuando encontró el carnet de becaria de *Fetén*. Es una tía sensata, aunque dura.

—No tanto como aparenta. Por dentro, es blandita como un algodón de azúcar. Solo tienes que traspasar esa piel de rinoceronte que tiene. Ya llegarás, ya. Fíjate, que hasta te ha puesto un mote… Eso es que te tiene el máximo de los cariños.

—Vaya, pues honrada me hallo.

—¡Canija! ¡Rubia! ¡Venid para acá, que no hemos terminado! Tenemos de conseguir ese lápiz de Gaudí como sea —se oyó desde la mesa de Lola.

—Nos reclaman —dijo Belén con una sonrisa.

—Vayamos, pues —respondió Elena devolviéndosela.

Pasaron la mañana entre risas y teorizando sobre distintos famosos y lo que podrían hacer sus Elementos. Elena tuvo que agarrarse la tripa en algunos momentos porque le dolía de tanto reír. Y, de repente, se acordó de algo. Así que esperó a que se callaran para preguntar:

—Chicas, chicas, una cosa que me lleva intrigando desde que llegué: ¿por qué lo llamáis Dodge si es un Seat Ibiza?

Todas explotaron a reír. Arancha, entre lágrimas, le dijo:

—Ay, Canija, tienes que estudiar más historia de España…

73

Arancha
Pues aquí no ha pasado nada

Arancha se mantuvo alejada de sus compañeras después de brindar con ellas por la incorporación de Elena. Necesitaba un momento para tomar una decisión personal que le rondaba por la cabeza desde que había empezado toda aquella locura.

Sacó del bolsillo el sobre que contenía su dimisión. Aunque durante toda la aventura estuvo más que convencida de que aquella sería su última peripecia en RES, los acontecimientos habían cambiado radicalmente. Belén casi no lo cuenta. Leonor había tenido que ocultarles información. Y estaba Elena. Le había cogido cariño a la Canija.

«Tócate las tetas —pensó—, llega una mocosa de veintipocos años y te ablanda el corazón. Si es que así no se puede,

Arancha. Así no se puede». Miró de nuevo el sobre con su dimisión. Se giró para ver a sus compañeras y a su jefa, sonrientes y festejando. Y se dio cuenta de que su tiempo en RES no había terminado.

Podía buscar mil excusas, pero la realidad era que no quería irse. Que RES había cambiado. O que había cambiado ella. Pero, en cualquier caso, no quería que aquella fuera su última operación en la Secretaría. «Una más. Una más y lo dejo», se mintió a sí misma.

Así que hizo lo único que le quedaba por hacer. Se acercó a una papelera, discretamente, y rompió su carta de dimisión en muchos pedazos. Miró a Elena y vio que la observaba. Y, aunque sabía que era desconocedora de lo que acababa de hacer, la sonrió y se acercó al resto para teorizar sobre posibles Elementos y aventuras futuras.

Aún tenía que recuperar el lápiz de Gaudí. Y conseguir así las pruebas suficientes para enchironar a Federico Paso por el resto de sus días. «No —se dijo—. Aún no es el momento de irme. Tengo que… Bueno, quiero, mejor dicho, seguir aquí». Todavía le quedaba mucho por hacer y mucho por comadrear con sus compañeras y, sin embargo, amigas. Lo tenía claro. Tan claro como que los paraguas no hablan. Algo que, por otro lado, era un misterio que se había empeñado en resolver.

EPÍLOGO

74

Lola, Arancha, Belén, Leonor y Elena
Tres meses después

Pasados tres meses, Lucía Ortega Castro-Ardiles había ganado las elecciones a la Comunidad de Madrid, pero tuvo que llegar a un pacto con el partido con nombre de diccionario cuyos votantes que no habían abierto uno en su vida. Un pacto que, sin embargo, no afectó en absoluto a su popularidad. De hecho, los rumores indicaban que, si se presentaba a las elecciones generales, tenía unas altas probabilidades de ganar y gobernar en solitario.

Tres meses después, además, habían finalizado las obras de remodelación de la plaza de la Puerta del Sol. Una remodelación que el Ayuntamiento había vendido como una mejora para los ciudadanos y una nueva cara para el centro neurálgico de la ciudad. En la Secretaría, sin embargo, conocían perfectamente el motivo que había impulsado al alcalde a darle aquel nuevo aspecto.

Tres meses después, también, en la Secretaría RES estaban de celebración. Leonor había conseguido terminar, por fin, el nuevo sistema operativo para Civi, el Civi 2.0, que evitaría tener a dos agentes apostados en la fuente de Gúdar para recoger los Elementos que por allí iban apareciendo.

El descubrimiento de la fuente fue bastante casual, cuando un niño de unos ocho años encontró un pantalón de boxeo que había pertenecido a Poli Díaz, se lo enfundó y estuvo toda una tarde buscando pelea con todos los vecinos del pueblo. Hubo que requisarlo y hacerle perder la memoria, vistiéndolo con ropa de una infanta famosa porque no le constaba nada.

Prácticamente la totalidad de los agentes se encontraban en el acto de la planta 25. Lobo, como siempre, intentaba camelarse a cualquiera de las y los agentes que pasaban por allí. El doctor Alban se paseaba y explicaba que él había sido quien le había dado la idea a Leonor y que, sin él, todo aquello no habría sido posible. Aunque Leonor no le hubiera dirigido la palabra en los tres meses que había durado el proceso.

Elena, que había cambiado su look por una mezcla entre la elegancia de Belén y un punto chic, como de parisina, miraba a su alrededor, siempre con ojos ilusionados porque encontraba algo o a alguien nuevo. Como Francisco, al que aún no conocía, puesto que el cementerio de los Curros había sido destruido y, por tanto, las visitas a la planta 18 eran cada vez menos frecuentes.

Arancha y Belén, como siempre juntas, esperaban en primera fila y comentaban entre ellas a saber qué. Probablemente alguna de sus últimas aventuras, a las que Elena no había tenido acceso porque se estaba entrenando para no necesitar siempre el clavel.

El clavel, por cierto, habían conseguido rematerializarlo gracias a un Elemento insólito: una primera edición de un disco de Mecano, *Ya viene el Sol*. Resultó que reproduciendo la canción «Aire» en una habitación, tanto el papel como el clavel se volvieron un humo y, al terminar la melodía, como el protagonista, se materializaron físicamente por separado. Fue una idea loca que tuvo Civi, pero que funcionó a la perfección.

Leonor llegó con una memoria USB y se hizo el silencio en la sala. Se dirigió a la consola donde Civi entregaba los objetos.

—Civi, ¿estás preparada? —preguntó.

—No entiendo para qué necesito una actualización del software, pero bueno. Yo creo que estoy perfectamente así —respondió con un pelín de indignación.

—Civi, lo hemos hablado muchas veces. No podemos estar recogiendo lo que vas perdiendo por ahí. Tienes un fallo que tenemos que solventar.

—Pero si ya sabéis dónde acaban. No tiene misterio alguno.

—Ya, pero Civi —intervino Lola—, tienes que entender que esto es para mejorarte. Con este sistema vas a poder hacer más cosas. No es solo para ajustar el problemilla que tienes con los escapes. También podrás controlar la nueva Vespino y comunicarte con las nuevas bellotas. Y más cosas que, cuando tengas el sistema introducido, comprobarás. ¿Lo haces por mí, por favor?

—Bueno, jefa. Si es por ti…

Leonor introdujo el USB con quizá demasiada ceremonia en la consola. Lo cambió de posición y esta vez sí entró. Los datos comenzaron a cargarse en la pantalla: 5 %, 9 %, 17 %, 26 %, 34 %, 48 %, 52 %, 75 %, 93 %, 99 %… Carga completa.

—¿Cómo te sientes, Civi? —preguntó Leonor, ilusionada.

—Me siento… Me siento bien, la verdad. Me siento como si fuera capaz de hacer más cosas. Voy a probar algo.

De repente, todos los agentes de RES escucharon el sonido de sus bellotas. Intrigados, las cogieron y, al consultar sus pantallas, leyeron un mensaje que decía: «¿No creéis que Wardog ya sobra?».

—Oye, bonita, que te estoy leyendo —se quejó Wardog, bastante ofendido—. ¿A que me meto en tu sistema operativo y te pongo voz de bruja?

—Wardog, querido, ya te gustaría a ti meterte en mi sistema operativo —respondió Civi con voz sensual.

De repente, Civi comenzó a temblar. Todo el suelo de la

planta reverberaba como si se estuviese produciendo un terremoto. Wardog hizo sonar las alarmas y se oyó la voz de Lola a través de todos los altavoces de la sala:

«Todos los agentes a las salas de seguridad, por favor. Repito: todos los agentes a las salas de seguridad».

Se movieron eficazmente, pero con miedo. Nadie sabía lo que estaba pasando. Civi parecía expandirse y encogerse de manera rítmica. Si no fuera porque era imposible, se diría que eran contracciones.

Todos se agolpaban en las ventanas y en los visores de las puertas de las salas de seguridad para ver lo que estaba sucediendo. De repente, el temblor cesó. Civi estaba contraída y, al instante siguiente, se expandió, expulsando algo por el centro. Más bien, a alguien.

En el centro de la sala se encontraba un hombre, desnudo, en posición fetal. Un adulto a todas luces bien formado y que iba despertándose y mirando alrededor, sorprendido de encontrarse donde se encontraba.

Lola fue la primera en salir y acercarse a él.

—¿Agente Casas? —preguntó, cautelosa.

—¿Lola? —respondió él—. ¿Qué haces así vestida? ¿Dónde está tu uniforme? ¿Dónde estoy?

—Creo que la pregunta que estás buscando es cuándo estás, querido. Creíamos que te habíamos perdido dentro de Civi.

—¿Civi? Maldita Civi. Me engañó para fusionarme con ella y hacerla humana.

—Lo siento, Mario, cari —dijo Civi con voz cariñosa.

Un agente le dio una bata para vestirse y se levantó. La bata le quedaba un poco ceñida y dejaba ver unos músculos bien marcados. Elena se fijó en él y se sonrojó.

—Creo que deberías abotonarte más, Mario —le indicó Lola señalando un punto entre las piernas.

Mario se fijó y se tapó, azorado. El agente Lobo se lo llevó a un lado, en parte por ayudar, en parte fascinado por el pedazo de hombre que acababa de caer casi literalmente del cielo.

El resto de los agentes salieron de las salas de seguridad y volvieron a reunirse en el centro de la planta 25, esperando las explicaciones de Civi sobre lo que acababa de pasar. No se hicieron esperar.

—Leonor, querida —dijo con voz un tanto aséptica—, diría que el nuevo sistema operativo me permite rematerializar humanos. Me parece que es un punto a favor. Este me ha salido sin querer. A ver si aprendo y podemos recuperar a los agentes que, por lo que sea, entraron en mí.

—De «por lo que sea» nada, chata, que los engatusaste para hacerte física —le respondió Leonor, a modo de reprimenda—. Pero es una función muy buena.

—Ya doy por hecho que nunca podré ser una mujer física. Bueno, quizá con el Civi 3.0 lo consigues, que para eso eres la mejor.

—Qué zalamera eres cuando quieres —le respondió Leonor, que añadió—: Ahora, por favor, haz un recuento de todos los Elementos que tienes.

—Dame un minuto, querida mía.

Leonor esperó pacientemente a que Civi le diera la cifra. Según sus cálculos, tras la adición del collar de Carmen Polo y las últimas adquisiciones de los pasados meses, deberían ser 194.355 Elementos. Desde que habían encontrado el agujero de la fuente, llevaban una doble contabilidad, ella y Civi, y ambas debían coincidir. Y, cuando faltaba alguno, pedían la confirmación de los agentes en la plaza de Gúdar para tener claro que había escapado algún Elemento. Así los tenían en todo momento localizados.

—Leonor, ya tengo el recuento —dijo Civi—. Tengo un total de 194.305 Elementos.

—¿Has contado bien? Mi base de datos me da 194.355.

—Lo sé.

—¿Estás segura? —preguntó Lola, angustiada.

—Lo estoy, Lola. Tras la instalación del nuevo sistema operativo, han desaparecido 50 Elementos. Y, lo que es peor, no han salido por el agujero, porque se ha cerrado. Eso significa que pueden estar en cualquier lugar. Creo que se han desperdigado por toda España.

—¡¿Qué?! —gritaron al unísono Arancha, Belén, Leonor, Elena y Lola.

Agradecimientos

A Clara Rasero, mi editora, que ha sido paciente, didáctica y comprensiva con este autor novel que tenía muchas inseguridades, y las sigue teniendo. Y a todo el equipo de Penguin Random House, por lo que han hecho y lo que van a hacer durante este tiempo.

A Pedro Luis López, porque sin él esta historia no habría podido ser posible. Sin sus ánimos, sus lecturas, sus puntualizaciones y su visión —y revisión—, RES no habría tenido lugar. No tengo pruebas, pero tampoco dudas. Y a Iván Harón, por quererme siempre y por animarme a seguir cuando no tenía ganas de continuar.

A mis padres y mi hermano, porque sin ellos no sería nada. Todo mi amor por ellos está puesto en este libro.

A Cristina Liberos, quien me dio la idea para que Leonor se decidiese a actuar como actúa. Sin ti no habría final, querida.

A Bárbara y a Juan, por quererme. Y por dejarme quereros. Por todo.

A todos mis amigos y lectores beta: Arantxa —a quien le tomo prestado el nombre para una de las protas—, Rafa, Helena —otro nombre casi prestado—, María, Maro, Inma, Jesús, Diana, Marian, Lobo, Miguel, Susanna y Rober... Me dejo a alguno, seguro, pero sabéis que estáis en mi corazón.

A todos los que me dijeron alguna vez que querían que escribiera una novela, porque al final lo he conseguido.

Y a ti, lector, porque has llegado hasta aquí. Espero haberte hecho sonreír, al menos. Si quieres, puedes decirme lo que quieras en flanaganmcphee@outlook.com. Prometo leerte con cariño y contestarte del mismo modo.